KB190052

심장이 뇌를
찾고 있음

심장이 뇌를 찾고 있음

케이트 포크 소설
박민정 옮김

OUT THERE

KATE FOLK

부모님께

차례

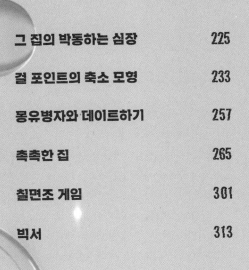

이 책에 쏟아진 찬사!

《심장이 뇌를 찾고 있음》에는 패러디 속의 숨겨진 비유나 기괴한 상황 때문에 고문을 당하는 깨진 관계와 같이 드라마 〈엑스파일The X-Files〉의 유머러스한 초기 에피소드에 나타나는 코믹함을 연상시키는 섬뜩한 따뜻함이 있다. 이 단편집은 신체의 공포를 사랑의 언어라고 생각하는 독자를 위한 책이다. 진정한 낭만주의자는 이 날카롭고 상냥한 이야기에 수반되는 유혈에도 불구하고, 또는 그 유혈에 감탄할 것이다. 이 모든 이야기는 결국 고독과 외로움 사이의 거리에 관한 것이다. (…) 포크의 이야기는 셜리 잭슨과 비교되는데, 이는 공포와 유머의 균형을 맞추는 방식에서 가장 명백하게 드러난다.
_뉴욕 타임스 북 리뷰

케이트 포크의 첫 책에 등장하는 기괴하고 유머러스한 이야기는 어느 시대에 읽어도 만족스럽지만, 특히 지금 이 시대에 잘 맞는다. 포크는 재치 있으면서도 영화 같은 소설을 썼다. 친숙한 시나리오와 기이한 위협을 결합해 우리가 살고 있는 시대의 광기를 능숙하게 포착했다. _샌프란시스코 크로니클

단편 〈저 너머에〉는 원래 잡지 〈뉴요커〉에 실린 후 큰 화제를 불러일으켰다.

이 이야기의 팬이라면 마술적 사실주의, 기이한 공포, 공상 과학, 지친 관계에 대한 소설의 경계 어딘가에서 젠더적 영역을 탐구하는 이 단편집에 실망하지 않을 것이다. 자기 소외는 카프카에서 무라카미 하루키에 이르기까지 부조리주의 소설에서 흔히 보이는 특징이다. 그러나 조애나 러스, 하기오 모토 같은 페미니스트 작가와 마찬가지로 포크의 소설에서 정체성과 의미의 붕괴는 개인의 인격을 찾는 것을 불가능하게 만드는 성 역할에 대한 기대에서 비롯된다. 《심장이 뇌를 찾고 있음》의 이야기들은 이런 젠더적 명령의 결함을 조사하는 데 더욱 관심이 있으며, 젠더에 대한 내러티브가 신호를 다시 포착하기 전 잠시 매혹적이고 고통스러우며 공허한 정적으로 녹아드는 장소이다. _로스앤젤레스 타임스

포크의 글은 초기에 R. L. 스타인과 쿠엔틴 타란티노의 작품, 〈엑스파일〉에서 영감을 받았다고 알려졌듯 통찰력이 있으며, 날카롭게 웃기고, 약간 대중적인 취향이다. _버슬

《심장이 뇌를 찾고 있음》은 드라마 〈블랙 미러Black Mirror〉의 에피소드처럼 기이하면서도 잠재적으로는 예언적이다. 포크는 황량하고 어두운 희극을 들려준다. 시간이 지날수록 더 절망적으로 변하는 해협, 주의를 게을리하면 결국 무너질 수밖에 없는 황혼 무렵 같은 아슬아슬한 경계에 서 있는 사람들이 등장한다. _시카고 리뷰 오브 북스

《심장이 뇌를 찾고 있음》은 매우 다채로우면서도 연결성이 있는 희귀한 단편집이다. (…) 포크는 불과 몇 문장으로 매력적인 인물과 풍부하고 공감할 수 있는 세계를 구성하는 엄청난 이야기꾼이다. 이 책을 읽을 때 가장 힘든 점은 속도를 조절하는 것이다. 마지막까지 쉬지 않고 읽고 싶은 유혹에 빠지기 때문이다. 독자는 케이트 포크라는 이름을 기억하고 싶을 것이다. 이 책이 첫 번째 책이라면 다음 책은 얼마나 더 대단할지 예상할 수 있으니까. 그

리고 분명히 말하자면, 이 책의 이야기 열다섯 편 모두 대단하다.《심장이 뇌를 찾고 있음》은 처음부터 끝까지 완벽하다. _메인 에지

성공적인 데뷔작《심장이 뇌를 찾고 있음》을 통해 케이트 포크는 독자로 하여금 현대의 로맨스가 얼마나 낯설고 혐오스러울 수 있는지 직면하게 만든다. 낭만적인 관계의 발생과 소멸이 포크의 주된 관심사이지만, 그의 이야기는 또한 샌프란시스코의 테크 문화와 현대 자본주의를 해부하고 여성 신체의 대상화를 비판하며 실패한 결혼의 어려움을 파고든다. 포크의 이야기는 벤 마커스, 다이앤 쿡, 알렉산드라 클리먼의 작품과 비교할 수 있을 만큼 최고로 재미있고 역겨우며 초현실적인 데다 끔찍하고 기괴하다. _내셔널 북 리뷰

이 이야기들의 양식에는 어딘가 희극적인 데가 있다. (…) 반면에 깊은 곳에서는 암울한 물결이 흐른다. (…) 그리고 포크는 이야기의 배경이 되는 세상의 더 불안한 구석까지 기꺼이 모험을 떠난다. (…) 포크는 이 단편집에서 여러 스타일의 문체를 구사한다. (…) 몰입감 넘치는 오싹한 데뷔작이다. _토르닷컴(이전 리액터)

포크는 단편 안에서 낯선 세계로의 갑작스러운 몰입이 주는 고전적인 섬뜩함과 현대적인 위험을 섞어 자신만의 기가 막힌 스타일을 창조했다. 포크의 천재성은 주로 터무니없는 것을 일상에 주입하고는 매끄럽게 빠져나가는 능력에서 나타난다.《심장이 뇌를 찾고 있음》의 가장 큰 매력은 현대 생활의 보편적인 경험과의 깊은 관련성이다. 단편소설이라는 형식과 마찬가지로 인간의 감정 또한 기술의 발전에도 불구하고 변하지 않는 경향이 있다. 포크는 이 책을 통해 앞서 말한 두 가지를 훌륭하게 보여주며, 우리의 현재와 미래의 위치에 대한 진정으로 숭고한 문학적 초상화를 그려냈다. _하이츠

포크의 데뷔작에서 뼈가 녹는 병, 행성을 집어삼키는 공허, 인조인간 등은

등장인물을 위협하는 요소이다. 이 사건들은 우리의 세상과 비슷한 평행 우주 안에서 일어난다. 그리고 그 세계는 절망으로 가득 차 있지만, 동시에 약간의 구원도 제공한다. 포크의 등장인물에게 불합리하고 무서우며 극적인 세상은 그들이 비장한 각오로 헤쳐 나가야 하는 현실이다. _알타 저널

이 책에서 등장인물이 섹스를 통한 친밀감과 수용에 대한 부드러운 갈망 그리고 여성으로서 자신의 방식을 이해받고자 하는 욕망을 추구하는 것을 보면, 웃음이 터지면서도 공감이 간다. 각각의 이야기를 이토록 재미있고 가슴 아프며 기억에 남게 만드는 정확한 방정식이 무엇인지 궁금하다. _캐터펄트

포크는 자유로운 상상력으로 우리 앞을 오싹하게 맴도는 세계를 만들어냈다. 포크의 글은 기괴하고 감상적이지 않으며 희극적인 데다 우리가 사실은 얼마나 이상한지 보여주는 재미난 거울이다. _일렉트릭 릿

이 단편집을 채운 낯선 이야기에는 SF, 사실주의, 카프카식 공포가 완벽하게 조화를 이루고 있다. 기존 소설에 물린 독자를 위한 책이다. 이 이야기들은 최고의 방식으로 독자의 뇌를 강타할 것이다. _데뷔풀

대담하다. (…) 포크의 데뷔작 안에서는 광기 어린 세상에서의 친밀감과 결속감에 대한 깊은 사색이 〈블랙 미러〉의 방식으로 펼쳐진다. _리터러리 허브

이 단편집의 제목Out There은 이야기들이 정말로 생각을 뛰어넘은 저 너머에 있기에 너무나 정확하다. 포크는 뛰어난 작가로, 무뚝뚝한 말투로 재치와 유머가 가득한 색다른 글을 쓴다. 거칠고 재미있으면서 동시에 슬프다. _북 라이엇

기발한 공상 과학 요소와 냉정한 인간의 진실을 결합한 이 단편집은 친밀감, 기술, 젠더를 대하는 우리의 태도를 냉혹하고 쓰라린 방식으로 설득력 있게

보여준다. 게다가 포크는 독자를 (불편한 웃음일지라도) 웃게 할 만큼 재미있고 통렬하며 냉소적이다. 포크의 재능과 이상하면서도 용감한 정신에 감탄하지 않을 수 없다. 선견지명이 있고 영리한《심장이 뇌를 찾고 있음》의 이야기는 독자를 불편하고 불안하게 만들지만, 디지털 시대의 거주자이자 친밀한 관계를 찾는 결함 있는 존재인 우리 안의 가장 깊은 두려움과 욕망을 뚜렷하고 예리한 거울로 비춘다. 이 페미니즘적이고 마술적이며 섬뜩한 이야기는 삶, 로맨스, 소설에 접근하는 우리의 방식을 확실히 바꿀 것이다(그리고 소셜 미디어의 피드를 새로 고침 하거나 삭제하느라 밤을 지새우게 할 것은 더 확실하다). _북리포터

이 책의 제목Out There은 자신을 저 너머에 두는 것을 의미할 뿐 아니라 이야기에 힘을 실어주는 장치이기도 하다. 즉흥적으로 긍정하게 된다. (…) 맛깔스러울 정도로 생경하고 불안하지만 기이한 친숙함이 있는 이야기들이다. 이 작품을 읽는 건 공포의 집을 점점 더 깊숙이 탐험하는 것 같으면서도 엄청나게 즐겁다. 이 단편집은 저 너머에 있지만 그 안에서 인간의 마음과 몸 안에는 무엇이 있는지 또한 알아낼 수 있을 것이다. _플라우셰어즈

이 책의 이야기는 섬뜩하고 기이한 곳을 더욱 깊게 파고든다. (…) 그러나 무엇보다도 가장 기괴한 것은 상상력이 풍부하고 날카로우며 사람의 마음을 불안하게 만드는, 인간과 낯선 존재가 함께 어우러진 포크 자신의 목소리이다. _밀리언즈

《심장이 뇌를 찾고 있음》은 가까이서 살펴봐야 할 보물들이 가득하다. (…) 평범함과 초현실의 조화, 그 둘이 만나는 곳에서 생겨난 새로운 동시에 친숙한 제3의 공간이다. _스플릿 립

진정으로 빼어나다. (…) 기괴하고 그로테스크한 것을 탐구하는 최고의 단편소설 데뷔작이다. (…) 포크는 육체를 소유함으로써 겪는 이상하고 때로는

역겨운 경험에 관한 글을 신나고 새롭게 쓰는 방법을 고안해냈다. (…) 재능의 대담하고도 짜릿한 전시와 같다. _커커스 리뷰(별점 리뷰)

인간관계의 변덕스러움을 탐구하는 멋진 부조리주의 단편집이다. 연민과 비판의 균형을 완벽하게 유지하는 이 책에서 저자는 일상의 공포와 이를 사람들이 받아들이게 하는 유머를 손쉽게 조화시켰다. 포크의 상상력뿐 아니라 통찰력 또한 인상 깊다. _퍼블리셔스 위클리(별점 리뷰)

촘촘하게 구성되고 흥미진진하게 마음을 사로잡는 이 이야기는 재미있는 것에서 무서운 것까지 일상의 어려움과 기이한 곤경을 독창적으로 결합한다. 포크는 에드거 앨런 포와 셜리 잭슨 식의 공포나 조지 손더스나 켈리 링크의 글에서 나타나는 가슴 아픈 환상을 오가며 불안할 정도로 사실적인 글을 쓴다. 포크의 충격적이고 암울하면서도 재미있고 애정 어린 이야기는 인간의 갈망과 모순에 대한 예리한 인식을 씁쓸하게 전달한다. _북리스트(별점 리뷰)

케이트 포크의 단편소설은 놀랍도록 기이하다. 기괴하고 소름 끼치며 엉뚱한 줄거리를 장난스럽게 펼쳐놓으며, 그로테스크한 것을 불안한 아름다움으로 비추는 어두운 유머를 담고 있다. _데일리 메일

뛰어나게 기이하다. (…) 포크는 (조지 손더스를 생각나게 하는) 신나면서도 기괴한 유머를 선명하게 구성된 이야기에 적용한다. _타임스

가장 아름다운 칼이 가득한 서랍 같은, 읽는 동안 독자를 벨 수도 있을 만큼 날카롭고 독창적인 이야기 모음집이다. 케이트 포크의 《심장이 뇌를 찾고 있음》은 제일 좋아하는 책을 두는 선반에 놓일 것이다. _켈리 링크, 《곤경에 처하다 Get in Trouble》의 저자

카프카와 카뮈, 브래드버리가 〈블랙 미러〉의 에피소드를 썼다고 한다면 케이트 포크를 그들의 문학적 사생아라고 상상할 수도 있겠지만, 그럼에도 여전히 그의 글에서 느껴지는 타오르는 독창성과 즐거운 기이함을 설명하지는 못할 것이다. 이 놀랍도록 삐딱하고, 때로는 소름 끼치게 웃기면서, 은근히 가슴을 아프게 하는 이야기들을 읽는 순간부터 평범해 보이는 인간의 관습과 행동의 허울을 불태우고 존재의 완전히 기괴한 모습을 드러내는 아주 훌륭한 비전을 마주하고 있다는 사실을 알게 될 것이다. 저 너머에, 알고 보니, 아주 많은 것이 놓여 있다. _이창래, 《타국에서의 일 년》의 저자

케이트 포크의 이야기에는 또 다른 세상이 있다. 그곳에서는 매혹적인 등장인물이 절묘한 언어로 사랑과 존재의 본질을 파헤친다. _애덤 존슨, 퓰리처상 수상 작가, 《고아원 원장의 아들》의 저자

잠긴 방, 까다로운 집, 현실화된 러시아 로봇, 혁명, 관계 등 열다섯 편의 특별한 거울 속 이야기가 위협적인 요소 안에서 펼쳐진다. (…) 놀랍도록 이상하고 이상하게 멋진 케이트 포크는 현란한 재주꾼이다. _캐런 조이 파울러, 〈뉴욕 타임스〉 베스트셀러 《우리는 누구나 정말로 어찌할 바를 모르고 있다》의 저자

재기 넘치고 야심만만하며 눈을 떼기 힘든 《심장이 뇌를 찾고 있음》은 뛰어나게 독창적인 동시에 감정적인 공감을 불러일으킨다. 포크의 기울어진 세계는 웃기면서도 불안하다. 이야기들은 불안과 흥분이 충돌하는 공간에 똑바로 세워져 있다. 기억에 남는 등장인물의 목소리와 유쾌하고 격정적인 산문으로 가득한 이 작품은 어마어마한 재능이 있는 작가의 예리하고 멋진 데뷔작이다. _킴벌리 킹 파슨스, 《검은 빛Black Light》의 저자

매혹적이고 절묘하게 이상한 《심장이 뇌를 찾고 있음》은 밤에 보이는 이웃의 TV 화면처럼 은은히 빛나며 희망에 찬 무능과 희극적인 절망 속에서 우

리 인간이 갈망하는 것의 모습을 비춘다. 겸손한 신중함과 무심한 아름다움으로 멋들어지게 세공한 이야기가 우리의 공허한 순간에 기괴한 의미를 더한다.《심장이 뇌를 찾고 있음》은 어둠 속의 친구이며, 케이트 포크는 경이로움 그 자체이다. _사라 매콜,《충분한 기쁨Joy Enough》의 저자

이 인터넷 고딕 소설집은 최고의 방식으로 나를 기쁘게 하고, 불안하게 하고, 감동을 주었다. 케이트 포크는 특별한 재능이 있는 신예 작가로, 현대 생활의 초현실적이고 부조리한 진부함을 날카롭고 유쾌하고 우아하게 표현한다. 이 작가를 앞으로 계속 볼 수 있다니, 우리는 운이 좋다. _메리 사우스,《당신은 절대 잊히지 않을 것이다》의 저자

《심장이 뇌를 찾고 있음》의 또렷하지만 불안한 풍경은 정교하게 왜곡된 렌즈를 통해 우리 자신의 세계를 냉정하게 들여다보도록 만든다. 이 놀라운 이야기 하나하나가 다 섬뜩함과 통찰력에 있어서 최상급이다. 케이트 포크의 상상력이 불타오르고 있다. _아이세굴 사바스,《흰색 위에 흰색White on White》의 저자

이 놀라운 데뷔작 속 이야기들은 점점 커지는 기술 발전의 그림자가 만들어낸 재미있고 용감하며 감동적인 삶을 그려낸다. 케이트 포크의 상상력은 기괴하고 매력적이다.《심장이 뇌를 찾고 있음》은 아마도 우리가 절대 겪지 못할 삶에 존재하는 너무나 인간적인 갈망의 순간을 능숙하게 포착한다. 그중 마지막 작품은 오싹하고 다정한 사랑 이야기로, 책을 덮은 후에도 오랫동안 머릿속을 맴돈다. _아일 맥엘로이,《대기인The Atmospherians》의 저자

케이트 포크는 무서운 작가이자 고양이처럼 민첩한 문학적 검술사이다. 무척 어둡고 무척 재미있으며, 진실의 권위 있는 어둠과 수그러들지 않는 밝음을 균등하게 그려내는 데 능수능란하다. _리사 로카시오,《나를 열어줘Open Me》의 저자

저 너머에

Out There

나는 스스로를 위험에 몰아넣고 있었다. 일리노이에 있는 엄마 집에서 우울한 추수감사절을 보내고 샌프란시스코로 돌아오는 길에, 유명한 데이트 앱 틴더Tinder와 범블Bumble을 설치하고 인스타그램 광고에서 본 다른 데이트 앱도 몇 개 더 다운받았다. 이제 서른 살인데 남은 인생을 신나는 일이나 로맨스 없이 귀여운 아이도 못 키워보고 살고 싶지 않았다. 마음을 굳게 먹고 매일 수백 명의 남자들을 살펴본 후 몇 명만 골라서 메시지를 보냈다. 까다롭게 고르다 보니 할 수 없었다. 새로운 운동을 하나 시작한 것 같았다. 외로운 미래를 예방하는 동시에 할 수 있을 때 최대한 젊음을 만끽하려는 일상적 습관이었다.

처음에는 피자를 주문하거나 우버를 부르듯 앱을 통해 짝을 찾는다는 생각이 별로 마음에 들지 않았다. 마치 사랑이 거래인 양 다뤄지는 것 같았다. 나는 항상 데이트 앱이 게으르고 상상력이 부족한 사람들을 위한 것이라고 생각했다. 훌륭한 남자라면 세상 밖에 나가 무슨 일이든 하고 있지, 찌질이처럼 어둑한 아파트 안에서 여자들 사진이나 넘기고 있지는 않을 테니까. 설상가상으로 데이트 앱에 나와 있는 이 도시 남자의 50퍼센트가 '블롯'으로 추정되었다. 그런데 나에게 다른 대안이 있을까? 요즘 보면 모두 앱을 통해 짝을 찾는다. 마지막 남자 친구와 헤어진 뒤, 나는 잠시 '감나무에서 감이 떨어지길 기다리며' 시간을 보냈다. 이 말은 내가 어떤 행동도 취하지 않았다는 뜻이다. 몇 년이 지나도록 아무 일도 일어나지 않았다. 내가 나서지 않으면, 운명의 수레바퀴를 내 손으로 직접 돌리지 않으면, 결국 아무 일도 일어나지 않으리라는 사실을 깨달았다. 평생 데이트를 하지 않거나 블롯에게 당할 위험을 감수하거나, 둘 중 하나를 택해야 했다. 어떤 선택이든 위험이 뒤따랐지만.

초기의 블롯은 구별하기 쉬웠다. 우선 그들은 지나치게 잘생겼다. 피부는 부드럽고 윤이 났으며 모두 키가 크고 늘씬했다. 턱선은 빵도 자를 만큼 날카로웠다. 어떤 자리에서나 가장 잘생긴 남자였지만, 유머 감각은 전혀 없었다.

나는 몇 년 전에 이런 초기 블롯 중 하나를 만났다. 친구 피터가 그와 선셋 지역에서 같이 자란 테크 회사 창업자가 여는 저녁 모임에 나를 초대했다. 한때 피터는 그 사람과 록 밴드 '피시 Phish'를 따라 전국을 돌아다니며 콘서트 관중들에게 웃음 가스나 환각 효과를 일으키는 아질산아밀을 팔아댔다. 피터와 나는 자주 만나는 사이는 아니었다. 술을 끊기로 결심한 사람들이 모이는 교회 지하의 금주 모임에 참석할 때만 보는 사이였다. 그렇지만 할 일도 없었고, 공짜로 저녁 식사를 대접한다고 하는 데다, 피터의 목소리를 들어보니 이미 여러 사람에게 물어보았다가 거절당한 듯해 나는 별 부담 없이 초대를 받아들였다.

저녁 식사에서 나는 '로저'라는 남자 옆에 앉았다. 훤한 이마, 무성한 머리숱, 단정한 눈썹. 외모만 보면 전형적인 블롯이었지만 그때는 정체를 몰랐다. 블롯 문제가 불거지기 전이었다. 로저는 세심한 남자였다. 내 가족과 교사라는 내 직업, 테크 산업에 대해 내가 가지고 있는 반감에 관심을 보였다. 내가 웨이터가 권하는 와인을 거절하자 로저는 알겠다는 듯이 금빛 눈동자를 반짝이며 지금 금주 중인지 물었다. 나는 그렇다고, 술을 마시지 않은 지 이제 5년이 되었다고 대답했다. 로저는 진지하게 고개를 끄덕이며 나의 절제된 생활 방식이 존경스럽다고 말했다. 그의 사랑하는 이모도 금주 중이라고 덧붙이며.

로저는 내가 그에게 반하기를 열렬히 바라는 듯했지만, 나는 넘어가지 않았다. 그는 내게 세심한 주의를 기울이며 내가 바라는 건 뭐든지 해주고 싶어 안달했다. 누에콩 샐러드를 한 번 더 덜어주고, 빈 물잔을 채워주고, 치마에 돼지고기찜 한 덩이를 떨어뜨리자 냅킨을 가져와 닦아주었다. 나 자신을 깎아내리는 농담을 하자, 로저는 나를 지그시 바라보더니 내가 훌륭한 사람이며 인생에서 원하는 모든 걸 받을 만한 자격이 있는 사람이라고 힘주어 말했다. 뭔 소리야? 나를 잘 알지도 못하는 인간이 하는 말을 내가 믿을 이유가 어디 있다고. 인간이라면 모두 타고난 가치가 있다고 생각해서 그렇게 말했을 수도 있지만, 그런 경우라면 더더욱 그의 판단은 아무런 의미가 없었다. 화제를 로저에게로 돌리자 그는 미리 준비라도 한 듯 술술 자기 이야기를 했다.

"저는 미국 북부의 목장 출신입니다"라며 운을 떼었다. "아버지는 엄하셨지만 나름의 방식으로 저를 사랑하셨습니다. 어머니는 자식 넷을 강하고 능력 있는 성인으로 키워주신 멋진 여성입니다. 어린 시절에 힘든 일이 없지는 않았지만, 그 덕분에 지금의 제가 존재할 수 있었습니다. 현재 저는 혁신과 가능성의 땅이라 불리는 샌프란시스코의 해안 지역에 살고 있습니다. 저는 제게 주어진 삶에 감사하며, 이 모든 게 살아오면서 저를 사랑하고 지지해준 사람들 덕분이라는 것을 잘 알고 있습니다."

나도 모르게 헛웃음을 터뜨리며 "와" 하고 감탄했다. "거 참 대단하시네요."

내 낡은 코롤라를 얻어 타고 자기 동네인 리치몬드로 돌아가는 길에 피터는 오늘 이벤트를 주최한 친구가 저녁 모임에 블롯을 여럿 심어두었다고 털어놓았다.

"블롯?"

"어떤 과학 용어의 줄임말이야." 피터가 대답했다. "블롯은 생물 유기체 휴머노이드 로봇이야. 촉각 착각 분야가 개발한 최신 기술의 결과물이지." 잠시 머뭇거리다 덧붙였다.

"인조인간 말이야."

나는 피터가 흡족해하는 꼴을 보고 싶지 않아서 놀란 표정을 숨겼다. "그러니까, 내가 돈도 못 받고 신제품의 튜링 테스트 대상이 된 거구나."

"저녁 공짜로 잘 먹었잖아. 아니야?"

"근데, 그 남자 지루했어." 내가 말했다. "그리고 지나치게 잘생겼고. 나는 그런 남자들 별로더라."

"잘생긴 남자들이?"

"응. 별로 안 끌려."

피터는 아이스크림과 함께 나눠준 평가지에 이런 내 의견을 모두 적었기를 바란다고 말했다. 식사 파트너의 여러 가지 자질을 평가해달라고 적혀 있었는데, 나는 습관적으로 로저에게 5점 만점을 주었다. 이제 와서 돌이켜 보니 솔직한 감상을 적지 않아 블롯의 발전에 조금도 도움이 되지 않은 것이 다행스럽게 느껴졌다.

원래 블롯은 공감 능력이 많이 필요한 돌봄 노동을 위해 설계되었다. 호스피스나 노인 요양원에서 고통에 시달리거나 죽음이 머지않은 사람들을 돌볼 계획이었다. 일반적으로 급여가 낮은 이런 직업에 블롯을 사용한다는 생각은 윤리적으로 훌륭한 선택이라고 여겨졌다. 블롯들은 일을 잘했다. 그리고 몇 달 후에 그들의 육체는 물질적으로 분해되어 수증기만 자욱하게 남기고 사라졌다.

그러나 고급 시설 몇 개를 제외하고 일반 병원들은 터무니없이 비싼 데다 기부자들이 싫어하는 블롯 프로그램에 투자할 수 없었다. 막대한 의료비를 감당할 수 있는 사람들은 블롯이 사랑하는 가족을 돌본다는 생각 자체를 좋아하지 않았다. 블롯이 인간보다 더 효과적으로 임무를 수행한다는 사실이 밝혀졌음에도 그러했다. 곧 어떤 러시아 회사가 블롯 기술을 훔쳐 불법적인 일에 사용했다. 가장 흔히 일어난 범죄는 신원 사기였다. 블롯은 데이트 앱을 이용해 무르고 약한 여성들을 노렸다. 내 친구 얼리샤도 작년 여름에 당했다.

'친구'라고는 하지만 그리 가깝지는 않은 사이였다. 나는 얼리샤를 금주 재활 공동체에서 만났다. 모임이 끝나면 우리는 가끔 같이 밥을 먹었다. 6개월 전에 얼리샤는 우리에게 스티브라는 블롯과 있었던 일을 들려주었다. 나는 이미 그녀가 블롯에게 당했다고 의심하던 중이었다. 몇 주 전 페이스북을 통해 나에게 괴상한 메시지를 보냈기 때문이다. 어느 늦은 밤 얼리샤가 보낸

'나는 항상 네 신발이 너무 마음에 들어서 감탄이 나와'라는 메시지를 읽자마자, 그녀가 다시 술을 마시기 시작했으며 술기운을 빌려 나를 모욕한다고 생각했다.

우리 다섯은 기어리 거리에 있는 식당에 모였다. 맛은 없고 값은 비쌌지만 우리가 좋아하는 곳이었다. 얼리샤는 내가 보기에 아이나 먹는 음료인 초콜릿 밀크셰이크를 주문한 후 쓰라린 체험에 관해 이야기하기 시작했다. 스티브는 데이트를 시작한 지 몇 주 만에 같이 빅서Big Sur*에 가자고 졸라댔다. 그야말로 블롯의 전형적인 행동이었다. 얼리샤는 이 위험신호를 알아차렸어야 했다. 블롯은 항상 빅서에 가고 싶어 했다. 그곳은 휴대전화 신호가 불안정해서 블롯이 피해자의 정보를 훔쳐 갈 시간이 충분했다. 블롯은 여자에게 칭찬, 맛있는 음식, 격렬한 섹스를 아낌없이 퍼부은 뒤, 한밤중이 되면 피해자의 휴대전화에 저장된 데이터와 신용카드 정보를 훔치고는 빗방울이 금속 양동이 바닥을 부드럽게 두드리듯 폭 소리를 연달아 내며 사라졌다. 마지막에는 라벤더 향이 나는 수증기만이 맴돌았다.

"일어났더니 스티브는 사라지고 없었어." 얼리샤가 말했다. "그래도 방 안 향기 하나는 끝내줬어."

얼리샤는 즉시 신용카드를 전부 정지시켰지만, 블롯이 이미

• 캘리포니아 중부 해안 근처의 울창한 산림지대로 국립공원이 있다.

그녀의 노트북을 해킹해서 비밀번호를 모두 바꿔버린 뒤였다. 스티브가 저지른 일을 해결하는 데는 몇 달이 걸렸다. 그의 범죄는 악의적이었고 피해자를 성적으로 모욕하기까지 했다. 그들이 데이트하는 동안 얼리샤가 무심코 누설한 개인 정보를 샅샅이 이용해 그녀의 연락처에 있는 모든 사람에게 그들의 정보를 악용한 이메일을 보냈다. 얼리샤의 페이스북 페이지에다가는 그녀가 보내줬거나 휴대전화에 저장되어 있던 선정적인 셀카를 올렸다. 우리 모두 그 사진들을 보았다. 얼리샤는 레이스 브래지어와 끈 팬티만 입은 채 룸메이트와 같이 사용하는 우중충한 욕실의 전신 거울 앞에서 엉덩이를 내밀고 아플 정도로 등을 비튼 포즈를 취하고 있었다.

식당에서 얼리샤는 자신을 쓰디쓴 경험을 통해 지혜를 얻은 여자처럼 묘사했다. "어떤 일이 너무 잘 풀려서 꿈같이 느껴지면, 정말 조심해야 해"라고 말하며 빨대로 바닥난 밀크셰이크 잔의 공기를 계속 빨아들였다. 나도 주위 친구들처럼 고개를 끄덕였지만, 속으로는 얼리샤가 어리석다고 생각했다. 스티브는 심지어 블롯이라는 사실조차 능숙하게 숨기지도 못했다. 어찌됐든 얼리샤는 마침내 인연을 만났다는 생각에 매달려 그와 사랑에 빠졌을 것이다.

블롯 기술은 계속해서 발전했다. 블롯은 이제 심리적 배경이 더 복잡해지고, 외모에도 눈에 띄는 흠이 있으며, 신체적 특성도 다양하게 설정되었다. 그 결과 정체를 알아차리기가 점점 더 어려워졌다. 블롯은 늘 남자였다. 최초 제작자 생각에는 남자 블롯이 더 수월하게 권위를 휘두를 수 있고 부도덕한 병원 직원에게 성적으로 착취당할 위험이 적다고 판단했을 것이다. 나는 얼리샤처럼 블롯에게 당한 피해자 대열에 합류하지 않기 위해 앱으로 남자들과 대화할 때 경계를 게을리하지 않았다.

새로운 습관을 시작한 지 몇 주 뒤, 나는 샘과 매치되었다. 샘의 자기소개는 짧았지만 공격적이지 않았다. 요가와 배낭여행, 라이브 음악을 좋아한다고 적혀 있었다. 그는 방화벽과 관련된 테크 회사에서 일한다고 했다. 나는 방화벽이 무엇인지 몰랐고 샘도 굳이 설명하려 들지 않았다. 그는 '그런 게 있어요'라고 보낸 다음 자신이 보고 싶은 밴드에 관해 이야기했다.

첫 데이트에서 우리는 내 집 근처 태국 식당에 갔다. 샘은 키가 크고 적당히 매력적이었지만, 블롯처럼 세련된 남자 모델같이 잘생기지는 않았다. 그의 몸은 두툼했고 검은 데님 재킷을 입은 어깨는 널찍했다. 갈색 머리는 어깨까지 닿았고 얼굴은 의도치 않게 기른 듯한 느낌을 주는 고르지 못한 수염으로 덮여 있었다. 마치 어느 날 면도기가 다 떨어졌는데도 너무 게을러서 다시 사러 나가지 않아 생긴 듯한 모양으로.

샘은 메뉴판을 뚫어져라 쳐다보았다. 나는 카레와 국수를 시

켜 나눠 먹자고 제안했고 그도 동의했다. 메뉴를 결정하지 않아
도 돼서 안도한 듯 보였다. 음식을 주문하고 나서 샘은 내 질문
에 대한 대답으로 위스콘신에서 자란 어린 시절을 대충 이야기
해주었다. 샘의 이야기는 로저의 이야기처럼 감명 깊지 않았기
에 나는 그가 진짜 인간이라고 확신했다. 샘은 로스쿨을 그만두
고 알래스카에서 연어잡이꾼으로 일하는 형에 대해 오랫동안
주절거렸다. "형은 항상 자기만의 길을 걸어요." 그는 존경 어린
목소리에 약간의 억울함을 담아 말했다. 샘은 나머지 가족과 함
께 위스콘신에 남았다. 위스콘신 대학교 매디슨 캠퍼스에서 컴
퓨터 공학 석사과정을 마쳤고, 곧 오래 사귄 여자 친구와 파혼했
다. 헤어진 이유를 묻자 그는 너무 어렸을 때 만나서 시간이 지
나 자연스럽게 멀어졌다고만 대답했다. 그 후에 그는 인생을 새
롭게 시작하기 위해 여덟 달 전 샌프란시스코로 이사 왔다.

　나는 샘에게 이 도시에 산 지 10년이 되었다고 말했다. 왜 여
기로 이사 왔는지 물어보기를 기다렸지만, 그때 음식이 나왔고
대화가 끊겼다. 앱에서 메시지를 주고받을 때도 이런 일이 여러
번 일어났다. 내 인생에 관해 이야기하는 순간이 오면 당연히 뒤
따라야 할 질문을 샘은 하지 않았다. 하지만 이런 그의 자기중심
적인 면도 인간적인 특성이라 여겨져 소중하게 느껴졌다. 새로
운 버전의 블롯은 옛날 버전보다 결점이 더 많긴 해도, 마지막에
피해자를 더욱 철저하게 엿 먹이는 데 이용할 수 있다면 과거의

어떤 단서라도 찾아내고 싶어 할 것이기 때문이다. 샘의 무관심한 태도가 한편으로는 편하게 느껴졌다. 나는 아무 말이나 할 수 있었다. 그러면 샘은 그냥 고개를 끄덕이다가 잠시 뒤 다른 이야기를 꺼냈다.

과거에 나는 전형적인 중독자처럼 격렬하게 데이트를 시작했다. 혼자서 열심히 관계의 뼈대를 세운 다음, 데이트 상대가 자기를 위해 남겨둔 빈 공간에 들어서길 기다렸다. 필연적으로 그는 내가 자신에게 준 역할 앞에서 뒷걸음치거나 나의 불타오르는 의지에 응할 수밖에 없었고, 그때쯤이면 나는 그 남자를 별로 남자 친구로 삼고 싶지 않았다. 샘과는 모든 것을 있는 그대로 받아들였다. 지금 이 순간에 집중하며 내 앞에 있는 남자를 비판 없이 받아들였다. 나는 샘이 우리의 데이트 속도를 정하게 놔두었고, 먼저 연락해서 다음 약속을 정할 때까지 기다렸다.
세 번째 데이트에서 저녁 식사 후 샘을 내 아파트로 초대해 관계를 가졌다. 그는 마음에 드는 신발을 사서 처음 신을 때처럼 나를 조심스럽게 다뤘다. 정신이 쏙 빠질 만한 섹스는 아니었지만 처음에는 흔한 일이었다. 끔찍할 만큼 나쁘지도 않았기에 앞으로 좋아지겠지, 하고 생각했다. 샘은 내게 체중을 싣지 않도록 조심했고 자기 무릎을 두는 위치도 신경 썼다. 그가 내 위로 몸을 웅크려 손으로 얼굴을 감싸는 게 좋았다.

처음 같이 잔 날, 샘의 가슴 위에 팔을 두르고 어둠 속에서 타인 옆에 누워 있을 때 느껴지는 묘한 쓸쓸함, 그 오래된 텅 빈 느낌이 나를 덮치기를 기다렸다. 그런데 이번에는 그런 슬픈 감정이 찾아오지 않았다. 마지막 퍼즐 조각이 제자리를 찾은 것처럼 샘이 함께 있어 기뻤다. 몇 년 만에 처음으로 내 아파트가 활기차게 느껴졌다. 늘 나와 함께 침대에서 잠을 자던 고양이들은 다른 곳에 있었다. 어둠 속에서 의자로 소파로 옷장 안으로 돌아다니는 그들의 기척을 느꼈다. 집에 들어왔을 때 샘은 고양이들을 잠시 쓰다듬었다. 두 고양이 중 한 마리는 그의 손을 부드럽게 깨물었고, 나머지 한 마리는 그의 청바지 허벅지에 침을 흘렸다. 포유류 네 마리가 한 지붕 아래 머물며 자는 동안 우리가 서로를 죽이지 않을 거라고 믿는 이 상황이 근사했다. 이런 게 가족의 묘미라는 생각이 들었다. 사람들이 노상 말하던 대로였다.

삶에 지각변동이 있었지만 월요일에는 평소대로 일하러 갔다. 나에게는 데이트 상대가 있다! 아침에 마켓 스트리트의 가파른 언덕길을 자전거를 타고 내려갈 때처럼 기분이 한없이 들떴다. 엊그제 섹스를 한 여자의 자신만만하고 만족스러운 눈으로 세상을 바라보았다.

내 직업은 교사 비슷한 일이었다. 나는 몇 년 동안 파트타임으로 두 가지 일을 했는데, 외국인을 위한 어학원과 이윤을 위해 중국 학생을 많이 모집하는 예술대학이 내 일터였다. 오전에는 몽고메리 거리의 통유리 고층 빌딩 15층에 있는 주황색 벽의 좁은 교실에서 중상급 영어반 학생 열네 명을 가르쳤다. 학생들은 10대 후반이나 20대 초반이었고 주로 스위스나 한국, 아니면 사우디아라비아 출신이었다. 매주 수강생이 물갈이되었기에 목표에 가까워진다거나 나아가고 있다는 느낌을 전혀 받을 수 없었다. 어학원 전용 교재로 가르쳤는데, 다음 주가 되면 첫 페이지부터 다시 시작했다.

오후에는 마켓 남쪽으로 넘어가 예술대학의 미술 수업에서 소위 '언어 지원'이라 불리는 일을 했다. 강사가 의상 디자인이나 컴퓨터 애니메이션, 예술사를 강의하는 동안 나는 수업 내용을 필기했다. 강의가 끝나고 유학생들이 어려운 단어나 미국식 구어를 설명해달라거나 방금 들은 수업 내용을 짧게 요약해서 말해달라고 부탁하는 순간을 기다렸지만, 그런 일은 거의 없었다.

나는 멍하니 안개 낀 정신으로 월요일을 보냈다. 너무 오랫동안 혼자 지내다 보니 애착 신경세포가 말라버려 활동을 멈췄다. 그러다 그것들이 되살아나자 과거의 내가 섹스가 아닌 다른 일에 어떻게 신경을 쓸 수 있었는지 의문이 들었다. 학생들은 더 이상 짜증 나는 존재가 아니었다. 이제 보니 젊음의 활력으로 가득 찬, 정직하고 번듯한 존재였다. 아마 그들도 섹스를 하거나 도시를 누빌 수 있는데도 교실에 앉아 있어야 한다는 현실에 분개한 채 부글부글 끓는 욕구를 참고 있을지도 몰랐다. 나는 샘에게 문자를 보내고 싶은 유혹을 이겨냈다. 외톨이로 지낸 시절 덕분에 나는 강해졌다. 불안한 감정 때문에 새로 시작한 이 관계를 망치고 싶지 않았다. 며칠이 걸릴지언정 샘이 연락할 때까지 기다리기로 마음먹었다. 다시는 연락이 오지 않을 가능성도 열어두면서. 어쩌면 그는 블롯일 수도 있고, 단지 관계를 피하는 남자일 수도 있었다. 이런 불확실성이야말로 존재의 본질이었다. 삶 속에서 사건이 일어났고, 시간이 지나 사건이 끝났다. 그게 다였다.

나는 친구들에게 샘에 관해 바로 말하지 않았다. 잘돼가고 있는 지금 상황을 친구들이 불길한 징조로 받아들일지도 모른다고 생각해서였다. 블롯에게 당할 가능성이 있다는 걸 알고 있었고, 이런 걱정을 다른 사람들한테까지 듣고 싶지 않았다.

샘과 내가 데이트한 지 한 달이 되었을 때, 화요일 회의를 마치고 피터, 케빈, 댄과 식당에 갔다. 세 남자 모두 40대였고 독신이었다. 댄이 같이 자는 이웃에 대한 이야기를 했다. 그녀는 이제 매일 댄과 함께 TV를 보고 싶어 했는데, 댄은 혼자서 보기를 원했다. 케빈이 내게 만나는 사람이 있는지 물어보았다. 나는 샘을 향한 감정을 들키지 않으려 조심스레 이야기했다.

"틴더에서 만났어요?" 케빈이 회의적인 말투로 물었다.

"네, 근데 블롯은 아니에요." 내가 대답했다. "모든 일에 너무 무심하거든요."

"어떻게 생겼는데요?" 피터가 물었다.

"매력적으로 생겼다고 생각해요." 나는 인정했다. "그렇지만 조금 못생긴 데도 있어요. 블롯이랑은 다르게요."

남자들이 의미심장한 표정을 주고받았다. 샘의 외모에 관해 이야기하는 행동이 무례하게 느껴졌다. 이 말은 내가 그들 각자에 대해서도 외적인 판단을 내린 적이 있다는 사실을 넌지시 의미했다. 몇 년 전에는 이 남자들 중 한 명과 데이트를 해볼까 생각한 적도 있었다. 그러나 이들과 친해지면서 무리라는 걸 알았다. 사람들을 처음에 만났을 때 조금의 빈틈도 보이지 않으면 관계의 문은 꽝 소리를 내며 닫힌다. 그 후에는 애초에 거기 문이 있었다는 사실조차 잊어버린다.

"그 사람 차는 있어요?" 피터가 물었다. 블롯은 운전면허증을 발급받지 못한다. 모든 신문 기사에서 언급한 블롯의 특징이었다.

"음, 아니요." 내가 대답했다. "그런데 그 사람은 차가 필요 없어요. 바트BART*를 타거든요."

"집에는 가봤어요?" 댄이 물었다.

샘은 오클랜드 힐스에 살았다. 내가 우겨서 한번은 그의 아파트에서 밤을 보냈다. 방으로 가기 위해 카펫이 깔린 계단을 내려가는 동안 샘은 내게 조용히 하라고 말했다. 아직 한 달밖에 살지 않아서 룸메이트들이 하룻밤 자고 가는 손님을 괜찮다고 생각할지 확신이 없다고 했다. 그래서 없는 척하라는 말을 들었을 때, 그런 말을 들었던 이전 순간들이 떠올랐다. 약간 모멸적인 기분이 들었지만, 나는 이 말도 샘이 인간인 증거라고 좋게 받아들였다.

샘은 킹사이즈 침대 가운데 침낭을 깔고 잤다. 그는 나를 위해 자신의 캠핑 장비를 보관하는 복도 벽장에서 여분의 베개를 꺼내주었다. 마치 이날을 위해 산 물건인 듯 아직 포장지에 싸여 있었다. 침대 발치에는 접어놓은 티셔츠와 양말로 가득 찬 러버메이드Rubbermaid** 상자가 있고 상자 뚜껑 위에는 전기 주전자가 놓여 있었다. 덕분에 커피를 끓이려 위층 주방으로 올라갈 필요가 없었다. 아침에 내가 일어나자 샘이 주전자로 물을 끓였다. 우리는 머그잔 하나로 돌려가며 커피를 마셨다. 나는 우유가 있는지 물었다.

• 샌프란시스코 해안 지역을 운행하는 장거리 전철 대중교통 시스템.
•• 미국의 가정용품 제조 회사.

"주방에 좀 있을 거야." 샘이 대답했다. 우유를 가져오길 기다렸지만 샘은 침대 끝에 걸터앉은 채 계속 커피를 마셨다. 룸메이트들에게 내 존재를 들켜서는 안 됐기에 직접 가지러 갈 수도 없었다.

저녁을 먹으면서 나는 샘이 인간이라는 증거로 이 사소한 사건을 힘주어 말했다. "그 사람이 블롯이라면 그딴 행동은 하지 않았을 거예요." 내가 설명했다. "블롯이라면 좋아라 하며 내 커피에 넣을 우유를 가지러 갔을 거예요. 그렇게 이기적이도록 프로그래밍되지는 않았을 거예요." 나는 잠시 머뭇거렸다. "그렇겠죠?"

케빈이 의심스럽다는 듯 고개를 흔들었다. "글쎄, 나야 모르죠. 기술이 점점 발전하고 있으니까요. 어쨌든 조심해야 해요."

"어쩌면 블롯이 아닐지도 모르지." 댄이 일어나서 계산서가 놓여 있는 플라스틱 쟁반 위로 20달러를 던지며 말했다. "그냥 개자식일 수도 있어요."

초기의 블롯은 집이 없었다. 그들은 밤새 거리나 공원을 이리저리 돌아다니며 다음 데이트를 기다렸다. 아직 숙주를 잡지 못한 블롯 몇 명은 여전히 그러고 다녔다. 그들을 풀어놓은 회사는 아마 존재조차 잊어버렸거나, 길가에 버려져 나뒹구는 전동 스쿠터처럼 영원토록 헤매고 다니든 말든 신경 쓰지 않는 게 분명했다. 때때로 길거리에서 그런 블롯 중 하나를 지나치기도 했다. 거칠고 공허한 눈빛, 구겨진 옷차림과 달리 피부와 머리는 여전히 완벽했다. 나는 이런 버림받은 블롯들이 약간 불쌍하게 느껴졌다. 한 가지 목적을 위해 설계되었는데 그 목적을 완수하지 못하는 자신을 보는 일은 필시 고통스러울 테니까.

샘의 집을 보고 나는 만족했다. 하지만 내 아파트가 객관적으로 더 좋았기에 다시는 그 집에 가지 않았다. 샘이 오는 날에는 집을 청소하고 항상 다음 날 아침에 먹을 달걀과 커피를 확실하게 준비했다. 침대로 가기 전 샘은 고양이가 긁지 못하도록 그의 셀비지 청바지°와 말가죽 부츠를 거울 문이 달린 옷장의 높은 선반에 올려두곤 했다. 내 고양이들이 신발이나 옷을 긁는 습관이 있는지는 알 수 없었지만, 굳이 그렇지 않다고 주장하고 싶지도 않았다. 내가 틀릴 수도 있으니까.

샘이 그의 보호조치를 취하는 동안 나도 내 보호조치를 취했다. 노트북은 침대 내 자리 쪽 벽 선반 위에, 휴대전화는 베개 밑에 두고 잠을 잤다. 전자 기기들을 비밀번호로 잠가놓긴 했지만, 이미 널리 알려졌듯 블롯은 이것들을 풀 수 있었다. 샘이 내 노트북을 훔치려 손을 뻗기만 해도 나는 곧장 잠에서 깰 것이다. 천성적으로 불안이 많아 잠을 얕게 자는 데다가 새로운 남자

• 자체 마감 처리된 원단으로 만들어져 독특한 외관과 내구성을 자랑하는 청바지의 일종.

가 옆에서 자고 있으니 더욱더. 어차피 샘이 자고 갈 때는 잘 시간이 많지 않았다. 보통 두세 번 정도 섹스를 한 다음, 아침에 한 번 더 했다. 횟수가 늘어날수록 쾌감이 감소했다. 간혹 샘은 끝날 무렵에도 전혀 사정하지 못했고, 나는 그 점에 만족하곤 했다. 마치 저수지의 물을 말려버린 듯한 만족감이 들었다. 나는 샘을 텅 비게 만든 뒤 다른 무언가로 다시 채우는 상상을 했다.

몇 주가 지나자 샘과 나는 연인 비슷한 관계에 접어들었다. 나는 계속해서 샘이 주도권을 잡도록 내버려두면서 우리가 데이트하는 주말 저녁만 기다리며 살았다. 저녁 식사 데이트 후에는 내 아파트로 돌아와 섹스를 했다. 어느 일요일 아침, 샘이 아파트를 나설 때 나는 주중에도 만나서 같이 저녁을 먹자고 제안했다. 샘은 내 뺨에 키스하며 일정을 확인해보겠다고 대답했지만, 일주일이 지나도록 아무 말이 없었다. 한 번 더 물어보면 너무 내 입장을 강요하는 것처럼 보일지도 몰랐다. 나는 어떤 것이라도 너무 단단히 쥐면 모래처럼 손아귀에서 미끄러지기 마련이라고 마음을 다독였다.
월요일이 되자 나는 샘을 또다시 만날 때까지 일주일을 꼬박 기다려야 한다는 생각을 하며 우울한 기분으로 출근했다. 오전 영어 수업 시간에는 학생들이 싫어하는 의미 없는 게임을 하면서 그들이 하지 않은 숙제의 답을 다시 훑어보았다. 오후 미술대학에서는 여러 교실의 뒤편에 가만히 앉아 있다가 화장실에서 돌아오는 학생을 향해 미소 지었다. 학생들은 내가 대하기 쑥스러운 친척인 양 불편한 미소로 화답하며 눈길을 돌렸다.

수요일에는 세 시간짜리 의상 디자인 수업 중에 너무 지루해진 나머지 샘에게 먼저 문자를 보내기까지 했다. 샘이 빅서에 가자고 조르지 않아 안심한 나는 어디 다른 곳으로라도 여행을 가면 어떨까 하는 생각이 들었다. 몇 주 뒤면 긴 주말 연휴였다.

나는 '곧 대통령의 날*이야! 주말여행 어때?'라고 문자를 보내고 다시 노트북으로 필기를 시작했다. 늘 강의를 꼼꼼하게 기록했지만 문자를 보낸 뒤로는 학생들이 각자 자기 디자인 작업을 하는 동안 나도 바빠 보이려 횡설수설 아무 말이나 적어댔다. 매일 필기를 충실히 해왔는데 기분 장애가 있는 사람처럼 헛소리를 써댔다.

다시 휴대전화를 확인하자 샘에게서 '괜찮을 듯' 하고 문자가 와 있었다.

좋아! 내가 답장했다. 어디로 갈까?

나는 이렇게 보내고 바로 후회했다. 지나치게 열렬한 내 태도에 샘이 부담을 느끼고 한발 물러설지도 몰랐다. 당연하게도 샘은 세 시간 동안 답장을 보내지 않았다. 그때 가서 생각해보자. 그

• 미국 대통령을 기리는 공휴일로 날짜는 매년 2월 셋째 주 월요일이다.

가 마침내 답장했다. 아직 시간 많잖아.

내 친구들은 이런 행동이 좋은 조짐이라고 맞장구쳤다. "만약 블롯이라면 확실히 정하고 싶어 했을 거예요." 회의가 끝난 뒤 길가에서 담배 연기를 내뿜으며 피터가 말했다. 더는 샘이 블롯일까 걱정하지 않았지만 피터의 확신에 찬 말을 들으니 또 한 번 안심이 되었다. 우리가 데이트를 시작한 지 두 달이 지나가고 있었다. 알려지기로 블롯은 데이트 시작 후 한 달 안에는 목적을 달성하려 한다고 들었다. 그 이상 기간이 길어지면 가성비가 떨어지기에.

피터와 다른 친구들이 나의 이런 돌발적인 행동에 놀랐다는 사실을 알았다. 그들이 엄두도 내지 못하는 일을 함으로써 나는 그들의 존경심을 얻었다. 나는 관계에 현실적으로 접근했다. 한때 나의 알코올의존증이 채워주던 빈자리를 메꾸기 위한 먹잇감으로 샘을 이용하는 게 아니었다. 친구들은 내게 그들의 연애에 대한 충고를 구하기 시작했다. 나는 현재에 충실하라고 조언했다. 결과에 집착하지 마. 지금 이 순간, 있는 그대로 그 사람을 받아들여.

대통령의 날 연휴 직전 일요일, 샘은 2인용 소파에 앉아 내가 만든 달걀 요리를 먹었다. 나는 창문 옆 책상에 앉아 내 몫을 먹었다. 그리고 샘은 전날 밤 옷장에 넣어두었던 옷을 다시 꺼내 입었다. 얇은 브이넥의 검은 티셔츠와 일본제 셀비지 청바지. 이제 20분 뒤면 그가 가버릴 것이다. 더 이상 여행 계획 세우기를 미룰 수 없었다.

"그러면." 내가 조심스레 입을 열었다. "다음 주말에 어디로 갈까?"

"아, 그렇지." 샘이 전혀 생각해보지 않았다는 듯 말했다. "날씨부터 살펴보자."

나는 노트북을 가져와 소파 옆자리에 앉았다. 날씨 사이트에는 화요일부터 다음 주까지 해안 지역 전체에 비가 많이 온다고 나와 있었다. 사막이라도 가지 않는 이상 캠핑은 어려워 보였다. 내 코롤라가 사막에 갈 수 있을지도 의심스러웠다. 샘 앞에서 내 노트북을 사용한 것은 그때가 처음이었다. 나는 샘이 내 노트북을 가져가길 기다렸지만, 그는 적절한 거리를 유지하며 이런저런 단어를 검색해볼 것을 권했다.

캠핑을 대신할 것을 찾다가 북쪽에 있는 온천 시설을 발견했다. 나는 친구에게 들어 저렴하고 실용적인 이 리조트에 대해 알고 있었다. 이곳에서 수영복은 선택 사항이며 손님들은 공동 주방에서 자기 식사를 준비할 수 있었다. 샘이 전화를 걸어 그의 신용카드로 3박을 예약했고, 내가 벤모Venmo•로 비용의 절반을

• 휴대전화 앱을 통해 송금할 수 있는 미국의 모바일 결제 서비스.

보내주길 원했다. 나는 샘이 수화기 너머 상대방에게 그의 이름을 천천히 반복하는 소리를 들었다. 그가 자기 성을 크게 말하는 걸 처음 들었는데, 부드러운 발음이라고 생각한 'ㅐ'를 강하게 발음해서 놀랐다.

전화를 끊은 후 샘은 내 어깨에 팔을 두르고 오늘 계획을 물어보았다. 평소 그는 내가 만든 달걀 요리를 먹은 뒤 바로 집을 나섰는데 나는 불현듯 그가 더 오래 머물렀으면 싶었다. "주스 만들자." 내가 제안했다.

내 착즙기는 무게가 꽤 나갔고 반짝이는 강철로 만들어진 데다가 뒷면은 둥글었다. 몇 년 동안 사용한 이 착즙기에는 낭만적인 의미가 겹겹이 쌓여 있었다. 처음 나에게 이것을 사 준 예전 남자 친구와는 장거리 연애를 했는데, 그는 로스앤젤레스에 살았고 나보다 나이가 많았다. 그는 내게 선물 보내는 걸 좋아했다. 아마도 우리 관계에 대해 내가 분명하게 드러내는 양가감정을 막아내기 위한 방어 수단이었을 것이다. 이 착즙기는 비싼 모델이었다. 과일, 채소, 허브 상관없이 아무거나 꼭대기의 좁은 입구로 집어넣은 다음 베이지색 막대로 빙빙 돌아가는 고깔 모양의 통을 쑤시면 주스가 흘러나왔고, 남은 섬유질 덩어리는 통 바닥으로 떨어졌다.

로스앤젤레스에 사는 남자 친구가 이곳에 왔을 때 우리는 주스를 만들었다. 헤어지고 나서는 그 후에 사귄 남자들과 주스를 만들었다. 함께 주스를 만들던 남자들이 이제 내 삶의 무대에서 빠져나갔다는 사실을 생각하면 조금 슬퍼졌다. 하지만 지금 샘과 나는 여행 계획을 세우고 있었고, 이는 살면서 축하할 만한 큰 사건이었다.

몇 블록 떨어진 클레멘트 거리에 농산물 시장이 있었다. 아침 안개가 사라진 차가운 푸른 하늘 아래, 우리는 시장까지 걸어갔다. 케일, 풋사과, 셀러리, 비트, 생강을 사고 장을 본 값은 절반씩 나눠 냈다. 나는 샘이 상인들과 잡담을 나누는 모습을 지켜보았다. 샘은 몇 분 동안 10대 소년에게 그 집 가족 과수원에서 재배하는 여러 종류의 사과에 대해 물었다. 나는 그 소년이 샘의 남성적인 능력에 깊은 인상을 받은 것 같아 자랑스러웠다. 우리는 집에 돌아와 주방에서 채소와 과일을 씻어 조각조각 잘랐다. 둘이 번갈아 착즙기에 자른 조각들을 넣으며 전용 막대로 찔러 떨어뜨렸다.

우리는 걸쭉하고 시금털털한 주스를 담은 유리잔을 들고 거실로 돌아왔다. 우리 사이에 편안한 감정이 새롭게 펼쳐지는 게 느껴졌다. 마치 주스 만들기가 우리를 가족이란 비눗방울로 감싼 듯했다. 나는 샘을 기쁘게 하려고 가짜 야구공 던지는 방법을 가르쳐달라고 부탁했다. 샘은 종종 고등학교 시절 왼손잡이 투수로 활약했다고 말했다. 무슨 말인지는 모르겠지만 1부 리그 대학교라는 곳에 거의 영입될 뻔했는데, 앙심을 품은 코치가 나는 잘 모르는 야구에 관련된 이유를 대며 입학 사정관이 온 날 경기를 뛰지 못하게 했다고 설명했다.

거실 한가운데 선 샘은 상체를 돌리며 공을 던지는 팔에 온 힘을 쏟는 방법을 보여주었다. 나는 옷장 미닫이문 거울에 비친 우리의 모습을 보았다. 공을 던지는 척하며 팔을 뒤로 젖힐 때 시카고 교외의 우리 집 작은 뒷마당에서 공 던지는 방법을 가르쳐주던 아빠가 생각났다. 아빠는 내가 '여자애처럼' 던지지 않는 것을 자랑스러워했는데, 그게 다였다.

샘에게 이 추억을 이야기하다 나도 모르게 벌써 그전부터 시작된 아빠의 약물중독에 관해 말하기 시작했다. 소파에 자리를 잡고 앉은 다음 아빠가 어떻게 삶에서 굴러떨어졌는지 전부 들려주었다. 아빠는 몇 주간 사라졌다가 전보다 더 나빠진 모습으로 돌아오곤 했다. 한번은 재활원에도 들어갔는데 퇴원하고 돌아왔을 때는 턱수염을 기른 상태였다. 나는 샘에게 수염이 있는 아빠를 볼 때마다 들었던 기묘한 감정, 마치 TV 쇼가 시즌마다 배우를 교체하는 것처럼 비슷하면서도 자세히 보면 다른 남자로 바뀐 듯한 느낌에 관해 이야기했다. 당시 나는 열네 살이었고, 그날이 아빠를 본 마지막 날이었다. 그 후로 5년 동안 아빠는 때때로 나와 엄마에게 자신의 행동을 바로잡은 뒤 곧 돌아가겠다는 약속과 더불어 미안하다는 사과로 가득 채운 편지를 보냈다. 그러다가 결국 편지가 끊겼고, 엄마는 미련을 버리고 앞으로 나아가는 게 최선이라고 판단했다.

내 이야기에는 감정이 거의 담겨 있지 않았다. 나는 이미 이 이야기를 심리 상담이나 금주 모임에서, 그리고 과거 연애의 초기 단계에서 관계가 좀 더 진지해지기를 바랄 때 말하곤 했기 때문이다. 감정은 빨아내 버려진 채 착즙기가 뱉어낸 섬유질처럼 있는 그대로의 사실만 남아 있었다.

샘은 조심스럽게 귀를 기울이다 내 말이 끝나자 빈 주스 컵을 낮은 탁자 위에 올려놓고는 큰 손으로 내 얼굴을 감싸고 키스했다. 멋진 행동이었지만 영화에서 본 대로 따라 하는 느낌을 받았다. 여자 배우가 몸에 있는 흉터를 드러내고 남자 배우가 그 흉터 하나하나에 가만히 키스하는 영화 장면 같은 것을 흉내 내는 듯했다. 나는 샘이 그의 이야기로 호응해주기를 원했다. 아니면 차라리 아무 말도 하지 않거나. 그래도 앞으로 속내를 더 많이 털어놓을 수 있는 발판을 마련했다고 느꼈다. 나는 사람들에게 영향을 미친 고통스러운 경험을 통해 그들을 알아가는 데 익숙했다. 샘에게는 단지 시간이 더 필요할 뿐이라고 생각했다.

샘이 내 아파트를 떠난 후 처음으로 그가 없는 적막감이 느껴지지 않았다. 목구멍 깊숙이 자리 잡은 따끈한 돌처럼 나를 따뜻하게 지켜주는 새로운 친밀감이 우리 사이에 생겨난 듯했다.

여행 전날 밤을 같이 보낸 우리는 다음 날 아침 북쪽을 향해 출발했다. 골든게이트교를 건널 때는 비가 와서 짙은 안개가 시야를 가렸다. 내가 여행을 떠나며 기대한 낭만적인 상황을 고약한 풍경이 방해하고 있었다. 도중에 샌프란시스코 샌러펠시에 있는 트레이더 조Trader Joe's*에 들러 장 볼 목록에 적어둔 물건들을 골랐다. 카트를 끌고 계산대 앞에 줄을 서서 기다리는 사이 나는 샘과 남은 세월 동안 이런 일을 함께하는 상상을 했다. 적당한 곳에 집을 사고, 각자 작업실에서 일하는 동안 주스를 갖다주기도 하겠지. 놀라운 운명의 장난 덕분에 나도 마침내 다른 사람들처럼 살게 되겠지.

리조트는 캘리포니아 해안가의 작은 도시 멘도시노 동쪽에 있었는데, 울창한 숲 사이 좁은 길을 통해 가야 했다. 샘이 마지막 구간을 운전하기로 해서 나는 긴장한 채 조수석에 앉아 있었다. 내 낡은 자동차는 오래된 플라스틱 장난감처럼 금방이라도 부서질 듯 덜컹거렸다.

본관에서 체크인한 우리는 수영장으로 향하는 자갈길 옆에 따로따로 늘어서 있는 작은 오두막 중 하나에 들어갔다. 문이 잠기지 않았다. 방에 귀중품을 두지 말라는 말을 들어서 자동차 트렁크에 휴대전화를 넣어놔야 했는데, 오히려 다행이라고 생각했다. 원래는 수영복을 입을 생각이었지만 탈의실에 들어가니

---

* 캘리포니아 몬로비아에 본사를 둔 미국의 식료품 체인.

수영복을 입은 사람이 안 좋은 의미로 더 눈에 띌 것이 분명해 보였다. 수영장에 있는 사람 모두가 알몸이었다. 탈의실 창문으로 젖은 콘크리트 바닥 위를 걸어 다니는 커플들과 짝 없는 중년 남성 몇 명이 보였다. 근거 없는 자신감으로 세상을 헤쳐 나가는 사람들이라는, 히피를 경멸하는 마음이 어렴풋이 나를 스쳐 지나갔다. 내 안에 있는지도 몰랐던 편견이었다. 옷을 벗어 사물함에 넣자 부끄러운 기분이 들었다. 지금 샘과 벌거벗고 있는 이 상황이 내 아파트에서 그러고 있던 때와는 완전히 다르게 느껴졌다.

"이상하지 않아?" 내가 탈의실에서 나오며 속삭였다.

"뭐가?" 샘이 말했다. 그는 수건을 의자에 던지고 첫 번째 온수 풀에 몸을 담갔다.

나도 항복하고 몸을 감쌌던 수건을 의자에 던졌다. 우리는 어깨에 이슬비를 맞으며 온수 풀 안에 설치된 긴 의자에 누웠다. 몇 분이 흐르자 알몸이 더 이상 큰 문젯거리로 여겨지지 않았다. 수영복을 입지 않은 인간의 몸은 성적인 것과는 거리가 먼 중립적인 것이었다. 하지만 나는 수영장을 옮겨 다닐 때마다 수건으로 몸을 감쌌다. 우리는 리조트의 매력적인 여러 시설을 돌아보았다. 미지근한 대형 수영장, 온수 풀 몇 개, 다채로운 타일 벽의 작은 냉수 풀, 그리고 삼나무 바닥으로 된 사우나와 한증막. 한 바퀴를 돌고 나서 다시 첫 번째 수영장으로 돌아왔을 때, 탈의실

입구 위의 시계를 힐끗 보니 겨우 한 시간이 지나 있었다. 가슴이 답답해지며 우리가 너무 길게 예약한 게 아닐까 하는 의구심이 들었다.

나는 잠시 미지근한 수영장에 앉아 다른 사람들을 바라보았다. 맞은편에는 길고 지저분한 회색 머리를 하나로 묶은 늙은 남자가 눈을 감고 얇은 입술을 꼭 다문 채 고즈넉이 앉아 있었다. 멀리 냉수 풀에는 친구처럼 보이는 20대 네 명이 차례대로 얼음장 같은 물에 몸을 담그고는 입을 벌려 소리 없는 비명을 질러 댔다. 그때, 한 커플이 사우나에서 나왔다. 그들은 묘한 한 쌍이었는데, 여자는 평범한 외모의 소유자로 30대 후반의 나이에 흐물흐물한 몸매와 초췌하고 눈에 띄지 않는 얼굴을 가진 데 비해 남자는 키가 크고 근육질에다 젊은 배우처럼 굉장히 잘생긴 사람이었다.

나는 샘을 꾹 찔렀다. "저 사람 블롯 같아?" 커플 쪽으로 턱짓하며 속삭였다.

"블… 뭐?"

불법 복제된 블롯 기술의 최근 발전에 관한 뉴스 보도가 아주 많았기에 블롯을 모르는 사람이 있을 거라고는 상상도 하지 못했던 나는 블롯에 관해 설명했고, 샘은 약간 곤혹스러운 표정으로 고개를 끄덕였다. 그의 무관심한 태도가 불안감을 불러일으켰다. 더 격한 반응을 해줬으면 했다.

"우리가 처음 데이트했을 때 너도 그중 하나일까 봐 걱정했어." 내가 말했다.

"아, 그래?"

"증거를 노리고 있었지."

샘이 어깨를 으쓱했다. "흠, 실망시켜서 미안하군." 내 왼쪽 허벅지를 장난스럽게 꽉 움켜쥐며 그가 말했다.

대화가 다시 멈췄다. 나는 샘이 어울리지 않던 그 커플에 대한 추측에 동참하지 않아 짜증이 났다. 그들은 탈의실로 들어가 버렸다. 이곳에 오는 동안에는 음악이 완충 역할을 해주어 긴 시간 말없이 보낼 수 있었다. 저녁 식사 전 마지막으로 가장 뜨거운 온수 풀에 들어갔을 때, 내가 아무 말도 하지 않으면 샘이 무슨 말을 할지 궁금했다. 그는 리조트 사유지 내 육류 요리 금지 규칙에 관해 불평하기 시작했다. 헬스장에서 힘들게 만든 근육량을 유지하기 위한 단백질을 충분히 먹을 수 있을지 걱정했다. 나는 주중에 우리가 만나지 않을 때는 무엇을 먹는지 물었다. 샘은 주로 껍질 없는 닭고기와 여러 종류의 채소, 바닐라 맛 단백질 셰이크를 먹는다고 대답했다.

"와." 내가 말했다. "단백질 광인이구나."

샘이 나를 흘깃 쳐다보았다. "그렇게 말하지 마." 그가 말했다.

"하지 마?"

"바보처럼 들리잖아."

"그런 의미가 아니었어." 그런 의미가 맞았지만 나는 이렇게 말했다. 초조해진 마음에 분위기를 가볍게 하고 싶었다. 그래서 '스툴 Stool'이라는 '툴 Tool'*의 커버 밴드에서 베이스 기타를 연주하던 연하의 예전 남자 친구 이야기를 꺼냈다. 나는 그를 금주 모임에서 만났다. 술을 끊기 전 그는 1년 동안 오로지 겨자 소스를 뿌린 정어리만 먹었다. 슈퍼마켓에 술을 사러 간 김에 같이 산 통조림 정어리였다. 금주를 시작하고 첫 6개월 동안은 하루에 아이스크림만 4리터씩 먹었다.

"그렇지만 나랑 데이트할 때는 꽤 정상적인 식단으로 돌아왔어." 내가 말했다. "음, 그런대로 정상적이었지. 여전히 아이스크림은 많이 먹었지만."

샘의 꼭 다문 입술이 다시 자라난 수염의 흔적 속에서 분홍색 마이너스 기호처럼 보였다. "역겹군." 그가 말했다.

"그렇지." 내가 답했다. "그 사람도 그렇게 생각했어."

"나는 네가 전에 데이트했던 남자들 이야기는 듣고 싶지 않아." 샘이 말했다.

나는 잠시 당황했다. "왜 싫은데?"

"특히 정어리만 먹는 이상한 놈들 이야기라면 말이야."

• 미국 캘리포니아 로스앤젤레스 출신의 록 밴드.

"그건 그 사람의 일면일 뿐이야." 내가 말했다. "좋은 점도 많 았어."

"전 남친에 대해 말하는 건 별로 현명한 일은 아닌 것 같은 데." 샘이 말을 이었다.

"전에 이야기했을 때도 나 기분 별로였어."

샘의 말에 나는 날카로운 아픔을 느꼈다. 나 자신이 점점 평 소의 부루퉁한 침묵 속으로 빠져드는 것을 느꼈다. 샘은 샤워장 으로 가는 길에 내 기분을 띄우려고 노력했다. 샘이 미지근한 수 영장 근처에서 도자기 거위 화분 한 벌을 가리키자 지푸라기라 도 잡으려는 그의 심정이 느껴졌다. "귀엽네." 나는 무심하게 맞 장구쳤다.

우리는 피부에 남아 있던 온천물의 미네랄을 씻어내고 탈의 실에서 옷을 입었다. 자갈길을 따라 채식 재료를 보관해둔 공동 주방이 있는 리조트 본관으로 걸어갈 때, 샘이 내 손을 잡았다.

"괜찮아?" 그가 물었다.

"괜찮아." 내가 무뚝뚝하게 대답했다.

"어이." 샘이 걸음을 멈추고 나를 마주 보며 말했다. "미안해, 알지?"

"괜찮다니까." 나는 그의 눈을 쳐다보며 말했다. "전 남친 이 야기 이제 안 할게."

"아니, 그런 말 하지 마." 그가 말했다. "뭐든지 마음대로 이야기해."

샘은 기대에 찬 표정으로 미소 지었다. 나는 그가 정말로 미안해한다는 걸 알았지만, 왜 미안한지는 모르고 있다는 생각이 들었다.

화해의 포옹을 한 뒤 이 일은 잊기로 마음먹었다. 툴의 커버 밴드에서 활동하는 전 남자 친구 이야기는 꺼내지 말았어야 했다. 샘의 단백질 집착에 호응해주려고 한 건데 되레 반감만 불러일으켰다. 사귀는 사람의 과거 연애사가 듣기 싫은 건 당연한 일이었다.

우리는 안으로 들어가 채소와 템페Tempeh*를 무쇠 프라이팬에 볶아 랩 샌드위치를 만들었다. 음식은 본관의 다른 쪽에 있는 식당에서 먹었다. 식당은 열차의 차량처럼 생겼고 탁자 옆 창문으로 울창한 숲이 우거진 계곡이 내려다보였다. 샘이 사과했지만 여전히 그에게서 거리감이 느껴졌다. 우리 사이에 해결되지 않은 문제가 남아 있는 듯했다.

"너도 하고 싶은 말 있으면 뭐든지 해." 내가 말했다. "전 여친 이야기 같은 거."

샘이 웃었다. "왜 갑자기 심리 상담 분위기야?"

• 두부와 비슷하게 생긴 인도네시아의 콩 발효식품.

"심리 상담 받아본 적 있어?" 새로운 정보가 내 주의를 끌었다.

샘의 얼굴이 붉어졌다. "전 여친이랑 몇 번 받아봤어. 커플 상담 같은 거."

"도움이 됐어?"

"몰라." 샘이 랩 샌드위치를 풀어 템페 조각을 골라내며 말했다. "나는 감정을 말하는 데 익숙하지 않아. 그렇게 자라지 않았거든."

과거에 친구들이 그들의 연애에 불만을 갖고 나를 찾아왔을 때 조언했듯이 상대방을 있는 그대로 받아들여야 한다고 다시금 마음을 다잡았다. 그러나 처음 맞닥뜨린 사소한 갈등이 비판의 물결을 막고 있던 내 안의 댐을 무너뜨렸다. 둘째 날이 되어 나는 샘의 짜증 나는 행동을 하나 더 발견했다. 한번은 우리 둘만 사우나에 있을 때였다. 결혼 생활에 문제가 있는 대학 친구 이야기를 시작했는데 갑자기 샘이 개가 짖는 듯한 가짜 웃음소리를 냈다.

"이 이야기가 웃겨?" 나는 놀라서 물었다.

"아니." 그가 대답했다. "그냥 형이랑 나랑 가끔 하던 짓이야."

"내 이야기가 재미없어?"

바로 그때, 그 별난 커플이 사우나에 들어왔다. 여자는 우리 아래쪽 벤치에 수건을 깔더니 가슴을 위로 하고 드러누웠다. 블롯같이 생긴 남자는 목제 안락의자 중 하나에 다리를 넓게 벌리고 앉았다. 나와 잠시 눈이 마주치자 그가 미소를 한껏 머금었다. 제발 그만둬, 나는 생각했다.

"그렇지 않아." 샘이 내 허벅지를 쓰다듬으며 나지막이 말했다. "그냥 장난이야."

그 후 나는 온수 풀 안에 앉아 샘에게 예술대학에서의 내 일, 오랜 시간 게으르게 아무 일도 하지 않고 단지 교실 안에 존재한다는 이유로 월급을 받는 데서 오는 부끄러움과 낮은 자존감에 대해 이야기했다.

"그러니까 아무 일도 안 하고 돈을 받는다는 거야?" 그가 덧붙였다. "근사하게 들리는데."

내 역할의 부조리를 제대로 전달하지 못했다는 것을 깨달았다. 그저 배부른 투정처럼 들렸을 것이다. 나는 화제를 바꿔 내가 참여했던 금주 모임과 회복 프로그램에 관해 이야기했다. 대화 초반에 샘은 '골칫거리를 해결해서' 다행이라고 말하며 술을 끊은 나의 행동을 지지해주었다. 하지만 금주 모임 덕분에 어떻게 서로 다른 사람들이 하나가 되었는지를 이야기하다 보니, 마치 내가 사이비 종교 단체에 세뇌당한 신도처럼 말하고 있다는 사실을 자각했다. 타인에게 이런 내밀한 인생 이야기까지 하는 내 자신이 싫어졌다. 이래서 내가 오랫동안 데이트를 피해왔는지도 모르겠다.

나는 입을 다물었다. 샘은 아무 말도 하지 않았지만 평가받는 듯한 느낌이 들었다. 고개를 돌려 샘을 바라보니 그는 눈을 감은 채 머리를 풀장 가장자리에 기대고 있었다. 명상하는 것처럼 보이기도 했는데, 잠이 든 걸 수도 있었다.

셋째 날 밤이 되자 나는 고양이들이 있는 내 아파트로 돌아가고 싶었다. 저녁 식사 내내 깊이 있고 진중한 대화를 위한 노력은 포기한 채 본관 건물의 실내 장식에 대한 샘의 평가를 들으며 고개만 끄덕였다. 가져온 음식은 거의 다 먹고 밀가루 토르티야와 견과류 믹스만 남아 있었다. 나는 구운 토르티야를 조금씩 찢어 핫소스를 한 방울씩 뿌려 먹고 샘은 견과류 믹스에서 땅콩만 골라 먹었다. 식당 반대편에서는 그 평범한 여자와 그녀의 멋진 남자 친구가 앉아 붉은 포도주를 마시며 알록달록한 야채볶음을 먹고 있었다. 나는 그 남자의 존재가 신경에 거슬렸다. 남자는 분명 블롯이며 어느 날 밤 증발해버릴 게 확실했다. 곧 풀장에 홀로 있을 여자의 모습이 머릿속에 그려졌다. 블롯의 공격으로 엉망이 된 삶으로 돌아가기 전 남은 휴가를 최대한 즐기려 애쓰는 여자의 모습이. 그러나 그들은 아직 이곳에 앉아 푹신한 목욕 가운을 걸친 채 목소리를 낮추고 활기차게 대화하고 있었다. 순간, 여자가 남자의 말에 웃음을 터뜨렸다. 그러고는 고요한 산장의 분위기를 방해한 사실이 부끄러운지 우리에게 슬쩍 미안한 눈길을 보냈다.

방으로 돌아온 나는 샘이 조금이라도 나를 즐겁게 해주길 바라며 섹스를 시작했다. 다른 손님을 방해하고 싶지 않아 조용히 몸을 움직였다. 섹스가 끝난 후 샘의 가슴 위에 머리를 얹은 채 어둠 속에서 가만히 누워 있었다. 지난 사흘간 대부분의 시간을 젖은 알몸 상태로 지냈다. 헝클어진 머리는 여전히 축축했으며 공용 샤워장에 있던 티트리 샴푸 냄새를 풍겼다. 이곳에 온 첫날부터 화장을 하지 않았다. 전자 기기의 화면도 보지 않았다. 휴대전화는 전원이 꺼진 채 자동차 트렁크 안에 있었다. 오롯이 샘과 함께할 기회였지만, 한눈팔 곳이 없으니 오히려 서로 통하지 않는다는 진실만 알게 되었다. 내 진정한 자아는 도시의 금고 안에 갇혀 있는 듯했다. 샘도 비슷한 금고를 가지고 있는 듯했지만, 그 안에 무엇이 들어 있는지는 상상할 수 없었다.

"여기 너무 좋다." 내가 속삭였다. 샘은 몰랐겠지만 이 말은 나의 마지막 시도였다. 나는 샘에게 그가 숨겨온 부드러운 면을 드러낼 최후의 기회를 주었다.

하지만 샘은 "으흠" 하고 중얼거리기만 했다. 몇 분이 흘렀고 내 팔 아래서 샘의 근육이 긴장되었다가 느슨해지는 게 느껴졌다. 오래된 외로움이 나를 덮쳤다. 나는 블롯 로저를 만났던 저녁 모임을 떠올렸다. 내게 깊은 관심을 가지고 질문하던 그의 모습이, 내 잔이 비었음을 알아채고 다시 채워주려 잔을 들고 가던 그의 모습이 떠올랐다.

아침이 되어 우리는 101번 도로를 타고 남쪽으로 차를 몰아 도시로 돌아왔다. 나는 샘과 얼른 헤어지고 싶었다. 그의 무심한 표면 아래 깊은 속내가 들어 있을 거라 착각했다. 그러나 그는 우리가 주말 내내 몸을 담갔던 온천처럼 땅 밑의 알 수 없는 핵에서 흘러나와 고여 있는 탁한 물이었다. 나는 샘에게 음악을 틀어달라 부탁하고 서로 대화할 필요가 없게 볼륨을 높였다.

샘에게 시빅 센터 전철역에 내려주겠다고 말했다. 매캘리스터 거리에 차를 세우고 비상등을 켰다. 샘은 안전띠를 풀고 손을 내 무릎 위에 얹은 뒤 나를 바라보았다. 다시 한번 나는 그가 영화의 한 장면을 흉내 내고 있음을 알아챘다. 그의 애정 어린 손길은 이제 조롱처럼 느껴졌다. 그 자리에 있지도 않은 형과 하던 장난을 이용해 내 이야기를 방해했던 가짜 웃음처럼 느껴졌다. "멋진 주말이었어." 샘의 말에 나는 고개를 끄덕였다.

"진짜 멋졌지." 내가 맞장구쳤다. 샘이 내 얼굴을 두 손으로 감쌌다. 이제는 씁쓸하게 느껴지는 그의 특징적인 스킨십 동작이었다. 그리고 내 입술에 길게 키스했다. 마침내 샘이 차에서 내리자, 마음이 놓였다. 그가 매캘리스터 거리와 포크 거리 모퉁이에 서서 신호가 바뀌길 기다리는 모습을 지켜보았다. 떨어져서 보니 다른 사람과 구별되지 않았다. 샘은 그냥 존재하고 있었고, 그의 존재는 내게 아무런 의미가 없었다. 결국에는 샘도 어쩌면 일종의 블롯일지도 모른다는 생각이, 숙주와 의도적으로 거리를 둠으로써 장기적으로 속이는 것을 목표로 하는 새로운 종류의 블롯일지도 모른다는 생각이 들었다. 사실 어느 쪽이든 상관없었다.

신호가 바뀌자 샘은 길을 건너 도서관 석조 정면 너머로 사라졌다. 나는 그가 돌아서서 손을 흔들지 않아 안도했다.

집에 돌아오니 어릴 때만큼 재빠르지는 않지만 고양이들이 문 앞까지 와서 반겨주었다. 나는 고양이 먹이 통조림을 열어 버터나이프로 내용물을 가른 다음 바닥에 놓인 검은 육각형 접시 두 개에다 절반씩 나눠주었다. 내가 없는 동안 이웃에게 고양이 먹이를 부탁했지만 그 사람이 배설물 상자까지 치우지는 않아서 나는 그동안 쌓인 똥을 모아 처리했다. 그리고 나의 부재로 시작된 하루의 시린 빛 아래서 내 아파트를 새로운 시각으로 둘러보았다. 조용했다. 고요 속에서 시간이 흘러가는 소리가 들렸다.

샘을 만나고 3개월이 흘렀다. 길지는 않지만 새로 시작해야 한다는 생각만으로도 지치기에 충분한 시간이었다. 나는 샘과 헤어져 우리가 막 쌓아 올린 관계를 모조리 허물어버리는 상상을 했다. 다른 남자와 똑같은 단계를 밟으며 기억에 남는 여러 경험을 하고, 헤어지면 또다시 새로운 남자를 만나고, 그 남자가 세밀히 살펴볼 수 있게 또 내 속살을 드러내고, 과거를 펼쳐 보일 것이다. 같이 주스를 만들고, 착즙기 부품을 조심히 씻어 행주로 닦아 서랍 속에 정리할 것이다. 관계가 시작되면 둘 다 흥분되는 시간을 보내다가, 곧 남자가 나를 지겨워하거나 내가 그 남자를 지겨워하게 될 것이다. 관계가 오래 지속될 수도 있지만, 어찌 됐든 끝이 날 것이다.

가방 안에서 휴대전화가 울렸다. 샘이 벌써 문자를 보낸 것이 놀라웠다. '멋진 주말이었어' 하고 차 안에서 이미 한 말을 게으르게 반복했다. 마지막에는 처음으로 하트 이모티콘을 붙였다. 샘은 이 이모티콘을 중요하게 생각하고, 내가 이것을 사랑 고백으로 받아들일 거라 여기는 듯싶었다.

나는 소파 위로 몸을 뉘었다. 샘의 문자에 바로 답장하지 않았지만 어떻게 보낼지는 이미 마음을 정한 상태였다. 내 행동을 후회할 수도 있겠지만.

일주일 전, 나는 이혼을 앞둔 대학 시절 친구와 저녁을 먹으러 하이트 거리로 가는 길에 골든게이트 공원을 가로질렀다. 공터를 지나가는데 똑같이 생긴 남자 다섯 명이 공원 탁자에 모여 있었다. 너무도 기묘한 광경에 나는 발걸음을 멈췄다. 좀 더 자세히 살펴보니 완전히 똑같이 생긴 것은 아니었다. 모두 키와 체격이 같고 단정하고 똑바른 자세를 하고 있었지만 얼굴이 조금씩 달랐다. 차분하게 대화를 나누며 카드 게임을 하고 있었다.

그들이 서로를 편안하게 생각하는 모습이 인상적이었다. 마치 서로를 이해하기 위해 많은 말을 할 필요가 없을 만큼 오랫동안 알고 지낸 사이 같았다.

그때, 한 명이 내 존재를 알아차렸다. 그의 황갈색 눈동자가 반짝 빛나더니 온몸에 활기가 돌며 관심을 보였다. "안녕!" 공원 탁자에서 일어나 나에게로 뛰어와서 말했다. "당신은 매력적이고 지적인 여성인 데다 재능도 많아 보이네요. 나랑 데이트할래요? 여름에 아름다운 빅서를 방문한 적이 있나요?"

나머지 네 명이 돌아보더니 눈을 반짝이며 길고 완벽한 손으로 탁자 위에 카드를 내려놓았다.

나는 그들이 나를 위해 비워준 자리를 향해 걸어갔다.

지구상 마지막 여인

The Last Woman on Earth

지구상 마지막 여인은 로스앤젤레스에 살고 있다. 그녀는 미혼이고 나이는 30대에다 키는 170센티미터, 몸무게는 65.7킬로그램이며 별자리는 처녀자리이다. 그녀는 세계에서 제일 유명한 사람이다. 그녀의 토크쇼는 어떤 TV 프로그램보다 시청자가 많고, 슈퍼볼Super Bowl* 중계방송이나 미스 유니버스 대회 재방송보다도 시청률이 높다. 지구상 마지막 여인은 특별한 재능을 가졌거나 카리스마가 있지는 않다. 그녀는 눈을 지나치게 깜박거리고 프롬프터의 대본을 수시로 잘못 읽는다. 다른 여자들이 멸종되기 전, 지구상 마지막 여인은 오하이오에 살면서 유치원 교사로 일했다. 지구상 마지막 여인이 되기를 원한 적은 없지만,

• 미국 미식축구 리그 결승전.

그녀는 지금 할 수 있는 한 최선을 다하고 있다.

지구상 마지막 여인이 하는 토크쇼의 이름은 〈여성과 함께하는 오후 프로그램〉이다. 그녀는 〈오프라 윈프리 쇼〉를 본보기로 삼았다. 첫 번째 시즌에서는 남자들이 출연해 가죽 의자에 앉아 그들이 알던 여성들을 회상했다. 어떤 남자들은 전 부인이나 여자 친구 이야기를 하기도 했지만, 대부분은 자기 어머니 이야기를 했다. 심리 치료처럼 보였으나 지구상 마지막 여인은 심리 치료사가 아니었기에 그냥 그곳에 앉아 고개만 끄덕이다가 듣고 있다는 표시로 "와"나 "오 저런!", "힘들겠네요" 같은 말만 내뱉었다. 남자들은 항상 울었다. 지구상 마지막 여인은 남자들의 어머니 이야기가 지겨워져 두 번째 시즌에서는 쇼의 초점을 빵 굽기에 두었다.

일주일에 5일, 지구상 마지막 여인은 방송국 주방에서 따뜻한 파이를 구웠다. 그녀는 스카프로 머리를 감싸고 체리가 그려진 하얀 앞치마를 입었다. 여러 분야의 전문가를 초청해 그녀가 빵을 굽는 동안 이야기를 나눴다. 45분간 전문가는 스웨터를 입은 그녀의 등을 바라보며 강연을 했다. 그동안 그녀는 가게에서 산 반죽을 밀고, 과일과 옥수수 전분을 섞어 속을 채우고, 격자무늬 파이 윗면에다 달걀물을 발랐다. 화면을 둘로 나눠 한쪽에서는 파이가 만들어지는 과정을 가까이서 보여주고, 다른 쪽에서는 도시계획이나 목공, 신경 과학, 시詩에 관해 계속 웅얼거리는 전문가의 얼굴을 보여주었다. 한 회의 방송분이 끝날 즈음 지구상 마지막 여인은 완성된 파이를 전문가에게 선물했다. 한 조각을 잘라주고 전문가가 여태껏 먹어본 파이 중 가장 맛있는 파이라고 말할 때까지 기다렸다. 한 명도 빠짐없이 전부 그렇게 말했다.

수천 명의 남자들이 출연 신청을 했다. 모두 여자가 만든 파이를 맛보고 싶어 했다. 전문가가 파이를 실컷 먹고 나면 지구상 마지막 여인은 그에게 감사 인사를 하고 어둑한 휴게실로 갔다. 거기서 그녀는 대걸레로 만든 여성 친구와 칵테일을 마셨다. 지구상 마지막 여인은 친구에게 그날의 전문가에게서 배운 흥미로운 지식을 모조리 이야기해주었다. 이따금 방송국 일꾼이 무대로 기어들어 가 걸레 손잡이를 흔들어 친구가 듣고 있는 양 연출했다. 지구상 마지막 여인이 흐느끼기 시작하면 화면이 점점 어두워지며 방송이 끝났다.

지구상 마지막 여인은 〈유에스 위클리US Weekly〉*의 매호 표지마다 등장했다. 수많은 기사가 그녀의 연애 생활을 다루며 세상에 남아 있는 적당한 나이의 이성애자 남성 수백만 명 중에 하나를 골라 정착하지 않는 이유에 대해 억측을 쏟아냈다. 실제로 지구상 마지막 여인과 데이트하고 싶어 하는 남자는 변태거

* 미국의 유명 연예 잡지.

나 명성을 좇는 사람들뿐이었다. 유일한 여자와의 데이트는 너무 부담되는 일이었기 때문이다. 보통의 남자들은 차라리 자기들끼리 데이트하고 싶어 했다.

시간이 나면 지구상 마지막 여인은 어설픈 남장을 하고 런연 캐니언에서의 하이킹이나 서아프리카 검은코뿔소, 피레네아이벡스 산양, 카리브해 수도사 물범같이 멸종된 동물들을 묘사하는 그림 그리기를 즐겼다. 하지만 할 일이 점점 많아지면서 지구상 마지막 여인이 누릴 수 있는 자유 시간은 점점 줄어들었다. 그녀의 일정은 대리인, 개인 운동 코치, 외국 정부의 수뇌들, 유령 작가 필립과의 만남 같은 일들로 가득 찼다. 필립은《죽지 않는 여인》이라는 가제로 그녀의 회고록을 열심히 집필하는 중이었다. 그녀의 홈페이지에는 하루에도 수천 건의 질문이 쏟아졌다. 남자들은 여성적인 관점이 필요할 때마다 그녀를 찾았다. 대체로 그들은 과거에 만났던 여자의 행동을 이해하는 데 어려움을 겪었다. 그들은 결론을 내리기 위해 지구상 마지막 여인을 찾았다. 한 무리의 인턴사원이 대신 답변을 처리했는데, 주로 마음 챙김을 실천해 현재에 머물 것을 강조하는 내용의 미리 써놓은 답장을 보냈다.

그러나 해가 갈수록 남자들은 지구상 마지막 여인의 의견에 흥미를 잃어갔다. 〈슬레이트Slate〉*와 〈미디엄Medium〉**에 '여인의 영향력 감소' 같은 제목의 분석 기사들이 실렸다. 지구상 마지막 여인은 이런 기사와 그녀의 쇼를 편집한 유튜브 영상, 그리고 하지도 않은 그녀의 연애를 씹고 즐기는 가십 블로그에 달린 댓글을 읽었다. 많은 남자가 지구상 마지막 여인이 더 나은 사람이기를 바랐다. 그들은 그녀가 너무 평범하다고 말했다. 유명 가수 리한나나 섹시한 배우 메간 폭스가 남았으면 어땠을까? 외모가 뛰어나지 않다면, 천재거나 농담이라도 많이 아는 사람이면 좋았을 텐데. 남자들은 그녀가 만든 파이도 아마 그렇게 맛있지는 않을 거라고 댓글을 달았다. 그녀가 마사 스튜어트***의 예전 홈페이지에 있는 요리법을 사용하는 데다, 반죽을 직접 만들지 않는다고도 썼다. 어떤 댓글 작성자는 세상에는 재능 있는 남자 제빵사가 수천 명이나 있지만, 자기 쇼 프로그램을 가진 사람은 아무도 없다고 지적했다. 그녀가 하는 일은 전부 다 지구의 수많은 남자 중 하나가 더 잘할 수 있을 거라고도 덧붙였다. 지구상 마지막 여인도 이 댓글에 동의했다. 그녀는 자주 슬픈 마음이 들었다.

• 뉴스, 정치, 문화, 기술 및 여러 관심 주제를 다루는 미국의 인기 온라인 잡지.

•• 다양한 작가, 사상가, 전문가, 일반인이 기사, 에세이 등의 글을 제공하는 온라인 퍼블리싱 플랫폼이자 소셜 네트워크.

••• 미국의 유명 사업가로 요리, 원예, 수예, 실내 장식 등의 분야에 재능이 뛰어나 살림의 여왕으로 불린다.

토크쇼 일곱 번째 시즌에서 지구상 마지막 여인은 다시 〈오프라 윈프리 쇼〉의 형식을 따랐다. 이번 시즌에서 그녀는 부정적인 댓글을 단 사람들을 초대해 자신이 보는 앞에서 욕하게 했다. 그들은 대부분 부끄러워하며 사과했고, 이런 상황은 그녀를 짜증 나게 했다. 방송에 도움이 되지 않았기 때문이다. 그래도 가끔은 자기 생각을 정확히 말하는 진짜 싸움꾼이 나왔다. 지구상 마지막 여인은 이런 순간이면 진정으로 살아 있다는 느낌을 받았다. 그녀는 카메라맨에게 남자가 독설을 내뿜을 때 자신의 얼굴을 확대해서 참으려 하지만 실룩거리는 미묘한 고통의 표정을 잡아내라고 시켰다. 그러나 시청자들은 이런 내용의 방송을 싫어했다. 그녀의 지지자들은 우리 남성들에게는 오직 한 명의 여성만이 남아 있다고 힘주어 말했다. 우리 남성들은 그녀를 제대로 대접해야 한다고 주장했다. 카메라 앞에서 그녀를 비난한 남자들은 모두 금방 살해당했다. 지구상 마지막 여인은 그녀의 이름으로 벌어진 폭력에 몸서리가 쳐졌다. 그녀는 다시 파이 굽기로 돌아갔다.

마흔 살 생일 며칠 전 지구상 마지막 여인이 죽었을 때, 전 세계로 생중계되는 16킬로미터 길이의 장례 행렬을 위해 405번 도로를 막았다. 그날은 아무도 일하러 가지 않았다. 술집과 오락 센터, 이제는 과거 여성의 존재를 기념하는 신전으로 용도가 바뀐 여자 화장실에서 모든 이가 지구상 마지막 여인의 장례식을 시청했다. 남자들은 비통함을 드러내는 데 있어 서로를 앞지르려 노력했다. 그들은 가발을 쓰고 립스틱을 바르고 폭넓은 치마 위에 앞치마를 둘러 지구상 마지막 여인처럼 분장했다. 하지만 속으로는 지구상 마지막 여인이 죽었다는 사실에 안도했다. 남자들은 마침내 그들이 원하는 것은 무엇이든지 말하거나 할 수 있게 되었다. 영어는 예전의 간결함을 되찾았다. 모든 사람이 남성 인류의 운명에 관해 자유롭게 이야기했다.

인간종이 멸종하기까지 56년 동안이 남자들의 황금기였다. 지구상 마지막 남자는 아흔네 살이 되어 로스앤젤레스로 이사 왔다. 그는 한때 지구상 마지막 여인이 쇼를 녹화했던 스튜디오에서 체제 전복적이고 시사하는 바가 많으며 아주 우스운 촌극을 방송했다. 남자는 자신의 쇼를 봐줄 사람이 있었으면 하고 바랐다. 예전 여인의 쇼보다 훨씬 훌륭했다. 그는 60년 전에 자신만의 토크쇼를 가졌어야 했다. 그런데 지구상 마지막 여인이 토크쇼를 맡았다. 그럴 만한 자격이 있어서가 아니라 단지 여자라는 단순한 이유로 말이다. 지구상 마지막 남자는 가슴속에 원한을 품고 죽었다.

심장이 뇌를 찾고 있음

Heart Seeks Brain

특별 할인을 제공하는 해피 아워 시간의 레스토랑에서 나는 여자들이 흔히 하듯 우리 내부 장기의 결점을 나열하며 회사 동료인 세라와 끈끈한 유대감을 쌓았다. 우리는 공통점을 많이 찾아냈다. 우리는 경동맥 직경이 비슷했는데, 여성에게 이상적인 치수보다 약간 두꺼웠다. 우리 둘 다 비장에 울혈이 약간 있었다. 또 소장이 지금보다 수십 센티미터 더 길어서 톱 모델들의 것 같기를 바랐다. 우리는 더 작고 앙증맞은 신장이 갖고 싶었다. 세라는 고등학교 시절 경쟁자 벳시에 관해 털어놓으며 그녀의 신장은 걸음마 하는 아이처럼 주먹만 한 크기에다 모양도 완벽했다고 말했다. 벳시는 신장 취향인 소년들의 이상형이자 학교에서 가장 귀여운 소녀였다고도.

하지만 벳시도 그녀의 간에는 상대가 안 됐다고 말을 이었다.

세라는 두께가 8센티미터밖에 안 되는, 비정상적일 만큼 호리호리한 자신의 간을 자랑했다. 나는 부럽다고 해주었다. 중학교 2학년 때 나는 나이답지 않게 간에 미쳐 있던 로비 브룩셔의 마음을 얻으려고 간 다이어트를 했다. 몇 주 동안 크랜베리 주스와 아마씨 오일만 먹다가 영양실조에 걸려 침대에서 일어나지도 못할 정도였다. 그런데도 효과가 없었다. 한번은 웬디스Wendy's 버거 식당에서 키스를 하는데 로비가 내 셔츠 안으로 주저 없이 손을 넣었다. 손가락으로 내 오른쪽 갈비뼈를 누르며 간 아래쪽 가장자리를 느끼려고 더듬었다. 로비는 내 간의 넓이에 실망해 손을 뺐고, 우리는 그 후 5년간 서로를 피했다.

20년 전 내가 중학교에 다닐 때는 많은 소년들이 간에 미쳐 있었다. 그러나 아직 사춘기도 지나지 않은 촌스러운 소년들은 당시 뮤직비디오와 남성 잡지의 중간 화보에 만연하던 간 열풍을 흉내 내고 있을 뿐이었다. 나는 세라의 신뢰를 얻고 싶어 그녀의 간을 질투하는 척했다. 우리는 직장에서 몇 블록 떨어진, 야외 테이블이 있는 식당의 둥근 금속 탁자를 앞에 두고 길가에 앉아 있었다. 태양이 우리 등 뒤에서 바다 위로 지고 있었다. 내가 사무실에 새로 들어온 세라에게 같이 술을 마시러 가자고 청한 이유는 그녀와 동료가 아닌 진짜 친구가 되고 싶었기 때문이다. 내 여자인 친구들은 전부 서로 내장을 먹거나 먹이는 남자와 짝을 이루었다. 그들의 공생 관계는 헤어지거나 둘 중 한 명이 죽을 때까지 계속될 것이다. 그 친구들이 혼자가 되어 다시 만나게 되면, 아마 그들의 몸과 정신은 전부 손상되어 있을 것이다. 신부전 때문에 발이 부어 있거나, 황달에 걸린 눈을 하고 있거나, 가쁜 숨을 쉬고 있을 것이다. 그들의 폐나 간이나 신장은 어떤 남자네 집 선반에 놓여 있을 것이다.

세라는 그녀의 친구들도 똑같다고 말했다. 그들은 모두 영구적으로 망가질 위험이 있지만, 관계를 맺는 데는 그럴 만한 가치가 있다고 주장했다. 세라가 자기도 그게 뭔지 안다고 말했다. 어느 정도 온전한 상태로 관계에서 벗어나서 안도하다가, 곧 다시 외로워져 새로운 사람을 만나 또 다른 연애에 빠져든다고 설명했다. 비교적 덜 파괴적인 방법으로 욕망을 추구하는 짝을 찾았으면 하고 바라겠지만, 알다시피 그건 어리석은 기대라고 덧붙였다. 남자가 너를 더 많이 사랑할수록 그 사람은 너의 가장 치명적인 부분을 간섭하고 싶어 하고 그건 너도 마찬가지일 거야. 상대방을 다치지 않게 할 유일한 방법은 그 사람을 너무 많이 사랑하지 않고, 그 사람의 얇은 피부막 아래 움직이는 내장에 대한 생각을 멈추는 거야.

그렇게 굉장한 생각은 처음 들어봤어. 나는 멍하니 고개를 끄덕이다 크래커 한 봉지를 뜯으며 말했다. 그리고 세라에게 내 기울어진 심실을 고마워할 줄 아는 심장 취향 남자를 열심히 찾고 있다고 했다. 지난주에 첫 데이트를 한 건장한 수학자가 내가 찾던 사람일 거라 생각했다고도. 그 남자는 은근히 성적인 능력을 암시하는 촌스러운 일자 청바지를 입고 나왔다. 내 좌심실이 우심실보다 3밀리미터 더 길다고 말하자 그는 눈을 반짝였다. 나는 조심스러운 희망을 품고 내 순환계에 관해 자세히 설명했다. 혈액형은 O형이며 적혈구 크기는 작은 편으로 지름이 6마이크로미터*라고. 내 대동맥을 역겨울 정도로 상세히 묘사하자 그의 입이 벌어졌다. 나중에 나는 그의 차 안에서 머리카락을 뒤로 젖혀 여자치고 비정상적으로 뚜렷한 바깥목정맥을 엄지손가락으로 죽 따라 누르도록 허락했다.

그런데 알고 보니 그 남자는 전형적인 정맥 취향 남자였다. 세라는 눈을 굴리며 정맥 취향 남자는 따분하다고 말했다. 모두 흡혈귀가 되고 싶어 하는 한심한 놈들이라고도. 나는 동의하지 않는다. 나는 항상 순환계 취향 남자의 관심을 선호했다. 내가 보기에 정맥 취향 남자는 단순히 성장이 멈춘 심장 취향 남자였다. 세라는 데이트 후에 수학자가 연락했는지 물었다. 나는 아직 전화가 안 왔다고 실토했다. 처음부터 경정맥으로 시작하지 말았어야 했다고 세라가 어깨를 으쓱하며 말했다.

해가 부두 뒤로 사라졌다. 우리는 굴 한 다스와 포도주 한 병을 더 주문했다. 웨이터가 굴 접시를 우리 앞에 놓는 동안 우리

* 0.006밀리미터.

는 입을 다물었다. 웨이터는 종이 냅킨과 작은 굴 포크를 시간을 들여 가지런히 놓았다. 그는 젊고 키가 크며 관능적으로 잘생긴 남자였다. 미적미적 포크를 놓고 마지막으로 포도주를 따르면서 우리의 복부를 빤히 쳐다보았다. 위장 취향 남자는 원래 뻔뻔했다.

세라가 굴을 하나 들어 고추냉이 소스에 찍었다. 어떤 내장 기관에 끌리는지 물으니 얼굴을 붉혔다. 그녀가 말하기를 남자가 자신을 위해 무엇까지 해줄지 볼 수 있는 간에 매료된다고 했다. 조직 샘플을 주려고 칼을 대는 남자라면 헌신적인 사람인 걸 알 수 있어. 집에 있는 미니 냉장고에 샘플 항아리가 여러 병 있어. 내가 20대에 즐긴 스포츠 같은 거야. 간 한 조각을 얻고 나면, 관심이 사라졌어. 그 남자들이 나한테 완전히 넘어왔다는 걸 알았지. 그런데 이러니저러니 해도 내 진짜 취향은 척추야.

세라는 재빨리 덧붙였다. 알아, 알아, 내 말 좀 들어봐, 나도 확신이 없는 사람한테는 그렇게까지 안 해. 통하는 남자인지 알려면 몇 달은 지내봐야. 부분적으로 마비될 수도 있는 상황에 열린 태도를 가진 상대를 찾기는 어려워. 그러니까 간과 관련된 일은 전부 그 남자가 얼마나 헌신적인지 알아보는 시험 같은 거야. 나한테 간 샘플도 안 주는 사람이 허리를 바늘로 찔러 척수액 한 병을 주지는 않을 테니까. 근데, 이건 내가 그에게 바라는 것의 시작일 뿐이야.

세라의 말이 끝난 후 잠시 침묵이 흘렀다. 나는 변태적인 척추 취향을 대수롭지 않게 말하는 세라의 태도에 충격을 받았다. 그녀를 불쾌하지 않게 하려고 조심스레 대답할 말을 골랐다. 그러다 결국 상대방에게 원하는 것이 무엇인지 확실하게 알고 있다니 정말 멋지다고 생각한다고 대꾸했다.

우리의 매력적인 웨이터가 다가와 야외 난로를 켰다. 우리를 살피러 와서는 자기도 모르게 어색한 문장으로 질문했다. 손님들 위장에 굴이 괜찮은가요?

괜찮아요, 하고 세라가 매서운 표정으로 그를 흘끗 쳐다보며 대답했다. 웨이터는 창피해하며 물러갔다. 이제 위장 취향 남자는 절대로 선택하지 않는다고 세라가 말했다. 모두 엄마네 집 지하실에 사는 하찮은 변태 얼간이였어. 이제는 보기만 해도 알아. 세라는 포도주를 홀짝였다. 나는 순간 그녀가 싫어졌다. 웨이터를 경멸하는 그녀가 위선적으로 보였다. 자기 취향도 극단적이면서.

넌 어때? 세라가 물었다. 뭐가 취향이야? 나는 신장이 좋다고 평소처럼 재미없는 대답을 할지, 아니면 진실을 말할지 고민하며 잠시 머뭇거렸다. 세라처럼 나도 신경계통에 끌리지만, 내 열정은 뇌 그 자체에 있다. 내 이상형은 강력하고 체계적인 두뇌를 소유한 심장 취향 남자였다. 과학, 기술, 공학, 수학 분야의 전문가면 더 좋았다. 내 꿈은 결혼 후에 그가 자기 뇌를 가져가도록 허락하는 것이다. 해마다 조금씩 충격 치료와 부분 뇌엽 절제술을 실시해 스스로 기능하지 못하고 껍데기만 남아 침 흘리는 그의 육체를 죽을 때까지 돌보는 삶. 이를 위해서라면 나는 말 그대로 내 심장의 일부를 내어줄 수 있었다.

지금까지 살아오면서 나는 몇 명에게만 이 욕망을 고백했다. 두뇌 유희는 절대적인 금기이기 때문이다. 인간은 간의 4분의 1이 없거나 폐의 가장자리가 없어도, 정맥에 구멍이 조금 있어도 제 역할을 할 수 있다. 하지만 만약 두뇌를 건드리게 되면, 상대방이 동의했더라도 문제가 되었다. 세라는 내 대답을 기다렸다. 나는 세라가 나에게 별로 관심이 없고, 내게서 흥미로운 면을 찾지 못했다는 사실을 알았다. 어쩌면 미래에 우리 둘이 승진을 놓고 경쟁할 때 내 특이 취향을 악용할 수도 있었다. 그래서 나는 세라에게 신장을 좋아한다고 말했고, 그녀는 어깨를 으쓱하며 대중적인 선택이라고 답했다.

웨이터가 계산서를 가져왔다. 나가는 길에 그에게 내 전화번호를 슬쩍 건넸다. 그가 일을 마친 후 우리는 나무판자 산책로 아래에서 만났다. 모래 위에 눕자 그는 청진기를 꺼내 차가운 청진판을 내 배에 댔다. 그리고 굴과 크래커, 포도주가 내 소화관을 통과하는 소리를 들었다. 여기까지가 내가 그에게 허용해줄 수 있는 최대치였다. 젊고 잘생겼다 하더라도 위장 취향 남자에게 이런 일은 운이 좋아야 일어나는 일이었고, 웨이터도 그 사실을 알고 있는 듯 보였다. 나는 달을 바라보았다. 달이 내가 사랑하는 존재를 내려다보고 있다고 상상했다. 냉장고 문 뒤에 웅크리고 앉아 이유도 모른 채 콜리플라워 대가리를 쓰다듬던 소녀 시절부터 내내 꿈꿔왔던 내 사랑, 인간의 두뇌 표본을.

공허 아내

The Void Wife

엘리스는 공허空虛가 다가왔을 때 혼자 맞이할 계획이었다. 그녀는 어떤 사람의 공허 아내도 되고 싶지 않았고, 특히 로버트의 아내는 더더욱 되고 싶지 않았다. 하지만 불행하게도 로버트는 거절을 받아들이는 사람이 아니었다. 공허가 샌프란시스코를 공격한 날, 엘리스는 다른 공허 피난민들과 함께 지낸 오션 비치 야영지를 살짝 빠져나왔다. 엘리스는 로버트를 피해 수트로 베쓰Sutro Baths*의 폐허에 숨어 오클랜드가 없어지는 동안 태평양을 바라보았다.

공허는 여섯 달 전 아이오와의 도시 더뷰크와 과테말라, 부탄, 그리고 러시아의 키로프 열도를 지나가는 아흔 번째 자오선

---

* 1896년 지어진 샌프란시스코의 대형 바닷물 수영장 시설로 현재는 역사 유적으로 일반에게 공개되고 있다.

을 따라 가는 띠 모양으로 나타났다. 그날 이후 공허는 동서 양쪽으로 거대한 눈꺼풀 두 개가 눈을 감듯이 지구 위에서 하루에 약 112.6킬로미터의 속도로 늘어났다.

캔자스시티에서 엘리스와 그녀의 남자 친구 데이브는 한 무리의 사람들이 손을 잡고 검은 장막 속으로 몸을 던지는 장면을 보았다. 사지를 쭉 뻗은 사람들의 윤곽이 몇 초간 남아 있다가 검게 변하며 사라졌다. 모든 사람이 공허를 순수한 지구로 갈 수 있는 입구라고 믿었다. 또 빨려 들어갈 때 닿아 있던 사람들과 영원히 함께할 수 있다고 믿었다. 엘리스는 이런 어리석은 믿음에 맞섰다. 죽음은 죽음일 뿐이다. 항상 그렇듯이.

이제 엘리스는 데이브와 함께 공허를 맞이할 기회가 있었을 때 그렇게 할 걸 하고 후회했다. 오후 4시가 되면 로버트가 징발한 유람선이 31번 부두에서 출발할 예정이었다. 배는 샌프란시스코만을 돌아 골든게이트교를 지나 태평양을 향해 갈 것이다. 배를 탄 사람들은 공허의 가장자리가 그들을 삼킬 때까지 몇 달 더 바다 위에서 살 수 있을 터였다. 엘리스는 바다 동굴로 기어들어 가 공허가 홀로 있는 그녀를 덮칠 때까지 기다려야겠다고 생각했다. 만약 엘리스의 생각이 틀려서 영원이란 게 정말 있다면, 거기에 로버트와 갇히는 위험을 감수할 수는 없었다.

그러나 엘리스는 겁쟁이였다. 엘리스는 살아 있음을 사랑했다. 결국 서둘러 야영지로 돌아갔다. 로버트가 토요타 프리우스에 짐을 싣고 있었다.

"겨우 맞췄네!" 로버트가 그녀의 볼에 키스하며 말했다. 왜인지 그는 아직도 향수를 뿌렸다.

캔자스시티에 있던 아파트가 공허 속으로 빨려 들어간 뒤, 엘리스와 데이브는 그들의 부모를 모으기 위해 자동차를 타고 서부로 향했다. 첫 번째 목적지는 오클라호마였다. 그곳에서 엘리스의 부모는 그녀가 어린 시절 살던 집을 똑같이 복제한 집에서 살았다. 토네이도가 그들의 예전 단층집을 무너뜨렸다. 엘리스가 열두 살 때 한 번, 대학생 때 또 한 번. 부모님은 그때마다 집을 다시 지었다. 다시 지을 때마다 이전보다는 덜 정성 들여 지었다. 부모님 집의 기울어진 천장과 너덜너덜한 카펫 가장자리, 페인트도 안 칠한 벽이 거실에 서 있는 엘리스의 눈에 띄었다.

"우리는 이보다 더 심한 폭풍도 견뎌냈단다." 엘리스의 엄마가 말했다.

"엄마, 이건 토네이도가 아니에요. 닿기만 하면 모든 것을 없애버리는 무無의 장막 같은 거라고요."

"그럼 집 안에서 사라지는 게 나을지도 몰라."

"원한다면 너희도 우리랑 함께 가자." 엘리스의 아빠가 말했다. 두 사람은 소파에 앉아 엄마의 두 다리를 아빠의 무릎 위에 올려놓고 있었다. 그들은 준비를 마쳤다.

소파 뒤의 벽이 희미해지기 시작했다. 엘리스는 엄마의 가냘픈 손목을 잡고 소파에서 끌어내리려 했다. 그러나 엄마는 엘리스의 손을 뿌리치고 따귀를 때렸다.

"계속 존재하고 싶으면 어서 소파에 올라타렴." 엄마가 말했다. 정말 그랬다. 엘리스는 계속 존재하고 싶었다. 몇 달만이라도 더. 그녀는 어렸을 때처럼 부모님과 함께 전국 횡단 여행을 가고 싶었다. 종말이 오기 전 마지막으로 몇 가지 일을 같이 해보고 싶었다. 하지만 이미 그녀의 부모는 사라졌다.

엘리스와 데이브는 인도에 서서 공허가 점점이 집을 잡아먹는 광경을 보았다. 부모님이 더 이상 존재하지 않는다는 사실이 확실해지자 둘은 자동차로 돌아왔다. 두 사람의 팔과 다리가 있던 곳에 남은 희미한 얼룩을 보고도 따라갈 결심이 들지 않았다. 엘리스는 나지막이 울며 사이드미러에 비친 매끈한 검은 벽을 바라보았다.

"괜찮아." 데이브가 말했다. "그분들은 이제 영원히 함께 있잖아."

"지금 그런 헛소리를 믿어?"

데이브가 어깨를 으쓱했다. "안 믿지는 않아."

"무신론자인 줄 알았어."

데이브는 이건 신과는 관계없는 일이라고 답했다.

다음 날 두 사람은 콜로라도스프링스로 운전해 갔다. 그곳 대규모 콘도 단지에 데이브의 아버지가 살았다. 둘은 수영장에 있는 아버지 옆에 앉았다. 수영장은 아이들로 가득 차 있었다. 학교는 다가오는 공허로 인해 휴교령이 내려졌다. 오전 11시였지만, 벌써 더웠다. 데이브 아버지의 턱에서 땀방울이 흘러내려 그가 말고 있는 대마초 담배 위로 떨어졌다.

데이브가 아버지에게 같이 가자고 애원했다.

"도박판에서는 그만둘 때를 아는 게 중요해." 데이브의 아버지가 말했다. 짙은 화장에 헤어스프레이로 떡칠한 올림머리를 한 50대 여자가 크리스털 그릇에 과일 샐러드를 담아왔다. 그녀는 데이브 아버지의 건장한 어깨에 손을 얹고 빤히 쳐다보았다.

"과일 샐러드예요." 여자가 말했다. 권유하는 말처럼 들리지 않았다. 엘리스는 데이브의 아버지가 이 여자와 공허를 맞이하기로 마음먹었으며, 여자는 남자의 첫 결혼에서 얻은 자식과 영원히 함께하기를 원치 않는다는 사실을 알아차렸다.

데이브는 아버지와 작별의 포옹을 하며 울었다.

그의 아버지가 어깨를 으쓱했다. "왜 우냐? 공허가 천국으로 가는 직행 통로인 거 알면서."

차 안에서 데이브는 아버지가 거절해서 한편으로는 다행이라고 말했다. 어머니가 함께할 가능성이 높아졌으니까.

"이렇게 말하기 뭐하지만, 부모님 중 한 분을 공허에게 잃어야 한다면, 아버지인 편이 확실히 낫지."

"천국으로 가는 직행 통로라고 하시잖아." 엘리스가 말했다. "그런 동화 같은 이야기를 믿으신다니 잘된 일이지."

"아버지 말씀이 맞을 수도 있지, 엘리스." 데이브가 신경질적으로 말했다.

"너희 부모님이 지금 천국에 계신다고 생각하고 싶지 않아?"

엘리스는 사라져버린 부모님이 언급되자 다시 눈물이 차올랐다. 데이브는 미안하다고 중얼거리며 자동차 문짝에 있던 써브웨이 냅킨을 그녀에게 건네주었다.

데이브의 어머니는 지질학자인 남자 친구 스튜어트와 로키산맥에 살았다. 오두막 뒤편은 협곡 위로 튀어나와 있었다. 네 사람은 목제 테라스 위에 놓인 원목 안락의자에 앉아 산을 바라보았다. 등 뒤로 해가 지며 눈 덮인 봉우리를 붉게 물들였다.

"산이 사라지는 모습을 어서 보고 싶구나." 데이브의 어머니가 말했다.

"나는 일평생 저 빌어먹을 바위들을 연구하며 보냈는데." 스튜어트가 말했다. "이제 해방이군."

데이브는 엘리스를 주방으로 데려갔다.

"우리 여기 머무르자." 데이브가 말했다. "스튜어트는 영원히 함께 있어도 괜찮은 사람 같아 보여."

엘리스는 참을 만큼 참았다. "영원 같은 건 없어!" 그녀가 말했다.

"공허는 그냥 공허일 뿐이야. 다른 건 다 환상이라고. 도대체 왜 이래?"

"너도 확실히 아는 건 아니잖아." 데이브가 대꾸했다. "네가 틀렸으면 어쩔 거야? 영원히 너랑 나 둘만 있길 원해?"

엘리스는 마음이 조금 아팠다. 데이브는 그의 어머니와 스튜어트가 함께 오지 않는 한 그녀와 영원히 같이 있자는 약속은 하지도 않을 기세였다. 3년이나 사귀었고, 처음 공허 사태가 알려졌을 때 당연히 끔찍한 최후까지 함께할 거라고 믿었는데. 엘리스는 데이브가 사후 세계에 대한 허위 선전에 넘어갈 줄은 미처 예상하지 못했다. 공허가 오늘 닥쳐오든 네 달 뒤에 닥쳐오든, 둘이 더 이상 잘 지낼 수 없다는 게 확실해졌다.

엘리스가 다시 길을 떠나야 한다고 우기자 데이브는 마지못해 동의했다. 유타주에서 두 사람은 하룻밤을 묵기 위해 어느 모텔에 들렀다. 아침에 일어나 보니 데이브와 그의 기아 자동차가 사라지고 없었다. 엘리스는 TV 화면 위에서 연필로 하트를 그린 형광색 포스트잇을 발견했다. 그녀는 데이브가 콜로라도로 돌아가 그의 어머니와 스튜어트와 함께 공허 속으로 사라졌을 거라는 생각이 들었다. 어쩌면 아버지랑 과일 샐러드 부인 쪽으로 갔을 수도 있지만. 이게 최선이야, 라고 엘리스가 혼잣말로 중얼거렸다. 그녀는 차를 얻어 타고 대양과 맞닿은 서부 해안까지 갔다.

샌프란시스코의 서쪽 경계인 오션 비치에서 엘리스는 텐트에서 살고 있는 약 100명 남짓한 사람들과 마주쳤다. 자신을 조심스레 지켜보는 어린아이 두 명이 있는 가족 근처에 가방을 내려놓았다. 바로 그날 밤, 엘리스는 로버트를 만났다. 그는 슈퍼마켓에서 약탈해온 식료품 한 바구니를 들고 모닥불 근처로 왔다. 로버트는 엘리스가 싸구려 식빵 한 조각을 불 위에서 데우는 모습을 지켜보았다. 괜찮은 빵은 이미 모두 약탈당한 뒤였다.

"당신은 서부 해안의 마지막 예쁜이야." 로버트가 그녀의 귓가에 속삭였다. 엘리스는 말도 안 되는 소리 하지 말라고 반박하고 싶었다. 그녀가 보기에 로버트는 단지 혼자 공허를 마주치는 상황이 두려울 뿐이었다.

로버트가 배에 관해 한 말은 거짓말이었다. 그는 선장이 아니라 저렴한 객실의 흔한 승객에 불과했다. 하지만 그는 엘리스를 구해주었다. 배표 구하기는 하늘의 별 따기였다. 배가 만 안으로 들어오자 해안에 가득한 인파가 승선하게 해달라며 빌었고, 엘리스는 그 모습을 가만히 지켜보았다. 로버트는 엘리스의 어깨에 팔을 두르고 자신들의 비좁은 선실로 가자고 꼬드겼다. 엘리스는 본능적으로 그를 밀어버리고 싶었지만 억지로 숨을 들이

켜며 견뎌냈다. 그녀는 로버트를 안심시킨 다음 최후의 순간에 달아날 계획이었다. 공허는 그냥 죽음으로 이어진다는 생각을 고집하고 있긴 했지만, 그 과장된 주장이 어느 정도 그녀의 머릿속에 스며든 듯했다. 만약을 위해 엘리스는 몸의 어떤 부분도 로버트에게 닿지 않도록 할 생각이었다.

그날 밤늦게 공허가 바다를 덮쳤고 파도가 미친 듯이 거세졌다. 배가 흔들리며 기우뚱거렸다. 엘리스는 로버트가 그녀의 입에 혀를 넣도록 허락했다. 배가 다시 들썩거렸고 그녀는 자신도 모르게 로버트의 혀끝을 문 채 입을 다물어버렸다.

"아야, 엘리스." 로버트가 말했다. "씨발 무슨 짓이야?" 그의 혀에서 피가 나고 있었다. 엘리스는 복도에서 얼음 조각을 가져다주었다.

"미안." 그녀가 말했다. 그런 이유로 로버트가 기타를 치며 노래를 몇 곡 불러주겠다고 했을 때 엘리스는 거절하기가 어려웠다. 로버트는 그녀의 눈을 똑바로 바라본 채로 밥 딜런 흉내를 내며 기타를 치고 노래를 불렀다. 엘리스는 처음에는 그가 장난치는 줄 알았지만 로버트가 계속 노래하자 장난이 아니라는 사실을 깨달았다. '몇 달만 더 참으면 해방될 거야.' 그녀는 속으로 중얼거렸다.

삶의 마지막 몇 달은 끔찍했다. 수십억 톤의 바닷물이 공허

속으로 솟구쳐 사라지며 배가 장난감처럼 크게 흔들렸다. 1월이 되자 서쪽에서 공허의 벽이 어렴풋이 보였다. 배는 두 개의 검은 공간 사이에 갇혀버렸다. 공허가 하늘도 삼킨 탓에 낮이 하루에 한 시간으로 줄었다가 나중에는 30분으로 줄어들었다. 선장은 좁아지는 바다를 가로질러 남쪽으로 배를 몰았다.

로버트는 엘리스 옆에 딱 달라붙어 있었다. 마지막 몇 분이 다가오자 엘리스는 생각보다 오래 걸릴지도 모르니 공허 속으로 사라지기 전에 화장실에 다녀와야 한다는 의견을 냈다.

"좋은 생각이야." 로버트가 말했다. "그대로 있어, 미인 아가 씨." 화장실 문이 닫히자마자 엘리스는 방을 뛰쳐나와 계단을 두 층 내려가 스파로 향했다. 뜨거운 욕조에는 여성 세 명이 눈가리개와 귀마개를 하고 서로의 팔뚝을 손가락으로 누르고 있었다. 엘리스도 같은 욕조에 들어갔다.

공허의 벽 사이에 부드럽게 낀 배는 더 이상 움직이지 않았다. 양쪽에서 어둠이 밀려왔다. 엘리스는 반대편 갑판에서 자신의 이름을 부르는 로버트의 목소리를 들었다. 그녀는 숨을 충분히 오랫동안 참을 수 있기를 바라며 잠수했다. 하지만 공허는 너무 천천히 움직였다. 숨이 찬 엘리스가 물 위로 떠오르자, 로버트가 그녀를 발견했다. "엘리스!" 그가 외쳤다. "하느님 감사합니다!" 로버트가 욕조 안으로 뛰어 들어와 엘리스의 무릎 위에 손을 얹었다. 공허가 정확히 같은 속도로 그녀의 좌우 공간을 먹

어 치우기 시작했다. 엘리스는 더 이상 움직일 수 없었다. 로버
트였던 푸르스름한 타원형 빛을 앞에 두고 꼼짝달싹할 수 없는
상태로 무한한 흰색 평원으로 옮겨지기 직전, 그녀가 육체로 존
재하던 마지막 순간에, 엘리스는 사라지는 그의 얼굴을 보며 자
그마한 기쁨을 느꼈다.

리스와 마크가 여름 동안 빌린 아이오와의 주택 지하실에는 토네이도 대피소로 지어진 듯한 가로 2.4미터, 세로 1.5미터의 저장실이 있었다. 리스는 숍백Shop-Vac* 청소기를 그곳에 보관했다. 어느 날 밤 술에 취해 잘못 주문한 카스Carr's 로즈메리 크래커 한 상자, 유명한 포도주 생산지 소노마의 친구네 포도밭에서 보내준 포도주 한 상자와 함께. 그런데, 대피소 위 땅과 맞닿은 벽의 창문 근처에서 물이 새기 시작했다. 이번 여름은 기록적인 폭우가 내릴 예정이었다. 홍수 참사가 일어날지도 모른다며 다들 수군거렸다. 식료품점과 주유소에서 마주치는 낯선 사람들이 "비 조심하세요"라며 리스에게 인사했다. 집주인이 한때 고

* 미국의 습식, 건식 진공청소기 브랜드로 물을 빨아들일 수 있다.

기를 먹기 위해 키우던 토끼우리에도 비가 쏟아졌다. 아침마다 리스는 지하실로 내려가 대피소에서 가지고 나온 숍백으로 밤새 바닥에 고인 물을 빨아들였다. 그녀는 혼자서만 이 일을 해야 해서 매우 화가 났다. 마크는 항상 그의 밴드 동료들과 근처 소도시 솔론에 있는 스튜디오에 있었다. 그는 상황을 별로 심각하게 생각하지 않았다.

어느 날 리스는 지하실에 내려왔다가 대피소 문이 잠겨 있는 것을 발견했다. 문은 금속으로 되어 있고 둥근 손잡이에 열쇠 구멍이 있었다. 리스가 손잡이를 잡고 돌렸으나 소용이 없었다. 그녀는 문에 뺨을 대고 귀를 기울였다. 도저히 문을 두드릴 용기가 나지 않았다.

리스는 몸을 돌려 침수된 곳으로 갔다. 물방울이 토끼우리 쪽 벽을 타고 흘러내렸다. 우리에는 토기로 된 먹이 그릇과 썩어가는 알팔파* 뭉치, 아직 흰 털이 붙어 있는 철망만이 남아 있었다. 날씨 예보에서는 남은 한 주 내내 더 많은 비가 내린다고 했다.

마크는 위층 부엌 싱크대에서 토스트에 아몬드 버터를 바르고 있었다. 리스가 부엌 건너편에서 그를 보자, 갑자기 낯선 사람처럼 보였다. 5년 동안 사귄 남자 친구 마크가 아니라 벗겨지는 머리와 부풀어 오른 배, 작고 부드러운 손을 가진 30대 후반

---

* 완두콩과에 속하는 꽃식물의 일종으로 가축의 사료로 흔히 사용된다.

의 잘 모르는 남자인 양 느껴졌다. 리스는 중앙 유럽 수도의 어느 기차역 플랫폼 건너편에서 이 남자를 발견하고, 군중에게 자신을 그에게 데려다달라고 부탁해, 그가 입은 플란넬 바지에 그녀의 일부가 까끌까끌한 씨앗처럼 달라붙길 바라며 비비적거리는 일을 상상할 수 없었다.

마크가 돌아보았다. 저주는 풀렸고 마크는 다시 마크였다.

"대피소 잠갔어?" 리스가 물었다.

"응?"

"대피소 문이 잠겼어."

"우리한테는 그 방 열쇠도 없어." 마크가 말했다. 그는 빵을 습기 찬 봉지 안에 다시 밀어 넣었다. 엄지손가락 마디에 아몬드 버터가 조금 묻어 있었다. 리스가 그것을 핥아먹었다면, 그건 또 다른 성적인 행동으로 이어졌을 것이다.

"숍백 청소기가 대피소 안에 있어." 리스가 말하며 마크에게 페이퍼 타월을 건넸다. "지하실에 점점 물이 차."

"오늘 수리업자한테 전화할게. 이 토드 피셔라는 사람, 옐프 Yelp* 리뷰가 좋더라고."

"나는 토드라는 이름 안 좋아해." 리스는 고등학교 때 마칭 밴드가 연습하는 무대 뒤편에서 토드라는 남학생과 거북한 성 경

• 식당, 술집, 카페, 가게 등 여러 사업을 검색하고 평가할 수 있는 미국의 웹사이트.

험을 한 적이 있었다. 썸을 타는 중이었다면 마크는 그녀를 더 잘 이해할 실마리인 이 암시를 알아차렸을 것이다.

마크가 의자에 걸어둔 재킷을 집어 들었다. "나 오늘 늦어. 밤에 보자." 그는 리스의 볼에 키스하며 수염으로 그녀를 찔렀다.

두 사람은 마크의 사이키델릭 메탈 밴드 '실로시빈Psilocybin'•의 새 앨범을 완성하기 위해 아이오와주로 왔다. 여덟 달 전, 리스와 마크는 샌프란시스코의 아파트에서 과실 책임자를 따지지 않는 퇴거 통지를 받았다. 집주인이 그 건물을 콘도 개발업자에게 팔길 원했기 때문이다. 마크와 리스는 법적으로 보장된 이사 비용 3만 달러를 받고 나가기로 했다. 그들은 소셜 미디어에 씁쓸한 불평을 늘어놓았지만, 그 도시를 벗어난다는 생각에 속으로는 안도했다. 친구들 대부분이 이미 로스앤젤레스나 포틀랜드로 이사를 갔다.

리스의 직업은 점점 주류가 되어가는 변태적 취향인 BDSM 유형의 작품을 취급하는 포르노 웹사이트의 카피라이터였다. 전부 시작과 동시에 엉겨서 울부짖는 살색 덩어리 한 무더기가 나오는 비디오 각각에 맞는 독특한 설명을 공들여 만들어야 했다. 대피소가 잠긴 것을 발견한 날, 리스는 아몬드 버터 병과 숟

• 멕시코산 버섯에서 얻어지는 환각 유발 물질의 이름과 같다.

가락을 들고 식탁에 앉았다. 회사 메일에 접속해 그날 분량의 비디오가 저장된 폴더의 압축을 풀었다. 첫 번째 동영상에서는 회사의 휑뎅그렁한 벽돌 벽 스튜디오 안에 아주 창백한 피부의 벌거벗은 젊은 여자가 에로틱한 고문 장치에 눈가리개를 하고 등이 심하게 꺾인 채 묶여 있었다. 잠시 후 몸에 기름칠을 한 대머리 남자가 방에 들어와 그녀의 성기를 핥기 시작했다. 남자의 솜씨가 그리 좋아 보이지 않았지만 여자는 기분 좋은 비명을 질렀다. 몇 분 뒤 남자가 나갔다. 그 후 라텍스 보디 슈트를 입은 여자 두 명이 들어와 점점 커지는 딜도를 젊은 여자의 항문에 집어넣었다.

리스는 빨리 감기를 하며 설명에 적을 거리를 찾았다. 줄 쳐진 공책에 메모도 해가면서. 동영상이 시작되고 21분이 지나자 미리 짠 대로 대머리 남자가 다시 나타나 자위를 한 다음, 여자의 어리고 넓적한 얼굴 위에 정액을 이리저리 뿌려댔다. 리스는 시나몬 롤이 생각났다. 배가 꼬르륵거렸다. 숟가락으로 텁텁한 입에 아몬드 버터를 떠 넣고 공책에는 '얼굴 마사지'라고 썼다.

리스는 세 시간 동안 동영상 다섯 개에 대한 설명을 적었다. 그런 뒤 노트북을 닫고 일어서서 스트레칭을 하고 까만 점이 생긴 바나나를 집어 들어 껍질을 벗겼다. 마크가 문자를 보냈다. 내일 토드가 올 거야. 그 사람 이름이 토드라서 유감이야.

리스는 미닫이문 쪽으로 걸어가 문틀에 끼워놓은 잠금 막대를 빼 문을 열고 방충망이 쳐진 테라스로 나갔다. 공기가 눅눅했다. 보슬비가 흠뻑 젖은 잔디 사이로 떨어졌다. 벌레들이 신음했다. 열기가 수의처럼 그녀의 피부를 감쌌다.

이사 오고 처음 몇 주 동안 리스는 고독한 일상을 즐겼다. 그들의 넉넉한 대지를 가득 채우는 나지막한 언덕도, 개울로 향해 있는 큰 창문들도 마음에 들었다. 하지만 이제 리스는 불안했다. 집은 그녀에게 대항하여 내부의 방 하나를 잠갔다. 신체가 실리콘 임플란트나 돼지 심장판막 같은 이물질을 거부하듯 집이 그녀를 거부하고 있었다. 리스는 그날 아침 마크가 차를 가져가지 않았으면 좋았겠다고 생각했다. 차가 있어도 어디로 갈지 몰랐겠지만.

오후에는 섹스머신 동영상 세 개, 지하 감옥 난교 동영상 두 개, 그리고 회초리질 지도 동영상 한 개를 보았다. 소개 글의 대략적인 틀을 잡은 리스는 세탁이 끝난 빨래를 건조기로 옮기고 물 높이를 확인하기 위해 지하실로 내려갔다. 그녀는 지하실 창문 틈 아래로 손을 내밀어 손바닥에 비를 맞았다. 오므린 손을 얼굴 가까이 가져와 혀를 담갔다. 빗물에서 금속과 잘린 풀, 방금 만진 드라이 시트 맛이 났다.

리스는 곰팡이가 환기구를 통해 독성을 퍼뜨리기 전에 바닥에 고인 웅덩이의 물을 빼내야 한다는 사실을 알았다. 그녀는 대피소로 가서 다시 손잡이를 돌리고 체중을 실어 문을 밀어보았다. 문의 하얀 표면을 발로 찼다. 반스 운동화 바닥이 문에 깃털 모양의 회색 자국을 남겼다.

그 집의 주인 스콧은 마크 부모님의 친구였다. 그는 상하이에서 중국인 아내와 아들과 함께 20년째 살고 있었다. 리스는 위층으로 올라가 노트북의 포르노 동영상 창을 닫고 스콧에게 보낼 메일을 쓰기 시작했다. 마크는 이런 그녀의 행동을 마음에 들어 하지 않을 터였다. 그가 여기 있었다면 리스가 메일을 보내기 전에 문장들을 요령 있게 고쳤을 것이다. 스콧이 거의 공짜로 이곳에 살도록 해주었기 때문이다. 하지만 지하실 누수에 대한 스콧의 시큰둥한 태도는 리스를 짜증 나게 했다. 스콧은 그들이 수리하면 나중에 비용을 정산해주겠다고 했지만, 리스와 마크는 누구를 고용해야 할지, 그리고 그 사람이 적당한 수리 비용을 청구할지 알 수 없었다. 게다가 이젠 열쇠가 없는 대피소 문제까지 생겼다. 리스는 '이 문제에 대한 귀하의 신속한 관심을 기대하고 있겠습니다'라고 메일을 끝맺었다.

리스는 섹스머신 동영상 세 개에 관해 각각 다른 설명을 적느라 어려움을 겪었다. 여자의 성기가 굶주려 있다고 묘사할 방법이 부족했다. 그녀의 보지는 게걸스럽다. 그녀의 보지는 점심을 가볍게 먹었다. 자, 이제 저녁 식사 시간이다. 그녀의 보지는 음식을 보고 군침을 흘린다. 그녀의 보지는 저혈당으로 기절하기

일보 직전이다. 그녀의 보지는 아몬드를 문 채 그걸로 다음 식사 때까지 버틴다.

메일이 도착한 소리가 났다. 팔에 소름이 돋으며 리스의 세포들이 전투태세에 들어갔다. 미안한데, 무슨 말인지 모르겠군요. 스콧이 답장을 보내왔다. 그 방은 안쪽에서 잠깁니다.

마크가 솔론의 슈퍼마켓에서 전기 구이 통닭을 사 왔다. 그들은 식탁에 앉아 통닭과 함께 리스가 냉장고에 있던 남은 채소로 만든 샐러드를 먹었다. 집안의 가보만큼이나 오래되어 무른 부분을 잘라낸 토마토, 후들거리는 노란 피망, 얇게 썬 적양파와 눈에 띄게 크고 주글주글한 오이를 네모나게 썰어넣은 샐러드였다.

"지하실 물웅덩이가 깊어지고 있어." 리스가 말했다.

"내일 토드가 올 거야." 마크가 대답했다. "그 사람이 자물쇠도 확인해줄 거야."

"내일 하루 쉴 수 있어? 나 혼자 모르는 사람이랑 같이 있기 싫어."

"그러고 싶은데, 마지막 트랙을 이어서 작업해야 해." 마크가 말했다. "토드는 건실한 형씨 같아. 옐프 후기가 전부 만점이야."

리스는 마크가 닭가슴살에서 껍질을 뜯어 옆에 두는 모습을 지켜보았다. 그는 포크로 흰 살코기 조각을 들어 올려 뜯어둔 껍질로 고기를 감싼 다음 껍질이 앞니에 끼지 않도록 고깃덩이를 입안에 집어넣었다. 너무나 침착하면서도 그만의 작은 의식에 아주 만족한 듯 보이는 마크의 모습에 리스는 화가 치밀었다. 그녀는 자신의 분노가 그들의 실제 생활과는 관계가 없다는 사실을 알았다. 리스도 원하는 것을 자유롭게 할 수 있었다. 리스가 집에 묶여 있을 이유는 전혀 없었다. 단지 자동차가 한 대밖에 없는 상황이 문제였다. 리스는 마크를 향한 원초적인 분노를 느꼈다. 침수된 지하실이 있는 이 집에 그녀가 갇혀 있는 동안 세상을 정복하러 나가버린 짐승 같은 남편처럼 느껴졌다. 리스는 마크에게 아무 말도 안 할 생각이었다. 그가 리스의 침묵을 눈치채기까지 시간이 얼마나 걸리는지 지켜볼 예정이었다.

리스는 마크가 부엌 싱크대에서 기름기 묻은 손을 다 씻기를 기다렸다. 리스의 차례가 되자 마크는 그녀 뒤에 서서 젖어 있는 따뜻한 손가락으로 그녀의 머리카락을 돌돌 감으며 다른 손을 운동복 바지 속 가랑이 사이로 슬며시 밀어 넣었다. 엉덩이에서 그의 단단해진 성기가 느껴졌다. 마크는 리스의 바지를 내리고 그녀의 몸 안으로 들어왔다. 욕구불만이었던 리스는 개수대 금속 바닥에 손을 짚은 채 곧 오르가슴에 도달했다.

마크는 성기를 빼내 그녀의 등 아래쪽에 사정했다. 그의 성기가 꼬리뼈에 흔적을 남기는 동안 리스는 가만히 있었다. 싱크대에 몸을 구부린 채 기다리니 마크가 행주를 적셔 그녀를 닦아주었다. 리스는 값비싼 말 혹은 매주 섀미chamois* 가죽으로 광을 내고 덮개를 씌워 보관하는 스포츠카가 된 기분이 들었다. 그때 쓰레기통 맨 위에 작은 회색 뼈 찌꺼기가 그녀의 시선을 붙들 었다.

"괜찮아?" 리스가 고개를 드니 마크가 조심스레 바라보고 있 었다. 그녀의 기분이 좋지 않다는 사실을 알아차린 것이다. 그는 이번에도 시험에 통과했다. 리스는 화가 풀리며 유치한 자신이 부끄럽게 느껴졌다.

"괜찮아." 그녀는 대답하며 마크에게 몸을 기울이고 그의 턱 수염 위 뺨에 키스했다.

다음 날 오후 1시에 토드가 왔다. 그는 큰 키와 넓은 어깨를 가진 40대 남성으로, 물결 모양의 깊은 이마 주름을 따라 짧게 자른 머리를 하고 있었다. 리스가 오늘 아침에 줄거리를 쓴 '고 통에 빠진 남자들' 동영상에 나온 한 남자와 묘하게도 닮아 보였 다. 동영상에서 남자는 길고 두꺼운 밧줄로 의자에 묶여 있었다. 빨간 라텍스 보디 슈트를 입고 굽이 15센티미터나 되는 빨간 하 이힐을 신은 여자가 방으로 들어와 짧은 연설을 하고는 남자를 채찍질했다. 리스는 촬영이 끝난 후 술집에서 맥주를 마시는 배

---

* 양, 염소 또는 기타 동물의 가죽을 무두질해 부드럽고 유연하도록 처리한 천으로 자동 차 청소에 사용된다.

우들과 스틸레토 힐이 남긴 상처 자국에 연고를 발라주며 농담을 던지는 여자의 모습을 상상했다.

토드 앞에서 리스는 영화나 흔한 포르노 동영상에서 본 대로 손님을 잘 대접하는 여주인처럼 굴었다. 그녀는 내어놓을 레모네이드가 있으면 좋겠다고 생각했다.

"뭐 좀 드실래요?" 리스가 물었다. "물이라도?"

토드는 사양했다. "문젯거리나 보러 갑시다." 그가 재촉했다. 어리석게도 리스는 그가 그녀에게는 아무런 관심 없이 오로지 '문젯거리'에만 신경 쓴다는 데 상처받았다. 그녀는 자신이 마크가 오쟁이 질 위험을 무릅쓰고 권태로운 여자 친구가 있는 집으로 부른 육체노동자에게 환상을 품었다는 사실을 깨달았다. 리스는 토드의 매력 정도에 따라 그의 접근을 피하거나 허락하는 상상을 했다.

하지만 현실의 토드는 일에만 관심이 있었다. 리스는 그를 지하실로 안내하며 엉덩이가 더 노골적으로 드러나는 바지를 입을 걸 하고 후회했다.

토드가 물웅덩이에 발을 디뎠다. 그는 엄지손가락으로 창문 가장자리를 죽 따라 만져보더니 물방울이 흐르는 벽에 손바닥을 댔다. 당황스럽게도 리스는 벽이 마치 토드의 엄지손가락 아래서 짭짤한 액체를 흘리는 자신의 몸처럼 느껴졌다. 어쩌면 그녀는 더 이상 매력적이지 않은지도 몰랐다. 리스는 마크에게 가장 좋은 시절을 낭비했다.

"지하수 문제가 심각한데요." 토드가 말했다. "기초를 보강할 필요가 있는데 비가 그칠 때까지 기다려야 해요. 그동안은 최대한 건조한 상태를 유지해야 합니다. 숍백 있어요?"

리스는 숍백이 갇혀 있다고 설명했다. 그녀는 토드를 대피소로 이끌었다. 토드는 손잡이를 흔들더니 숨겨진 자물쇠라도 찾으려는 듯 문의 가장자리를 따라 손으로 더듬었다.

"집주인이 안쪽에서 잠긴다고 하던데요." 리스가 말했다. "내 생각엔 저 안에 누가 있어요."

리스는 반농담조로 말했지만 토드는 심각한 표정으로 "그건 아닙니다" 하고 그녀의 의견에 반박했다. 그는 마지막으로 손잡이를 한 번 더 돌려본 다음, 어깨를 으쓱하며 그럼 물이라도 빼내자고 말했다. 토드가 트럭에서 그의 숍백 청소기를 가져왔다. 리스는 호스가 청소기 배 속으로 물을 빨아들이는 모습을 지켜보았다. 웅덩이의 물을 다 빨아들인 토드는 다용도실 싱크대에서 청소기 통을 비웠다. 그러고는 청바지에 손을 닦고 이제 가야 한다고 말했다. 리스는 그가 떠난다는 생각에 움찔했다. 무슨 거절이라도 당한 것처럼 느껴졌다. 그녀는 토드를 머물게 할 핑계를 찾아 머뭇머뭇 말했다.

"저 대피소 때문에 겁이 나요." 리스가 더듬댔다. "안쪽에서만 잠긴다니, 이상하지 않아요?"

"제이크라는 동료를 데려올게요." 토드가 대답했다. "자물쇠 수리공입니다." 그는 숍백을 들고 위층으로 올라갔다. 리스는 뒤따르며 빛바랜 청바지 아래 납작한 엉덩이의 움직임을 빤히 쳐다보았다.

"자물쇠 수리공이라니 멋지네요." 리스는 약간 필사적으로 말했다.

"진짜 자물쇠 전문가예요." 이제 둘은 현관에 멈춰 섰다. 리스는 토드의 육체가 손아귀에서 벗어나는 것을 느꼈다. 곧 토드는 사라지고 리스는 물방울이 뚝뚝 흘러내리는 벽, 잠긴 대피소, 그리고 힘겨울 정도로 많은 분량의 '흥분한 보지' 동영상과 함께 홀로 남을 것이다.

"얼마 드려야 해요?" 리스가 물었다.

"상담은 무료예요. 바닥이 마르면, 전화 주세요."

토드는 문 앞에 서서 리스가 내보내주길 기다렸다.

"정말 물 한 잔 안 드실래요?"

그날 밤 리스는 샤워하는 마크에게 토드가 한 말을 간추려 전했다.

"그럼 잘됐네." 마크가 말했다. "그냥 마를 때까지 기다리면 되겠네."

"그 사람 말로는 지하수 문제도 있대." 리스가 말했다. "새 청소기가 필요해."

"하나 있지 않아?"

리스는 너무 답답한 나머지 비명을 지르고 싶었다.

"대피소가 잠겼다고." 그녀가 말했다. "기억나?"

"내일 자물쇠 수리공이 온다며, 아냐?"

"그 사람이 해결할 수 있을지 없을지 모르잖아." 리스가 체념하듯 말했다. 그녀는 욕실에서 천천히 나와 침대에 누웠다. 리스가 아직 거기 있다고 생각하는 마크가 뭐라 말하는 소리가 들렸다. 샤워실 유리문을 슬쩍 쳐다보기만 했어도 리스가 없다는 사실을 알았을 텐데. 아직 오후 7시였지만 리스는 그녀의 자리로 굴러가 잠든 척했다.

밤새 비가 계속 내렸다. 아침에 보니 토끼우리 위의 석고판이 부드럽고 촉촉해 보였다. 모서리 쪽에 고인 물웅덩이는 깊이가 15센티미터나 되었다. 리스는 탁한 물속에다 얼굴을 풍덩 집어넣는 상상을 했다.

리스는 거실로 돌아와 오전 내내 '물속에서의 속박', '가학적인 밧줄', '전기 창녀들' 카테고리 동영상의 내용을 요약했다. 그녀의 설명은 점점 더 요리법 같아졌다. 그녀의 등에서 시작해 그녀가 맛있는 국물을 뿜어낼 때까지 그녀의 속을 채운다. 선 자세로 마무리하며 크림을 뿌려준다.

정오에 자물쇠 전문가 제이크가 왔다. 그는 왜소한 체격에 뺨이 홀쭉했는데, 적갈색 콧수염을 자랑스레 기르고 있었다. 토드처럼 그도 잡담이나 얼음물엔 손사래를 쳤다. 리스는 전날 토드의 냉담한 태도에 마음이 딱딱하게 굳은 상태여서 굳이 제이크의 관심을 얻으려 애쓰지 않았다. 그녀는 그를 바로 지하실로 데려갔다. 제이크는 대피소의 문손잡이 아래 웅크렸다.

"집주인이 이 문은 안에서만 잠긴다고 하던데요." 리스가 말했다.

"확실히 이건 토네이도 대피소예요." 제이크가 말했다. 그는 여자의 가슴이라도 만지듯 손잡이 아래쪽을 부드럽게 어루만졌다. 꽉 끼는 청바지를 입은 리스의 가랑이 사이가 뜨겁고 축축해졌다.

"그 사람은 상하이에 있어요. 집주인이요. 귀찮아해요."

"이 문은 안에서만 잠기는 게 아닙니다. 만약 그랬다면 바깥쪽 손잡이에 진짜 열쇠 구멍이 없었을 거예요. 그냥 단순한 둥근 구멍만 있었겠죠."

"저 안에서 누가 잠근 건 아닌지 의문이에요."

"있잖아요." 제이크가 일어서며 말했다. "이거 잠기지도 않았어요. 손잡이가 부러진 것 같습니다." 두 사람은 키가 같았다. 제이크는 리스의 입술을 한참 동안 쳐다보았다. 리스는 접촉을 기대하며 숨을 참았다. 그때 제이크가 씰룩하고 경련을 일으키더니 자기 어깨에 대고 뺨을 문질렀다.

"제가 맨날 저길 드나들었어요." 리스가 말했다. "저기다 숍백 청소기를 넣어놨거든요."

"아마 실수로 망가뜨렸나 봅니다."

"전 그렇게 힘이 세지 않아요."

"안에 누가 있다고 해도, 못 들어가는 것과 마찬가지로 못 나와요." 제이크가 말했다.

리스는 제이크를 따라 계단을 올라갔다. 그는 벌써 현관문을 반쯤 나가고 있었다. 리스는 그의 티셔츠 뒤를 꽉 움켜잡고 싶은 욕망과 싸웠다. 이런 충동 때문에 그녀는 혼란스러웠다. 제이크는 토드보다 훨씬 덜 매력적이었지만, 대신 그녀가 말만 하면 현관에서 바로 섹스를 할 수 있을 것 같았다.

"얼마나 드려야 하나요?" 리스가 물었다.

제이크가 현관 계단을 내려가다 멈춰 섰다. 웃으며 "한 것도 없는데요" 하고 가버렸다.

실로시빈은 직접 정한 새 앨범 마감일을 코앞에 두고 있었다. 리스는 아침에 마크를 스튜디오까지 차로 테려다주며 저녁 먹을 때 다시 오겠다고 말했다. 오후 6시에 그녀는 녹슨 혼다를 타고 사료 가게를 개조한 스튜디오에서 상점 몇 개만큼 떨어져 있는 메인 거리의 슈퍼마켓으로 갔다. 쇼핑 카트를 끌며 칩, 살사 소스, 밀러의 하이 라이프High Life 맥주 열두 병, 750밀리리터짜리 짐 빔 위스키 한 병을 던져넣은 다음 조리 식품을 파는 곳으로 갔다. 10대 점원이 미트로프와 코울슬로 샐러드를 스티로폼 통에 담으며 그녀의 가슴을 슬그머니 쳐다보았다. 리스는 단추를 잠그지 않은 레인 재킷 아래 얇은 여름 원피스를 입었다. 몇 주 만에 처음으로 화장까지 했지만 괜히 했다고 생각하던 참이었다.

"필요하신 거 있으세요, 손님?" 소년이 물었다.

리스는 계속해서 소년의 관심을 끌고 싶었다. 그녀는 그가 가장 좋아하는 조리 식품이 무엇인지 물어보았다.

"당연히, 닭튀김이죠." 소년이 대답하더니 씩 웃었다. 그의 치아는 작고 삐뚤빼뚤했다. 보통 사람보다 치아 개수가 더 많아 보였다.

"그건 됐어."

"저기, 밴드 하는 남자들이랑 아는 사이세요?"

"응. 그 사람들이랑 같이 여기로 이사 왔어." 리스는 기타리스트가 그녀의 남자 친구라고 말하기가 왠지 꺼려졌다. 그녀는 이 열여섯 살짜리가 자신과의 성관계를 계속해서 상상하고, 실제로는 어렵겠지만, 섹스할 가능성이 있다고 믿기를 원했다. 리스는 이런 생각을 하는 자신이 변태 같다고 느꼈다. 그녀는 재킷의 지퍼를 올렸다.

"그 사람들, 록 밴드나 뭐 그런 거예요?"

리스는 실로시빈의 다양한 음악 장르를 설명해줄까 잠시 고민했지만, 그래봤자 소년이 깊은 인상과 함께 당황스러움도 느끼리라는 생각이 들었다. 그리고 자신이 긴 설명을 할 에너지가 없다는 결론을 내렸다. "비슷해." 그녀가 대답했다.

"끝내주네요." 소년은 왠지 실망한 표정으로 말하고는 도마가 있는 선반을 닦기 시작했다. 리스는 계산대로 향했다. 그곳에는 메노파Mennonite* 공동체 출신의 10대 소녀들이 계산대 앞 높은 나무 의자에 앉아 있었다. 소녀들은 뼈대가 굵고 피부가 우유같이 새하얬으며 풀 먹인 드레스를 입었다. 정교하게 땋은 머리는 주름진 모자 아래 숨겨져 있었다.

"20달러 75센트입니다." 소녀가 말했다. 리스는 신용카드를 긁고 소녀의 부드러운 팔뚝을 부러운 눈길로 흘끗 바라보았다.

리스는 예전 사료 가게의 먼지투성이 매장으로 들어갔다. 넓은 소나무 원목 식탁 위에 포장 음식 용기와 플라스틱 수저를 가지런히 놓은 다음 밴드가 연주를 끝내기를 앉아서 기다렸다. 선반에는 여전히 마른 사료가 담긴 자루들이 쓰러진 채 놓여 있었고, 수십 년 된 콩 통조림과 양념 고기 통조림도 즐비했다. 제럴드와 에릭은 이곳에 살았다. 제럴드는 고기 보관실에서, 에릭

* 종교개혁 시기에 등장한 개신교 교단으로, 유아세례를 인정하지 않는 재세례파의 일파이다. 전통적인 생활 방식과 옷차림을 고수한다.

은 다락방에서 지냈다. 애초에 밴드는 리스와 마크의 집에 스튜
디오를 차리고 싶어 했지만, 리스가 자신의 일은 조용한 환경이
필요하다고 말하며 계획에 반대했다. 이제 리스는 그들이 옆에
있는 편이 더 낫지 않았을까 하는 의문이 들었다. 실로시빈의 윙
윙거리는 소리가 그녀의 텅 빈 일상에 다양한 무늬를 더해줬을
지도 몰랐다.

리스는 맥주병 뚜껑을 열고는 내려진 블라인드에 비치는 번
개를 쳐다보았다. 멀리서 천둥소리가 들렸다. 배 속에서 나는 듯
한 우르릉거리는 소리가 길게 울려 퍼졌다. 실로시빈의 흐릿한
악기 소리가 임시방편으로 설치된 방음벽을 통해 흘러나왔다.
몇 분이 지나자 흘러나오던 노래는 침묵으로 바뀌었고 밴드 멤
버들이 스튜디오에서 나왔다. 그들은 칩과 맥주를 향해 달려들
었다. 평소처럼 거칠게 스티로폼 통을 획 열었다. 에릭이 대마초
담배를 전용 종이로 말기 시작했다. 제럴드는 매주 브루클린에
서 배달 오는 저온 압착 주스 병을 땄다. 마크는 리스 옆에 앉았
다. 그는 오른손을 리스의 허벅지 위에 얹고서 까먹고 있던 물건
을 감정하듯 엄지와 검지로 그녀의 허벅지 근육을 꼬집었다.

"자물쇠 수리공이 뭐래?" 마크가 물었다.

리스는 손잡이가 잠긴 게 아니라 부서진 거였다고 설명했다.
그녀가 말하는 동안 제럴드는 자신의 인스타그램 피드를 훑어
보았다. 에릭은 계속해서 대마초 담배를 말았다. 마크의 눈이 흐

릿해졌고 리스는 그가 여전히 앨범 생각을 하고 있다는 사실을 알아챘다. 대피소를 향한 자신의 집착이 지긋지긋했다. 아이오 와에 온 후로 그녀는 지루한 주부 역할 안에 처박혀 있었기 때문에 누가 들어주기만 한다면 외로운 하루의 사소한 이야기들을 즉시 꺼내놓고 싶었다.

"그 사람이 말하길, 누가 그 안에 있어도 나올 수 없을 거라고 했어." 리스가 대답했다. 제럴드는 휴대전화를 보다 고개를 들어 눈을 가늘게 뜨고 그가 못 들은 부분을 추측하려 애썼다. "토네이도 대피소 이야기야." 리스가 얼른 덧붙였다. "문손잡이가 고장 났어."

"이상하군." 제럴드는 한마디 하고는 다시 휴대전화 화면 속으로 빠져들었다.

"숍백 청소기를 꺼낼 때 네가 부쉈을 거야." 마크가 말했다.

"왜 모두들 내가 나도 모르는 사이에 문손잡이를 부실 만큼 힘이 세다고 생각하는 거야?" 리스가 구시렁거렸다. "나는 팔굽혀펴기 한 번을 못 한다고."

"그러면 너는 그 안에 누가 살고 있다고 생각하는 거야?" 에릭이 물어보며 대마초에 불을 붙였다. "그거 굉장한데."

"그 안에는 아무도 없어." 마크가 말했다.

"만약 있다고 해도, 지금쯤 죽었을 거야." 리스가 말을 보탰다. "일주일이나 됐거든."

"곧 냄새가 나겠군." 제럴드가 말했다.

"냄새 안 날 거야. 문틈에 고무 패킹이 붙어 있어."

"어이없네." 마크가 말했다. "그 안에는 아무도 없어, 자기야. 문손잡이가 어쩌다가 부서진 것뿐이야."

에릭이 리스에게 대마초 담배를 건넸다. 리스는 짙고 달콤한 연기를 폐 안 가득 빨아들였다. 마크는 그녀에게 방금 녹음한 트랙을 듣고 소리가 충분히 두껍고 무거운지 말해달라고 부탁했다.

리스는 대피소 생각을 떨쳐버리려 맥주 네 병을 마셨지만, 혼자서 그 문제를 처리하도록 내버려둔 마크를 향한 분노만 더 커져버렸다. 그녀는 단지 마크의 무사태평한 태도를 흔들어놓기 위해서라도 어쨌든 대피소에서 시체가 발견되기를 바랐다. 차를 타고 집으로 돌아오는 길에 리스는 대피소 문을 부수겠다고 선언했다.

"그러지 마." 마크가 말했다. "수리하느라 곤란해질 거야."

"발 아래 시체가 썩어가는 집에서 하루 종일 있을 수는 없어."

"어이쿠, 자기야. 진짜 그렇게 믿는 건 아니지?"

"누가 알겠어? 어떤 사람이 한밤중에 지하실로 몰래 들어갔는데, 우리가 그 소리를 못 들었을 수도 있잖아."

"있잖아, 생각해보니까 내가 문손잡이를 부순 것 같아." 마크가 말했다.

"자기가 안 그랬잖아."

"아니야. 맞아. 분명히 그랬을 가능성이 있어. 마지막으로 숍
백 청소기를 사용했을 때 잠이 많이 부족했거든."

리스가 마크를 노려보았다. "거짓말이잖아. 자기는 항상 그러
더라."

"뭘 그러는데?"

"날 달래려고 거짓말하잖아. 나 입 다물게 하려고."

"무슨 말인지 모르겠네, 우리 자기."

리스는 마크의 말이 진실일지도 모른다고 생각했다. 그가 고
의로 거짓말을 한 적은 없었다. 단지 게을러서 그때그때 그에게
편리한 쪽을 믿을 뿐이었다.

자동차 통풍구에서 뜨거운 공기가 쏟아져 나와 리스의 눈과
목이 화끈거렸다.

"차 세워." 리스가 말했다.

"뭐라고?"

"내리고 싶어."

"집에 거의 다 왔어."

"난 내릴 거야."

리스가 안전벨트를 풀고 차 문을 열었다. 마크는 욕을 하며
자동차를 자갈 덮인 갓길에 주차했다. 천둥이 하늘을 갈랐다. 번

개가 구름의 얼룩덜룩한 아랫배를 드러냈다. 마크는 리스의 뒤를 따라 조심조심 차를 몰았다. 비가 그녀의 옷을 흠뻑 적셔 한 걸음씩 옮길 때마다 발걸음이 더욱 무거워졌다. 리스는 애원하듯 비가 내리는 하늘을 향해 얼굴을 들었다.

길 저편에 다른 차의 헤드라이트가 비쳤다. 그 불빛을 보자 리스는 정신이 번쩍 들었다. 다가오는 차에 탄 사람들이 뭐라고 생각할지 걱정되었다. 그녀는 그들의 차로 돌아왔다.

마크는 차고에 차를 세울 때까지 침묵을 지켰다. 차 문을 열더니, 잠시 주저했다. "좀 냉정해질 필요가 있어, 리스. 이런 행동은 용납할 수 없어." 그가 안으로 들어갔다. 리스는 30분 동안 후덥지근한 차고 안에 앉아 있었다. 약간 당혹스러웠지만 한편으로는 상처를 불로 지진 것처럼 마음이 차분해졌다.

아침이 되자 날씨는 맑고 따뜻하며 바람도 없었다. 리스는 지하실로 내려가 물웅덩이가 예전 토끼우리보다 깊어진 것을 발견했다. 그녀는 집의 움직이는 내장과도 같은 온수기와 보일러 근처에서 잠깐 서성댔다. 녹이 낀 배수구 옆에 서서 스콧이 토끼의 목을 베는 장면을 상상했다.

마크는 벌써 스튜디오로 떠나고 없었다. 그녀를 깨우지도, 차가 필요한지 묻지도 않고 가버렸다. 리스는 그가 화를 낼 만큼 자신을 진지하게 여기고 있다는 사실에 만족한 동시에 어젯밤 자신의 행동이 부끄러웠다. 마크는 실수에도 너그러우며 리스의 기분이 최악일 때만 제외하면 모든 상황을 잘 넘겨내는 사람이었다. 둘이 사귀는 동안 마크가 리스에게 냉정하게 군 적은 몇 번 없었고, 그때마다 리스는 그의 애정을 영원히 잃을까 두려워하며 다시 사랑받기 위해 안달복달했다.

리스는 대피소 문 앞에 멈춰 섰다. 피가 솟구치며 배짱이 두둑해졌다. 문을 두드렸다. "여보세요? 안에 누구 있어요?" 그녀가 물었다. 머리 위에서 나방이 연약한 몸을 전구에 툭 부딪혔다.

리스가 문을 발로 차기 시작했다. 연인의 가슴을 키스로 뒤덮는 것처럼 문의 표면을 한 군데도 빼놓고 싶지 않은 마음에 최대한 높게 찼다. 숨이 가빠질 때까지, 무릎이 아프고 문 바깥쪽이 신발 자국으로 거무죽죽해질 때까지 차다가, 페인트칠이 된 콘크리트 바닥 위로 쓰러졌다. 리스는 곰곰이 생각했다. 어쩌면 그녀가 문손잡이를 고장 냈을 수도 있었다. 너무 거칠게 잡아당겨서 무언가가 제자리에서 벗어나 딸깍하고 잘못 끼였을 것이다. 처음 이 집으로 이사 왔을 때 리스는 대피소에서 일을 할까 고민했다. 어쩌면 그녀가 안에 있을 때 문손잡이가 부서졌을 수도 있었다. 그랬다면 그녀는 저장된 크래커를 먹고 포도주를 마시며 한쪽 구석에서 소변을 봐야 했을 것이다. 마크는 그녀를 꺼내기 위해 마땅한 도구를 갖춘 남자를 고용해야 했으리라.

위층으로 돌아온 뒤에도 리스는 여전히 지하실에 고여 있는 더러운 물의 존재를 느꼈다. 그 물은 마치 헐렁하고 물기 많은 창자 같은 자신의 불안정한 밑바탕처럼 느껴졌다. 그녀의 발 아래 잠겨 있는 대피소의 존재가 '경멸'이라는 다이아몬드의 단단한 알갱이처럼 느껴졌다. 그녀의 다른 자아가 그 안에 갇혀 손톱이 부러질 때까지 콘크리트 벽을 긁어댔다.

마크는 남쪽으로 32킬로미터 떨어진 대학가에서 태국 음식을 포장해 집으로 돌아왔다. 평화를 위한 제물이 분명한 음식을 보자 리스의 마음은 안도감으로 가득 찼다. 둘은 현관에서 포옹했다. 리스는 집에 하루 종일 혼자 있느라 정신이 조금 나갔지만 그게 마크의 잘못은 아니며, 비록 그녀도 이곳에 오는 데 찬성했지만 실제로 어떨지는 잘 몰랐던 것 같다고 설명하며 사과했다. 이 근처에서 자란 마크와 달리 그녀는 평생 도시에서만 살았다. 마크는 종종 어린 시절 시골에서의 경험, 그중에서도 작은 생물에게 잔인하게 행동한 이야기를 짧게 들려주었다. 유리병에 반딧불이를 가두거나 연줄로 목을 묶은 가재를 작고 연약한 강아지인 양 부모님 집 뒤편의 개울둑을 따라 끌고 다녔다고 했다.

두 사람은 거실에 비치 타월을 깔고 플라스틱 포크로 종이 용기에 든 음식을 먹었다. 마크는 리스를 집에 내버려둔 채 소홀히 했던 자기 행동을 사과했다. 밴드는 믹싱 과정에서 약간의 걸림돌에 부딪혀 리마스터링이 필요했기에 새 앨범의 마감일을 늦췄다. 앨범 작업이 끝나면 그들은 집을 떠나 휴가를 갈 수 있을 것이다. 뉴욕에 사는 친구들도 방문하고. 그러나 두 사람은 여름 이후의 계획에 대해서는 별로 대화를 나누지 않았다. 했던가? 스콧은 그들이 이곳에 사는 것을 좋아했고 집세는 말도 안 되게 쌌다. 마크가 둘을 위해 세운 계획을 이야기하는 동안 리스는 멍하니 고개를 끄덕이며 자기 속으로 깊숙이 가라앉았다.

그들은 우그러뜨린 종이 포장 용기를 비닐봉지에 모으고 비치 타월 위를 치운 다음 화해의 섹스를 했다. 리스는 기계적으로 팔다리를 움직였다. 관절에 생각을 쏟아부어 뼈가 다른 뼈의 구멍에서 회전하거나 힘줄의 끝자락에서 달가닥거리는 모습을 상상했다.

매일 아침, 리스는 계단을 내려와 대피소 문 앞에 섰다. 문손잡이를 돌리고, 노크하고, 애원했다. "자, 이제 할 만큼 했잖아." 그녀는 과거에 등교 준비를 하며 여동생을 화장실에서 끄집어낼 때 썼던 단호한 목소리로 말했다. 마크 곁에 있을 때는 철저한 순응의 가면을 쓰고 자신의 집착을 숨겼다. 리스는 겨울에도 쭉 여기에 머물자고 넌지시 말했다. 두 사람은 과거 선조들의 실용적인 기술을 배울 것이다. 마크가 오랫동안 꿈꿔왔던 농가의 삶을 살 것이다. 잼도 직접 만들고 장작 난로 앞에 나란히 누워 서로에게 낭만적인 시를 읽어주는 생활, 첫 양털로 목도리를 짜고 많은 머리를 하고 사는 삶이란 얼마나 멋질까. 리스가 꿈을 꾸듯 말했다.

8월이 되었다. 비가 그쳤고 이제 날씨는 사정없이 더웠으며 하늘에는 구름 한 점 없었다. 지하실의 물웅덩이는 부패하기 시작해 하수도 냄새를 풍겼다. 목요일에 리스는 홈디포^{Home Depot•} 에서 숍백 청소기를 빌렸다. 빌린 청소기를 끌고 대피소 문 앞을 지나며 그녀는 청소기끼리 서로 자기들만의 언어로 바깥의 자유로운 청소기가 안에 갇힌 청소기에게 위로의 말을 건네며 용기를 북돋우는 장면을 상상했다.

리스는 악취가 진동하는 물을 빌린 기계의 배 속으로 빨아들였다. 바닥이 드러나자 강인하고 홀가분해진 기분이 들었다. 그래서 토드에게 전화해 집의 기초공사에 관해 문의했다. 토드는 그날 바로 방문해 이번에는 열성적으로 벽을 점검하며 노트에 메모했다. 나중에 그는 리스에게 이메일로 견적서를 보냈고, 리스는 그 이메일 견적서를 스콧에게 전달했다. 스콧은 공사를 허락했다. 작업은 월요일에 시작할 예정이었다.

리스는 저녁을 먹으며 마크에게 매끄러웠던 그 모든 과정을 낱낱이 이야기했다.

"잘해낼 줄 알았어, 우리 자기." 마크가 환하게 웃으며 칭찬

• 집과 관련된 인테리어 및 조경 물품, 조명, 가전제품, 가구, 건축자재 등을 유통하고 판매하는 미국의 기업.

했다.

리스는 토드와 그의 대학생 일꾼들을 위해 아이스티 한 주전
자와 옥수수빵 한 접시를 준비했다. 그 청년들은 토드 아들의 친
구로 여름방학을 맞아 고향에 돌아왔다. 토드는 금이 간 벽을 보
강하는 데 사흘이 걸릴 것으로 예상했다. 첫날 오후, 리스는 거
실에 앉아 아래층의 쿵쾅거리는 소리와 드릴로 구멍을 뚫는 소
리에 안정을 느끼며 윤간 동영상 3부작의 줄거리를 적었다.

남자들은 5시가 되자 떠났다. 토끼우리에는 그들의 도구가
어지럽게 흩어져 있었다. 그날 아침 리스가 자동차로 마크를 스
튜디오에 데려다줬기에 곧 자신을 데리러 오라는 마크의 문자
가 올 것이다. 리스는 서둘러야 했다.

대피소 옆에는, 즉 대피소가 두개골이라 치면 그것의 관자놀
이 옆에는 비닐 덮개에 싸인 낡은 정장 코트와 스팽글 드레스가
옷걸이에 빽빽이 걸려 있었다. 며칠 전, 리스가 이 옷 뭉치를 한
아름 품에 안아 한쪽으로 치우자 평범한 건식 벽이 드러났다. 이
벽이 그녀가 대피소로 들어가는 통로가 될 터였다. 리스는 휴식
시간 동안 통통한 중년 남성들이 기뻐하며 자기 집 벽을 때려 부
수는 내용의 형편없이 만들어진 유튜브 동영상을 보았다. 한 영
상에서는 남자가 대형 망치를 들어 올리자 촬영하는 여성이 작
게 고함을 질렀다. "잠깐만, 나 이쪽으로 갈게"라고 소리치며 남

자의 뒤로 이동해 카메라에 케이크 반죽 같은 노란색 벽이 더 잘 보이게 섰다. 처음에 망치로 몇 번 치니 여자가 흥분해 소리 쳤다. 그러나 철거는 실망스러울 만큼 느리게 진행되었다. 남자 는 벽을 망치로 때리고 또 때리다가 몇 분 후 가슴을 들썩거리 며 멈췄다. 먼지가 천천히 가라앉았다. 확실히 용두사미 같은 결 말이었다. "잘했어, 자기." 여자가 거의 비꼬듯이 말했다.

이제 철거의 기초 지식을 갖춘 리스는 토끼우리로 들어가 9킬 로그램짜리 대형 망치, 곡괭이, 보안경, 마스크를 집어 들었다. 그녀는 이것들을 대피소의 관자놀이로 가져왔다. 대형 망치를 들어 벽을 치자 벽은 두꺼운 마분지처럼 쉽게 갈라졌다. 갈라진 곳의 가장자리를 잡고 벽을 뜯어냈다. 색이 옅은 집의 뼈대와 안 쪽 대피소의 콘크리트 벽돌이 드러날 때까지 계속했다.

리스는 차가운 벽돌 표면에 입술을 대고 혀를 내밀어 그 피부 를 맛보았다. 오른손을 청바지 안으로 집어넣었다. 성기가 흥분 으로 젖어 있었다.

뒷주머니에 있던 리스의 휴대전화가 부르르 떨렸다. 끝났어. 마크가 보낸 문자였다. 그녀는 비닐 덮개에 싸인 옷 뭉치와 사용 한 도구를 원래 자리로 돌려놓은 다음, 차에 탔다.

마크는 기분이 좋아서인지 집으로 돌아오는 길에 쉴 새 없이 지껄였다.

"오늘 밤에 「헬리오트로프Heliotrope」로 돌파구를 마련했어." 마크가 말했다. 이 곡은 앨범의 마지막 곡으로, 앞선 열두 곡의 복잡한 분위기와 서사를 담아내길 원한 10분짜리 연주곡이었다.

"잘됐네." 리스가 대꾸했다. 마크는 계속해서 그 노래를 최종 녹음할 때 겪었던 고충과 지난 2주간 수십 번이나 다시 녹음했던 일, 오늘 연주 녹음의 탁월한 품질에 관해 주절거렸다. 리스는 대시보드 시계의 호박색 바늘이 움직이는 모습을 뚫어져라 보았다. 그러면서 마음속으로 그녀가 대형 망치를 건식 벽체에 댄 순간을, 벽의 조직 막을 뚫어 누구라도 볼 수 있는 상처를 입힌 순간을 곱씹었다.

다음 날 저녁은 실로시빈에게 더 생산적인 시간이 될 예정이었다. 아침에 마크는 스튜디오에 늦게까지 머문다고 말했다. 리스는 마크에게 필요한 만큼 그곳에 오래 있으려면 차를 가져가는 편이 좋겠다고 주장했다. 사실 그녀는 마크가 집에 돌아오지 않기를 바랐다. 초여름에 마크는 사료 가게에서 며칠 밤을 보낸 적이 있었다. 곰팡이 핀 콩 자루가 놓인 선반 사이 통로에 에어 매트리스를 깔고 잤다. 그때는 이 집에서 혼자 밤을 보내는 게 싫었지만, 지금은 그러는 편이 리스에게 도움이 되었다.

리스의 생각에 대피소의 콘크리트 벽을 부수려면 더 강력한 무기가 필요했다. 남자들이 벽을 잔인하게 깨부수는 동영상을 더 많이 보며 조사한 결과, 대형 전동 드릴이 필요하다는 결론에 도달했다. 토드의 청년 일꾼들이 기초 작업에 그걸 사용했다. 그 전동 드릴은 긴 청록색 몸체를 가진 도구로, 리스가 스무디를 만들 때 사용하는 핸드 블렌더를 떠올리게 했다. 리스는 드릴을 대피소 벽 앞으로 끌고 와서 빨간 코드를 콘센트에 꽂았다. 바닥에서 1미터 정도 높이의 콘크리트 벽 한 지점에 드릴의 주둥이를 아래로 기울여 대고는 스위치를 돌렸다.

드릴이 휘청거렸다. 리스는 손잡이를 꼭 붙잡았다. 그녀의 피부와 치아가 미세하게 진동했다. 드릴의 끝이 콘크리트를 갉아 구멍을 냈다. 먼지가 얼굴로 날아와 보안경의 렌즈를 가렸다. 마스크를 썼는데도 기침이 나왔다. 리스는 저항을 느꼈지만, 곧 사라졌다. 가장 안쪽 방어벽에 구멍이 뚫렸다. 바로 그 순간, 리스의 몸이 혼란스럽게 조각 난 오르가슴으로 떨렸다. 리스는 드릴을 끄고 크게 숨을 쉬었다. 그녀는 자신이 낸 작은 구멍에 새끼손가락을 찔러 넣었다. 구멍에 코를 대고 석고와 흙, 대피소 안에 고여 있던 공기의 냄새를 맡았다.

리스는 구멍을 두 개 더 뚫어 삼각형 모양을 만든 뒤 괭이를 들어 돌을 찍었다. 돌 조각들이 떨어져 발 앞에 쌓였다. 쉬지 않고 계속 파내 기어들어 갈 만큼 큰 구멍을 뚫었다. 손전등으로 안을 비춰 보았다. 먼지가 가라앉자 숍백 청소기와 포도주 상자, 크래커 상자를 알아볼 수 있었다. 리스는 구멍을 통해 기어들어 갔다. 그녀는 지쳤지만 만족스러운 기분으로 대피소 바닥에 앉왔다. 몇 분 후에는 몸을 웅크리고 옆으로 누워 차가운 콘크리트 바닥에 귀를 대었다.

차가 진입로로 들어오며 덜컹거리는 소리가 났다. 리스는 대피소에서 기어 나와 위층 침실에 딸린 욕실로 달려 올라갔다. 샤워기 아래 서서 피부에 묻은 콘크리트 먼지를 솔로 털어냈다. 곧 마크가 다가왔다. 그의 모습이 샤워실의 반투명 유리문 너머로 흐릿하게 보였다. 천천히 그가 옷을 벗기 시작했다. 플란넬 셔츠의 붉은색과 검은색, 리바이스 청바지의 남색으로 이루어진 색깔 얼룩이 하나씩 마크의 피부색인 분홍색으로 변했다.

마크가 샤워실로 들어왔다. 리스는 눈을 감고 얼굴로 떨어지는 물을 맞았다. 마크는 그녀의 등에 몸을 붙이고 목에다 키스했다. 리스가 몸을 움츠렸다. "내가 너무 바빠서 미안." 그가 말했다. "일단 「헬리오트로프」만 끝내면 꽤 한가해질 거야. 어쩌면 주말에 시카고로 놀러 갈 수도 있을지도 몰라."

마크가 그녀의 오른쪽 팔뚝 아래로 손을 집어넣었다. 리스는 그가 가슴을 만지도록 잠시 내버려둔 다음 돌아서서 그의 광대뼈에 키스하고는 몸을 닦고 싶다고 말했다.

집의 기초공사를 한 지 사흘째 되는 날, 토드의 일꾼 중 한 청년이 계단을 올라와 화장실로 가는 길에 잠시 멈춰 섰다. 리스는 그녀가 점심 식사 주문을 받거나 아이스티 주전자를 다시 채워주기 위해 지하실로 내려갈 때마다 그 청년의 시선이 자신을 따라다닌다는 사실을 눈치챘다. 떡 벌어진 어깨에 검은 눈과 큰 입, 주근깨가 있는 통통한 뺨을 가진 그는 위층에 올라올 때마다 리스를 쳐다보았다. 리스는 뻣뻣한 미소로 우아하게 그를 맞이한 후 다시 노트북 화면으로 돌아갔다. 오늘 그는 더 대담했는데, 아마도 이번이 대마초 물 담배를 빨며 친구들에게 뻐길 만한 일이 생길 수 있는 마지막 기회라고 여기는 듯했다. 그는 마룻바닥과 카펫 바닥이 만나는 경계인 거실 문턱 위를 서성거렸다.

청년이 뭐라 말했지만 리스는 헤드폰을 끼고 있어서 들리지 않았다. 그녀는 뻔한 결말을 향해 달려가고 있는 지하 감옥 난교 동영상을 멈췄다. "잘 지내셨어요?" 청년이 다시 말했다. 같은 말을 반복해야 하는 데서 오는 당혹감이 말투에 묻어났다.

"응. 지금은 일하는 중이야."

"무슨 일을 하세요?" 리스는 그가 더 가까이 오고 싶지만 작업화를 신고 카펫을 밟으면 안 된다는 규칙 때문에 그럴 수 없다는 걸 알았다.

"포르노 동영상 웹사이트에서 광고 문구 쓰는 일을 해."

"멋진 일처럼 들리네요."

"그렇지 않아." 리스는 노트북을 닫아 옆에 있는 소파 위에 내려놓았다. 거실을 가로질러 가 벽에 등을 기대고 섰다. 전등 스위치가 척추를 파고들었다. "내일 또 올 수 있니? 시킬 일이 하나 더 있어."

"음, 물론이죠." 그가 대답했다. "토드 씨랑은 이야기 해보셨어요?"

"토드 씨까지 알 필요 없어." 리스가 말했다. "내 생각엔 간단한 일이야. 너 혼자서도 할 수 있을 거야."

청년의 얼굴이 붉어지자 그녀는 서둘러 덧붙였다. "그냥 벽 작업이야. 벽에 큰 구멍이 있어서 막아야 해. 할 수 있겠어?"

청년이 그 정도는 가능할 것 같다고 말했다.

다음 날 청년이 도착했을 때, 리스는 그가 단추 달린 셔츠를 입은 데다 말끔하게 면도까지 했다는 사실을 눈치채지 못한 척했다. 그녀는 자신이 낸 대피소의 구멍을 청년에게 보여주었다. 그가 부른 삯이 비싸게 느껴졌지만, 흥정하기 귀찮았다. 리스는 내일 바로 작업해달라고 주문했다. 그녀가 집에 없는 대신 현관문을 열어두겠다고 말했다.

"알겠습니다." 청년은 오로지 이것 때문에 그녀가 자신을 불렀다는 사실을 받아들이기 어려운 듯 천천히 대답했다.

"일이 끝나면 정리도 부탁해." 리스가 말했다. "옷도 다시 옷걸이에 걸어줘. 어떤 흔적도 남기지 말고."

"문제없어요." 둘은 이제 현관 앞에 서 있었다. 청년은 몸무게를 실은 발을 바꾸며 턱에 난 면도날 상처를 손으로 만졌다. "이게 전부인가요?"

리스는 눈을 가늘게 떴다. "응. 벽 작업만 하면 돼." 그녀가 대답했다. "지금 수표를 써 줄게."

리스는 계단을 내려오는 그의 장화 소리를 듣고는 침낭 아래로 몸을 숨겼다. 손전등 빛이 구멍으로 비치기를 기다렸지만 청년은 호기심이 없었다. 그는 바로 일하기 시작했다. 대피소의 차가운 바닥에 누워 있는 리스를 그녀가 모은 식료품과 물건이 둘러싸고 있었다. 배설물을 담을 양동이, 손전등, 여분의 건전지, 흰 양초 열두 개, 침낭과 베개, 그리고 술을 마시려면 필요한 코르크 따개.

리스는 청년이 새로 반죽한 시멘트로 구멍을 막은 뒤 고루 펴바르는 소리를 들었다. 그는 잠시 일한 다음 다시 위층으로 올라갔다. 리스는 그가 부엌에서 그녀의 냉장고에 있는 음식을 조심스레 야금야금 씹어 먹는 모습을 상상했다.

곧 청년이 돌아와 아무 소리도 내지 않고 건식 벽을 덧대었다. 작업이 끝나고 청년이 도구를 치우고, 기침을 하고, 바닥에 침을 뱉는 소리가 들렸다. 리스는 올라가는 계단을 따라 희미해지는 발소리를 들었다. 청년의 차가 털털거리며 자갈을 튀기고 떠나는 소리를 듣고서야 그녀는 일어나서 새로 생긴 벽 위에 손바닥을 대었다. 시멘트가 굳으려면 며칠이 걸리겠지만, 그동안에는 건식 벽이 그녀를 보호해줄 것이다. 청년은 맡은 일을 훌륭히 해냈다.

대피소 밖도 밤이 되었다. 리스는 촛불을 켰다. 그녀는 로즈메리 크래커를 한 줄 먹고, 적포도주 반병을 마신 후, 양동이를 사용했다. 잠들기 전, 발포 고무 귀마개를 귀에 꽂았다. 이제 한 시간이 될지, 이틀이 될지, 또는 일주일이 될지 알 수 없지만, 누군가가 대피소 문을 두드려도 리스에게는 그 소리가 들리지 않을 것이다.

마룻바닥 위의 머리

The Head in the Floor

솔직히 말해 머리가 마룻바닥에서 나오기 전에도 일은 잘 풀리고 있지 않았다. 실직 중인 데다가 내가 한 몇 가지 선택 덕분에 모두가 나를 미워하고 있었다. 오후가 되면 내 아파트에서 몇 블록 떨어진 도로의 중앙분리대에 앉아 차가 쌩하니 질주하는 가운데 노트북에다 이것저것 글을 썼다. 때로는 기타를 가져 갔다.

처음에는 부드러운 천 조각처럼 보였다. 나는, 그러니까, 어쩌면 마룻바닥이 썩고 있는 게 아닐까 생각했다. 내가 뭐 마룻바닥에 관해 아는 게 있었나?

나는 이 문제, 그러니까, 바닥에 생긴 멍처럼 보이는 것에 대해 문자를 보낼 만한 남자들을 떠올려보았다. 내가 말했듯이, 그러니까, 음, 문자를 보낼 사람을 찾기가 좀 어려웠다.

제일 먼저 '리'라는 남자에게 문자를 보냈다. 집 마룻바닥에 부드러운 부분이 있는데 와서 확인해줄 수 있는지, 그리고 마룻바닥에 관한 지식이 있는지 물어보는 문자를 보냈다.

리는 멋진 셔츠를 입고, 머리에도 뭐랄까, 뭘 바르고 왔다. 향수도 뿌린 듯했다.

리는 마룻바닥의 부드러운 부분에 손가락을 대고 눌렀다. 그러고는 흠칫 놀라는 것 같더니 나보고 집주인에게 전화하라고 말했다. 그렇게는 할 수 없었다. 내가 이 아파트에 6년이나 살면서 집주인에게 전화한 적은 한 번도 없었다. 창문 하나가 열리지 않았고, 다른 하나는 닫히지 않았으며, 화장실은 저절로 물이 내려갔다. 이따금 문 자물쇠가 고장 났다. 그러면 습도가 낮아져 잠금장치를 다시 밀어낼 수 있을 때까지 아파트 안에 며칠씩이나 갇혀 있기도 했다.

리가 영화나 뭐 그런 게 보고 싶은지 물었고, 나는 아니라고 답했다가 그가 슬퍼 보여서 좋다고 대답했다. 리는 떠났고 나는 수건으로 마룻바닥의 부드러운 부분을 덮었다.

며칠이 지나자 나는 더 이상 수건의 가운데가 툭 튀어나와 있다는 사실을 모른 척할 수 없었다. 그래서 수건을 벗겨봤고 거기에는 그렇다. 정수리가 있었다. 곧은 갈색 머리카락이 달려 있었다. 머리는 튀어나오는 중이었다. 음, 그러니까, 여자의 몸에서 아기의 머리가 삐져나올 때처럼. 똑같았다, 다만 알다시피, 내 마룻바닥에서.

다음으로 나는 이 남자, '크리스'에게 문자를 보냈다. 이렇게.
안녕 크리스.

그래서 크리스가 왔다. 그도 우리가 마지막으로 만났을 때보
다 조금 더 잘 차려입은 듯 보였다. 솔직히 말해서 그때가 언제
인지, 그 사람이 크리스인지도 기억나지 않았지만. 크리스는 피
자를 가져왔다. 그래서 나는 뭐랄까, "근사하네"라고 말했다. 리
보다 나았다. 리는 아무것도 가져오지 않았다. 그가 정수리를 봤
을 때, 내 말은 크리스가 봤을 때, 이런 것은 예상하지 못했다는
사실을 알 수 있었다. 크리스는 자기 연장도 가져왔다. 내가 요
구하지도 않았는데. 아무튼 피자와 연장 둘 다 가져왔다. 리보다
훨씬 나았다.

나는 크리스에게 머리를 만져보라고 부탁했다. 그러니까, 머
리가 따듯한지 보려고 말이다. 그는 싫다고 했다. 나는 이게 그
를 부른 이유라고 말했다. 이것 때문에 그가 필요했다고. 크리
스는 뭐랄까, 끔찍한 부조리, 허무, 고통에 대한 갑작스러운 깨
달음으로 토하려는 것처럼 보였다. 아니면 소멸하는 별처럼 스
스로 스러지거나. 존재에 대한 깨달음 때문에. 그는 다시 수건을
머리 위에 조심스레 덮었다. "나는 네가 그냥 나랑 놀고 싶어서
부른 줄 알았어"라고 말했다. 그의 말투는 그랬다. 상처 입은 듯
했다. 그러고는 피자를 들고 떠나버렸다.

이쯤 되자 나는 후회하기 시작했다. 모두가 나를 미워하는 일에 대해. 그리고 내가 하루 종일 하는 일이라고는 중앙분리대에 앉아, 즉 6차선 도로 가운데 있는 90센티미터 너비의 잔디밭에 앉아, 노트북에 글을 쓰거나 기타를 연주하는 척할 뿐인 것에 대해. 곧 우리 집에 와서 내 마룻바닥에서 자라고 있는 인간 머리를 살펴봐달라고 문자를 보낼 만한 남자가 부족해졌다.

수건은 도움이 되었다. 지금 여기서 수건이 아무 소용없었다고 말하지는 않겠다.

마지막으로 남은 전화번호의 주인은 나를 미워할 만큼 아직 나를 잘 알지 못하는 남자인 '브랜던'이었다. 아마도 나는 내 인생의 어떤 시점에 이 남자랑 일종의 데이트를 했던 것 같다. 내 생각에는 브랜던이 '우리 또 만나자'라고 문자를 보냈고, 나는 뭐랄까, '그래' 하고 답했고, 그가 실제로 만날 날을 언급하자 더는 답장하지 않고 문자 내역도 다 지워버렸다.

브랜던은 아무것도 가져오지 않았고 짜증이 난 듯한 모습이었다. 그가 왜 왔는지는 모르겠지만, 내가 수건을 벗겼을 때 브랜던이 옆에 있어서 다행이었다.

확실히 머리는 눈썹 위쪽 가장자리까지 솟아났다. 브랜던은 이것이 남자의 머리라는 데 동의했다. 두말할 나위가 없었다. 크기 때문만은 아니었다. 내 말은, 그냥 알 수 있었다.

나는 브랜던에게 정수리가 따듯한지 만져보라고 부탁했다.

그러니까 살아 있는지. 브랜든은 싫다고 했다. 내가 누군가는 해야 할 일이라고 말했다. 그는 "네 집 마룻바닥이잖아"라고 받아넘겼다. 나는 그를 향해 얼굴을 찌푸렸다. 브랜던은 한숨을 쉬며 4년 전 우리가 데이트했을 때 내가 진짜 무례했다고 말했다. 나는 그 데이트를 기억하려 노력했다. 많은 데이트가 떠올랐지만 그중에 브랜던처럼 보이는 남자와 했던 것은 없었다. 진짜로. 나는 브랜던의 손목을 잡아 그가 무슨 일이 일어나고 있는지 눈치채기 전에 머리에다 손을 갖다 대야겠다는 생각이 들었다. 그럼 알게 되겠지.

나는 예전 데이트를 기억할 수 없었지만 브랜던에게 미안하다고 말했다. 그럼, 하고 내가 말을 꺼냈다. 머리가 마룻바닥에서 튀어나오는 동안 우리 집에 같이 있을래? 물론 나는 아니, 라는 대답을 예상했다. 보통의 정상적인 사람이라면 내가 아니면 아무도 책임지지 않는 이런 무서운 상황에 나만 버려두었을 것이다. 아니면 집주인에게 전화하라고 충고하거나. 알다시피, 그건 내 고려 대상이 아니다.

그러나 브랜던은 완전히 졌다는 얼굴을 하고 다시 한번 한숨을 쉰 다음, 대답했다. 그래, 좋아.

그래서 나는 중앙분리대 일과를 중단하고 이제 하루 종일 브랜던과 내 아파트에서 지낸다. 대개 우리는 서로를 무시한다. 그는 자기 노트북으로 일을 하는데, 프리랜서이기 때문이다. 무슨 프리랜서인지는 모른다. 그는 말했겠지만, 내가 관심이 없었던 것 같다. 때때로 브랜던을 바라보며 그의 내면에 어떤 근본적이고 압도적인 슬픔이 있기에 마룻바닥에서 머리가 자라나는 동안 나와 여기에 머물기로 했는지 궁금했다. 하지만 나는 아무 말도 하지 않을 것이다. 왜냐면, 그러니까, 그가 떠나버리면 안 되니까.

브랜던과 같이 산 지 닷새가 지났다. 머리는 계속해서 솟아오르고 있다. 우리는 두 시간마다 수건을 벗겨 확인했다. 머리는 하루에 6밀리미터의 속도로 올라오고 있다. 그러니 내일 오전 6시에는 눈이 나와 있을 것이다.

이것은 뭐랄까, 이제껏 기다리던 일이다. 우리는 흥분되지만, 또 뭐랄까, 설마, 하고 생각한다. 알겠지만, 지금은 너무 늦은 것 같다. 어쩌면 그 전에 누군가가 무슨 일이라도 할 수 있었을지도 모르는데. 무언가 할 수 있었을 텐데.

눈동자는 푸른색이었고, 뭐랄까, 경계심이 가득했다. 정상적이라고 할 만한 간격으로 눈을 깜박거렸다. 내 말은 그러니까, 그 눈은 살아 있었다. 우리를 바라보고 있었다. 기분이 괜찮아 보였다. 뭐랄까, 최소한 고문당하고 있는 것 같지는 않았다. 안심이 되었다. 적어도 우리가 가진 의문 중에 한 가지는 풀렸다.

이제 눈이 있고, 우리 모두 이 일과 연관되어 있으니, 머리와 이야기를 나눌 수 있을 듯싶었다. 안녕 친구, 우리가 인사했다.

어떻게 지내? 예의상 한 질문이었다. 입은 여전히 마룻바닥 밑에 있어서 머리는 대답할 수 없었다. 만약 입이 있다고 한다면 말이다. 때때로 우리는 머리에게 우리 삶에 관한 이야기를 들려주었다. 머리는 우리 이야기가 지겨워지면 눈을 감았고, 그러면 우리는 말을 멈췄다. 우리는 더는 머리 위에 수건을 덮지 않았다. 이제 그건, 마치, 문제처럼 느껴졌다. 그러니까, 인권 문제 같은. 우리는 며칠만 더 있으면 입이 나오겠다고 생각했다. 그러면 우리는 몇 가지 문제를 해결할 수 있을 것이다.

줄곧 나는 여섯 달이 지나고 온전한 남자 하나가 마룻바닥에서 나와 일어서기를 바랐다. 나는 그 남자가 양복을 입은 채 넥타이를 매만진 다음, 나와 악수하고 현관문을 걸어 나가는 모습을, 그래서 마룻바닥이 다시 깔끔하게 봉해진 모습을 상상했다. 그러면 나는 집주인에게 말할 필요도 없고, 누구도 아니고 결국엔 내 책임인 이 비참한 삶을 구성하는 요소를 조금도 바꿀 필요가 없을 터였다.

그러나 며칠이 지나도 머리는 여전히 눈까지만 나와 있었다. 그리고 그 눈은 항상 깬 채로 나와 브랜던을 쳐다보았다. 우리가 머리의 뒤에 서 있을 때를 제외하고는. 머리는 더 이상 솟아오르지 않았다. 머리는, 뭐랄까, 꽉 박혀 있는 듯했다. 어쩌면 그게 전부일지도 몰랐다. 어쩌면 원래부터 머리의 3분의 1만 있었는지도 몰랐다.

몇 주 뒤 우리는 다시 수건으로 머리를 덮었다. 그 후로 몇 달이 지났다. 아직 브랜던은 나와 함께 살고 있는 것 같다. 나는 다시 중앙분리대로 나가기 시작했다. 모르겠다. 우리는 이제 대화하지 않는다. 나와 브랜던 말이다. 우리는 서로를 만져본 적이 없다. 처음에는 브랜던이 나를 만져보고 싶어 한다고 생각했는데, 이제는 나도 잘 모르겠다.

타호 호수
Tahoe

사륜 산악 오토바이를 타고 언덕 위로 곧장 올라가지 말라는 경고를 받았지만, 우리는 그렇게 했다. 그리고 우리 중 한 친구가, 내 생각에는 조엘인 것 같은데, 뒤로 넘어졌고 그가 탄 산악 오토바이가 그를 덮쳤다. 전날 밤, 우리는 오두막 뒤에 있는 개울에 들어갔다가 종아리에 거머리를 달고 나왔다. 우리는 숟가락 손잡이로 거머리를 떼어내서 그릴 숯불에 던져 넣었다. 아직 살아 있던 거머리는 지글지글 익다가 팡 하고 터졌다. 나는 친구 중 누군가가 그것 때문에 기분이 나빴는지 궁금했다.

우리는 총각 파티를 하러 타호Tahoe*에 왔다. 그때 우리 중 누가 결혼 예정이었는지는 확신이 없다. 짐이었던 것 같다. 그런

---

* 미국 캘리포니아주와 네바다주 경계에 있는 시에라네바다산맥 정상에 위치한 대형 담수호.

데 짐은 나보다 늦게 결혼했는데. 그 주 주말에 당시의 여자 친구 보니에게 전화하려고 한 기억이 있다. 보니는 내가 너무 오랫동안 연락하지 않으면 약간 돌아버렸다. 거머리가 숯불 위에서 껍질만 남고 쪼그라든 후였다. 나는 보니가 술에 취해 예전 남자 친구에게 전화하는 사태를 막고자 문자라도 보내려고 휴대전화 신호가 연결되는 산기슭을 찾아 숲을 이리저리 어슬렁거렸다. 당연히 나는 보니와 결혼하지 않았다. 나는 나를 덜 필요로 하는 여자와 결혼했고, 대체로 괜찮았다.

타호 호수의 가장 깊은 부분은 500미터 가까이 된다고 했다. 또 물이 그렇게 깊으면 냉장고만큼 차가워서 시체를 몇백 년 동안이나 완벽한 상태로 보존할 수 있다고 했다. 우리 중 한 명이, 아마도 마이크가, 아니면 짐일 수도 있는데, 아니면 조엘이, 아니면 심지어 내가 그랬을 수도 있는데, 아무튼 스쿠버 장비를 빌려 무엇을 찾을 수 있는지 보자고 말했다. 그러나 마이크하고 짐만, 아니면 마이크랑 조엘이, 어쨌든 마이크는 확실한데, 일부만 스쿠버다이빙 자격증이 있어서 다음 날 우리는 대신에 산악 오토바이를 빌렸고, 우리 중 한 명이 언덕을 올라가다 뒤로 넘어져 오토바이 밑에 깔렸다. 다시 생각해보니 산악 오토바이가 덮친 사람이 나였을지도 모르겠다. 나는 나뭇가지 사이로 보이던 새파란 하늘과 공기 중에 맴돌던 휘발유 냄새, 그리고 가슴을 누르던 타이어를 기억한다.

그래서 나는 이 여행이 내가 결혼하기 전이고, 그때 나는 보니랑 여전히 데이트 중이었으며, 그 여행에는 짐, 조엘, 마이크, 나, 이렇게 네 명이 갔다고 생각한다. 또 우리 친구 에밀이, 새크라멘토에 사는 녀석인데, 조니워커 블랙 한 병을 들고 오두막에 들렀던 게 기억난다. 어쩌면 그 방문은 우리가 나중에 캘리포니아의 관광도시 샌루이스 오비스포로 간 여행에서의 일일 수도 있다. 우리가 에밀을 처음 만난 건 2008년인데 내 생각에 짐은 2006년에 결혼한 것 같기 때문이다. 우리가 샌루이스 오비스포에서 산악 오토바이를 빌려 해변으로 갔을 수도 있지만, 그러면 에밀이 새크라멘토에서 390킬로미터나 떨어진 샌루이스 오비스포까지 왔다는 건데, 그건 말이 안 된다. 왜냐하면 에밀은 우리 무리 중 누구와도 그렇게 친한 사이가 아니었기 때문이다. 아니면 마이크가 결혼한 2010년의 마지막 여행 때 일어난 일일 수도 있다. 에밀이 들렀고, 마이크는 확실히 나보다 늦게 결혼했으니까. 그러면 보니에게 문자를 보내기 위해 숲에서 휴대전화 신호를 찾아다닌 기억은 어떻게 설명해야 할까? 어쨌든 나는 그곳이 해변이 아니라 숲이었다는 걸 확실히 기억한다. 거기서 우리는 산악 오토바이 밑에서 비명을 지르는 누군가에게 가까이 다가갔다. 그 누군가는 나나 조엘, 혹은 짐이나 마이크, 어쩌면 에밀일 수도 있다.

산악 오토바이 사고가 난 후 우리는 오두막으로 돌아와 저녁을 만들었다. 각자 간단한 일을 맡았다. 나는 꼬치구이를 준비했고 짐은 그릴을 맡았다. 그곳은 마이크네 가족 오두막이거나 짐의 오두막이었다. 조엘의 부모님은 보스턴에 살고 계셨기에 그의 오두막은 아닐 것이다. 우리 가족의 오두막일 수도 있는데, 타호 호수에 오두막 하나를 가지고 있기 때문이다. 여하튼 우리는 저녁을 먹고 지하실로 내려가 다트를 던지고 코로나 맥주와 위스키에 취해 영국 록 밴드 레드 제플린Led Zeppelin의 음악을 크게 틀었다. 위층 화장실로 올라가는 대신 야외용 가구 옆 미닫이 문으로 나가 빗물 배수구에 오줌을 누었다.

밤 10시쯤 낯선 사람이 문을 두드리더니 음악을 줄여달라고 부탁했다. 우리는 그에게 맥주를 권했다. 그는 쉰 살 정도 되어 보였는데, 키가 크고 어깨가 넓은 것이 대학 시절 미식축구 선수로 뛰었을 법한 형씨였다. 남자는 뱀처럼 조각된 나무 지팡이를 들었고, 뱀의 머리에는 그릇이 붙어 있었다. 우리가 거실에 앉아 낯선 방문객의 대마초를 피우는 동안 그 남자는 우리 맥주를 마셨다. 우리는 번갈아 작은 뱀의 입에 입술을 댔다. 그리고 남자에게 50년대에 마피아가 그 호수에다 시체를 여럿 버렸다는 소문이 사실인지 물어보았고, 남자는 길 아래쪽에 산다는 말은 거짓말이라며 자기는 잘 모르는 일이라고 말했다. 우리는 그가 사는 곳을 물었고 그는 리노라고 답했다. 그는 우리에게 이곳에 하룻밤 머물러도 괜찮을지 물었다. 우리는 미안하지만 안 된다고,

우리 친구 마이크 아니면 짐 아니면 조엘이 결혼할 예정이라 사적인 모임 중이라고 말했다.

새벽 3시 정각쯤 우리는 그 남자에게 떠나달라고 대놓고 말했지만 그는 소파에서 꼼짝도 하지 않았다. 그가 블루레이 DVD를 훔칠까 걱정되어 우리 중 하나가 라이플총을 가져와 그를 겨누고 나가라고 명령했다. 그러자 그 낯선 남자가 허리춤에서 사냥용 칼을 꺼내 아마도 마이크나 짐, 아니면 나였을 수도 있는 총을 든 사람에게 달려들었다. 그렇지만 조엘은 아니었을 것이다. 조엘이 산악 오토바이 사고의 당사자였다면 팔에 붕대를 감고 있어서 라이플총을 들지 못했을 테니까. 방아쇠를 당겨 그 낯선 남자를 죽인 사람이 누구였든 간에, 우리는 보름달 빛을 받으며 시체를 싣고 가능한 한 멀리 배를 타고 나가 가장 수심이 깊을 법한 지점에다 던져 넣었다. 500미터 깊이는 안 되더라도 꽤 깊은 곳, 충분히 깊은 곳에다가. 아침이 되어 나는 오믈렛 만들기를 맡고 마이크는 팬케이크를 만들고 짐은 커피를 내렸는데, 조엘은 산악 오토바이 사고로 다친 팔이 아파서 신음하며 그냥 앉아만 있었다. 아니면 내가 팬케이크를 만들고 마이크가 오믈렛을 요리했을지도 모르겠다. 아무튼 커피를 내린 사람은 확실히 짐이었다.

내가 막 휴대전화에서 조엘의 번호를 찾아 이 일을 확인하려 하자, 아내가 나에게 뭐 하냐고 물었고 나는 설명했다. 그러자 아내는 "무슨 말을 하는 거야, 조엘은 2008년 짐의 총각 파티에서 산악 오토바이 사고로 죽었잖아" 하고 대꾸했다. 그러면서 어쨌거나 지금은 전화하기엔 너무 늦은 밤이라고 덧붙였다.

뼈 병동

The Bone Ward

밤이 되면 우리의 뼈는 홍차 속의 설탕처럼 핏속으로 녹아들었다. 우리는 외부는 매끄럽고 내부는 비닐로 된 유선형 반중력 장치 안에서 잠을 잤다. 팔다리는 벨크로 테이프로 고정되고 몸통은 폐를 강제로 확장하는 흉갑 안에 갇힌 채로 말이다. 클래식 음악이 스피커를 통해 흘러나와 환기장치가 내는 윙윙거리는 소리를 가렸다. 밖에서는 코요테가 몬태나 평원을 돌아다니며 먹잇감인 죽은 동물을 찾아 땅을 긁거나 낑낑거렸다. 해가 뜨면 우리의 뼈는 다시 붙어서 단단해졌다.

네 달 전 입원했을 때부터 나는 뼈 병동의 유일한 여성 환자였다. 다른 입원 환자로는 오클랜드 출신의 문신을 한 포르쉐 자동차 정비사 프랭키와 플로리다 중부에 식료품점 체인을 갖고 있는 뚱뚱한 대머리 남자 릭, 아이다호의 농장에서 자란, 밀짚색 머리카락을 가진 스무 살짜리 청년 팀, 그리고 앞으로 나를 사랑하길 바라는, 내가 사랑하는 브래들리가 있었다. 브래들리는 음악가로 키가 컸으며 보석 같은 초록색 눈, 긴 손가락, 그리고 귀를 살짝 덮는 곱슬머리의 소유자였다. 그는 내가 보기에 완벽한 남자였다. 수년간 마음속에서만 그리던 환상 속의 남자였다. 식탁이나 TV 시청실에서 그와 눈이 마주칠 때마다 심장이 뛰며 온몸에 피가 돌았다.

뼈 병동은 난치성 질환을 위한 비공식적인 격리집단 공동체에 속했다. 내가 입원하기 전에 브래들리는 노간주나무와 명아주가 가득한 건조하고 부석부석한 땅을 800미터 가로지르면 있는 피부 병동의 한 여자와 만났다. 그녀의 피부에는 얼룩말처럼 줄무늬가 있었고 검은 무늬는 깊은 멍같이 부드러워 보였다. 섹스를 하려고 브래들리가 검은 줄무늬 부분을 가볍게 스치자 그 여자가 비명을 질렀고, 병원 잡역부들에 의해 브래들리의 존재가 들통났다.

"내가 원하는 곳 어디라도 너를 만질 수 있어서 좋아." 우리가 처음 섹스했을 때 브래들리가 말했다. 나는 검사실의 구겨진 방습지 위에 누워 있었다. 그는 내 몸을 손으로 죽 더듬으며 엄지손가락으로 살을 세게 눌렀다.

'야간 전골柔骨 손실 증후군'의 원인은 아직 밝혀지지 않았다. 내가 도착한 날, 남자 환자들이 내게 질문을 던지며 이 병의 발생 원인을 설명할 수 있는 공통점을 찾으려 애썼다. 그러나 우리는 뚜렷한 연결 고리를 찾을 수 없었다. 프랭키는 나의 입원이 더 많은 '영계'가 병동에 올 거라는 희망의 전조라고 농담했다. 아직 정확한 완치 방법은 없지만 윌 박사의 치료법은 고통받는 사람들이 비교적 정상적인 삶을 살 수 있게 해주었다. 지금까지 두 명의 환자가 뼈 병동에서 퇴원했다. 아마 세 번째는 내가 될 가능성이 높았다. 이제 내 뼈는 밤새 거의 단단한 상태로 유지되었고, 윌 박사는 내가 한두 달 안에 집으로 돌아갈 수 있으리라 믿었다. 하지만 나는 뉴욕에서의 생활로 서둘러 돌아가고 싶지 않았다. 세련된 미드타운의 광고대행사에서 광고 문구를 적는 일로 돌아가기 싫었다. 그곳에서 나는 내 영문학 학사 학위를 이용해 불안한 여성들에게 크림이니 젤이니 하는 화장품과 이런저런 미용 시술을 팔았다. 미용 관리나 자기 관리 일상을 다시 시작한다는 생각만 해도 지긋지긋했다. 단백질만 먹는 케토 식이요법, 레몬주스와 물만 마시는 마스터 클렌징 해독 요법, 비크람 핫 요가, 소울사이클 실내 사이클링 교실, 매달 받아야 하는 유기농 얼굴 마사지와 젤 매니큐어, 음모를 제거하는 브라질리언 왁싱 같은 것들은 꼴도 보기 싫었다.

특히 여자 친구들과 술이나 저녁 모임을 하며 보내는 밤이, 30대에 깊이 들어설수록 괜찮은 미혼 남자가 부족한 현실에 대해 운명적인 유대감을 느끼며 보내는 그 시간이 이제 진절머리가 났다. 나는 마음속으로 브래들리와 함께 퇴원하기를 희망했지만, 그는 아직 나보다 몇 달 더 치료를 받아야 했다. 그래서 나는 시간을 끌면서 내 몸을 잘 돌보지 않고 가끔 뼈 강화제를 먹지 않았다. 그러면 브래들리의 사랑을 완전히 얻을 때까지 퇴원하지 않아도 될 터였다.

오늘은 내가 병동에 온 지 124일째 되는 날이다. 나는 치료 장치에 누워 남은 모르핀 연기를 마지막으로 들이마시고 호출 버튼을 눌러 담당 간호사 릴리에게 잠에서 깼다고 알렸다. 그녀는 우리에게 오늘 새로운 환자가 입원할 예정이라고 말해주었다. 나는 섹스와 양육, 그리고 남자가 여자에게 기대하는 모든 일에 있어 더 이상 그 욕망의 유일한 대상이 아니기를 기대했다. 농담과 풍자의 짐을 나눠 질 다른 여성이 생긴다는 사실에 안도감이 들었다. 그러나 유치한 마음 한구석에서는 이 남자 환자들이 내 것인 양 소유욕이 느껴졌다. 그래서 한편으로는 새로 올 여자가 늙었거나 기형이거나 행복한 기혼이어서 어떤 식으로든 연애 대상에서 벗어나는 사람이길 바랐다.

"좋은 아침이에요." 릴리가 인사하며 내 치료 장치의 위 뚜껑을 들어 올렸다. 릴리는 뼈 병동의 유일한 간호사였다. 그녀는 몬태나주 빌링스시 근처에 살면서 매일 아침 동트기 전 차를 몰고 와 우리가 치료 장치 안에서 깨어날 때 곁에 있었다. 릴리는 겨우 40대 중반이었지만 환자 모두에게 어머니 같은 존재가 되었다. 그녀는 내 몸 아래 손을 넣어 끈적끈적한 피부를 겉싸개에서 떼어냈다. 얇은 잠옷은 밤새 모공에서 스며든 재구성 액체로 흠뻑 젖어 있었다. 릴리가 내 팔꿈치를 잡고 치료 장치에서 나오게 도와주었다. 그러고는 검사실로 데려가 뼈 위로 피부 마사지를 해주며 뼈대를 가지런히 정리했다. 내 골반을 검사하더니 몇 센티미터 삐뚤어졌는지 기록했다.

"좀 조심할 필요가 있어요." 릴리가 말했다. 나와 브래들리의 밀회를 암시한다는 사실을 눈치챘다. 지난밤, 우리는 이 검사실에서 섹스했다. 주삿바늘과 붕대가 들어 있는 잠긴 서랍이 눈에 들어오자 내가 서랍 손잡이를 잡고 허리를 숙였을 때 브래들리의 손가락이 내 엉덩이뼈를 움켜쥐었던 기억이 떠올랐다.

릴리가 걱정하는 것도 당연했다. 우리의 뼈는 밤이 깊어지면서 점점 더 부드러워졌고, 잠잘 시간 무렵의 격렬한 활동은 뼈대의 정렬을 엉망으로 만들 수 있었다. 최악의 경우 내 몸은 '아이언 스켈레톤' 기계에서 잠시 치료를 받아야 할 정도로 손상될 수 있었다. 나는 릴리에게 좀 더 조심하겠다고 약속했다. 그녀는 엄격하게 고개를 끄덕이고 나를 여자 샤워실로 내보냈다. 그곳에서 씻은 뒤 새 환자복을 입었다. 그러고는 주방으로 가 커피를 만들어 네임 펜으로 각자의 이름을 써놓은 흰 머그잔에 담았다. 나는 남자들의 커피 취향을 알고 있어서 한 명씩 들어올 때마다 식탁 위에 준비한 커피를 내어주었다. 브래들리는 헝클어진 머리와 부은 눈을 하고 들어왔다. 나를 발견하자 웃으며 다가와 내 볼에 뽀뽀하고는 식탁의 자기 자리에 앉았다.

아침 식사로 우리는 일반 우유에 섬유질 콘플레이크, 비타민과 미네랄 강화 오렌지 주스, 영양가가 풍부한 스프레드를 바른 호두 빵 한 조각을 먹었다. 남자들은 힘줄과 인대가 새로운 뼈를 감싸고 단단해지며 생기는 메스꺼움과 고통의 파도를 조용히 헤쳐 나갔다. 나는 호두 빵을 조금 베어 물며 남자들의 축 처진 얼굴에서 시선을 돌렸다. 시간이 좀 지나면 그들은 다시 쾌활해져 뼈가 생겼다가 없어지는 것을 가지고 엉뚱한 농담을 할 것이다. 그 농담은 언제나 신선했다. 프랭키는 모두에게 뼈와 관련된 별명을 붙였다. 텐더맨Tenderman*, 치킨 너깃, 마시멜로 딕Marshmallow Dick**. 내가 입원했을 때 프랭키는 내게 검드롭Gumdrop***이라는 이름을 붙였다. 그 별명이 내게 착 달라붙은 데 반해 다른 남자들의 별명은 흐지부지되었다. 이쯤 되니 남자들이 내 진짜 이름을 기억이나 하는지 궁금했다.

브래들리가 내 허벅지에 손을 얹었다. 우리는 시리얼을 남기고 복도 맨 끝의 사용하지 않는 검사실로 향했다. 그리고 검사용

---

* 텐더tender는 '부드럽다'와 '입찰하다'라는 뜻을 가지고 있다. 텐더맨은 부드러운 남자와 입찰하는 사람이라는 중의적 의미를 이용한 말장난이다.

** 딕Dick은 리처드Richard의 애칭이자 남자의 음경을 의미한다.

*** 설탕을 뿌린 젤리.

의자를 평평하게 조정했다. 의자가 비좁아서 같이 누우려면 몸을 밀착해야 했다. 브래들리는 내 뒤에 자리를 잡고 누워 자기 몸을 내 몸에 꼭 붙였다. 입원 초기의 나는 이렇게 이른 아침에 균형을 잡으며 복근의 힘을 쓰는 행동이 불가능했다. 하지만 이제 나는 거의 정상으로 돌아왔다. 브래들리가 풀 먹인 브이넥 환자복 상의 아래로 손을 집어넣어 내 가슴을 만졌다. 내 바지 허리춤의 끈을 푼 다음 이미 내가 젖어 있다는 사실을 알고 만족스레 콧노래를 불렀다. 나는 고개를 돌려 그의 목에 키스했다. 그런 뒤 그가 사정할 때까지 그의 것을 꽉 움켜잡았다.

싱크대에서 손을 씻으며 금속으로 된 페이퍼 타월 디스펜서 표면에 내 얼굴을 슬쩍 비춰 보았다. 눈과 피부가 밝게 빛나고 몸에는 생기가 돌았다. 뼈 병동에 처음 왔을 때보다 다섯 살은 더 어려 보였다.

"고마워." 브래들리가 이상할 정도로 무덤덤하게 말했다.

"아니야."

"오늘 밤에 갚을게. 그때까지 참아봐."

"물론이지." 내가 대답했다. 의자에 앉아 있는 브래들리의 옆에 앉아 그의 어깨에 머리를 기댔다. 같은 캔버스 천 슬리퍼를 신은 우리의 발이 바닥에서 떨어진 채 달랑거렸다.

우리는 복도로 나왔다. 병동 건물은 말굽 모양이었다. 휘어져 뻗어 나온 건물 양 끝에 각각 아이언 스켈레톤이 놓여 있었다.

기계는 약 2미터 길이의 매끈한 검은 통 모양으로, 옆에는 각종 버튼과 계량기가, 위에는 뚜껑을 옆으로 밀면 안에 누워 있는 환자의 얼굴을 드러내는 창이 달려 있었다. 그러나 스켈레톤 기계는 대체로 비어 있었다. 이 기계는 최후의 수단으로 병이 가장 극심한 단계거나, 또는 드물지만 뼈가 밤 동안 잘못 형성되었을 때 사용되었다. 내부의 고압 공기펌프가 몇 시간 또는 며칠에 걸쳐 뼈대를 가지런히 정렬해주었다. 그 치료 과정은 매우 잔인했다. 나는 그 기계에 들어간 적이 한 번도 없었는데, 브래들리의 말로는 고문과도 같았다고 한다.

병동 간병인 그레그가 노란색 청소부 양동이를 밀며 우리를 지나쳤다.

"안녕, 그레그." 브래들리가 놀리듯이 명랑한 말투로 인사했다. 그레그는 못마땅한 얼굴을 하고 가던 길을 갔다. 릴리는 이 병동의 하나뿐인 진짜 간호사였고, 그레그는 잡일을 맡았다. 그는 병동을 청소하고, 물품을 관리하고, 밤에 우리가 너무 오래 기다려 혼자 반反중력 장치에 들어갈 수 없을 때 우리 몸을 들어서 넣어주었다. 나는 그레그가 우리 상태에 익숙해졌다고 생각했지만, 그는 우리를 볼 때마다 항상 역겨워하는 듯했다.

브래들리와 나는 TV 시청실로 향했다. 거기서 우리는 하루의 대부분을 보내다가 월 박사가 부르면 한 명씩 가서 피를 뽑고 엑스레이를 찍고 골밀도를 측정했다. 늘 그랬듯이 3시가 되면 〈머레이쇼Maury〉*를 보았다. 오늘의 주제는 친자 확인 테스트였다. 에이미라는 젊은 금발 여성이 두 번째 테스트를 위해 다시 나와 아기의 아버지가 아니라고 주장하며 경멸적인 태도를 보이는 새로운 남자를 데려왔다. 그들 뒤쪽 화면에 아기의 동영상이 반복해서 나타났다. 젖먹이 아기가 스튜디오에 있는 아기 침대 주변을 기어다니며 통통한 손가락으로 카메라에 나오지 않는 장난감을 움켜쥐었다. 방청객은 처음에는 반복되는 동영상에 탄성을 내뱉었지만, 곧 아기를 잊어버리고 염소수염을 기른, 너무 큰 빌라봉Billabong** 티셔츠를 입은 남자 제이씨에게 환호를 보냈다.

나는 브래들리와 2인용 소파에 앉아 다리를 그의 무릎 위에 걸쳤다. 진행자인 머레이가 친자 확인 테스트 결과를 발표할 시간이 되자, 나는 등을 똑바로 펴고 브래들리의 손을 잡았다. 마치 스포츠 경기의 가장 극적인 마지막 순간처럼 느껴졌다.

"저 남자가 아빠인 게 확실해." 팀이 말했다. 어리고 순수한 팀은 농구 장학생으로 인디애나 대학에 입학하기 직전 야간 전골 손실 증후군에 걸렸다. "아기가 저 남자랑 닮았어."

"아기들은 다 똑같이 생겼어." 프랭키가 심술궂게 말했다. 그

---

* 미국의 인기 토크쇼로 선정적인 주제를 다룬다.
** 서핑 및 해양 스포츠를 주제로 하는 호주의 의류 브랜드.

는 의자에 뒤로 기대어 근육질 팔로 가슴 앞에서 팔짱을 꼈다. 프랭키의 팔은 다이아몬드, 불꽃, 단검, 날개를 펼친 새 같은 문신으로 복잡하게 뒤덮여 있었다. 나는 밤에는 그의 팔이 어떻게 보일지 항상 궁금했다. 뼈 없이 늘어진 살을 배경으로 삐뚤어진 그림들이 어떤 모습일지 알고 싶었다.

"무슨 말이에요?" 팀이 반박했다. "완전히 닮았는데."

릭이 그들을 조용히 시켰다. 그는 의자 앞으로 몸을 기울여, 팔꿈치를 무릎에 대고, 릴리가 분명히 싫어할 등을 구부린 자세를 취했다. 브래들리와 나는 마주 보고 웃으며 남자들이 에이미의 인생 역정에 흠뻑 빠져 있는 광경을 즐겼다. 물론 우리도 이야기에 몰입한 상태였다.

"제이씨." 머레이가 말하더니, 긴장감을 위해 잠시 멈췄다. "당신은 아버지가 **아닙니다**."

제이씨가 의자에서 벌떡 일어나 에이미와 머레이, 스튜디오의 방청객을 향해 '삐' 소리로 가려지는 비속어를 계속해서 즐겁게 쏟아냈다. TV 시청실에서 남자들은 놀랍도록 난잡한 에이미를 비웃었다. 나도 방청객을 조롱하는 제이씨의 우스꽝스러운 모습을 보며 웃었지만, 이곳에 오기 전에는 늘 이 쇼가 끔찍하다고 생각했다.

방청객의 요란한 함성 뒤로 우리는 병동 정문이 열리는 소리를 들었다. 팀이 TV 소리를 죽이자 릴리가 새로운 환자에게 병동을 안내하는 소리가 들렸다. 고요한 방 안에서 우리는 귀를 기울이며 긴장했다. 대학교 개강 첫날 새로운 교수님이 문으로 들어오는 순간을 초조하게 기다리던 기억이 떠올랐다. 릴리가 병동의 운영 방식과 생존 가능성을 높이기 위해 환자가 받아야 하는 치료를 설명하는 동안, 한 여성이 이해와 동의를 나타내며 중얼거리는 소리가 들렸다. 나는 잡고 있던 브래들리의 따뜻한 손을 꽉 쥐었다.

릴리와 새로운 환자가 TV 시청실로 들어왔다. 내 얼굴에서 핏기가 가시는 것이 느껴졌다. 새 여자 환자는 내가 두려워하던 악몽이 현실로 나타난 모습이었다. 아담한 몸매에 커다란 연갈색 눈동자와 캐러멜색 머리카락, 이마를 덮는 가지런한 앞머리를 가지고 있었다. 하얗고 가냘픈 팔과 다리가 파란 물방울무늬 원피스 아래 쭉 뻗어 있었다. 화장도 안 했고, 장신구도 없었으며, 손톱에 매니큐어도 칠하지 않았다. 여자들의 외모 불만족을 악용해 광고 문구를 써온 경력 덕분에 나는 여성의 아름다움에 있어서는 세세한 부분까지 전문가였다. 그들을 볼 때면 개나 말의 혈통 심사 위원처럼 깐깐했다. 내가 어떤 여자가 흠이 없다고 말한다면, 그건 가볍게 하는 말이 아니었다. 그녀는 좋은 의도로 봤을 때도 고칠 만한 부분이 하나도 없었다. 확대하거나 줄이거나, 강조하거나 축소하거나, 부드럽게 하거나 모양을 잡거나 늘리거나 젊어지게 하거나. 다시 말해 여성이 자기 외모에 불만족하게 만들기 위해 내가 매일 사용했던 수많은 동사 중 어느 하나에도 해당하는 말이 없었다. 새 여자 환자를 상대로는 물건을 하나도 팔지 못했을 것이다.

새로운 여자가 우리 앞에 서서 손을 흔들었다. "안녕하세요. 저는 올리비아예요." 그녀가 지저귀었다.

병동 공기에 파문이 일었다. 나는 고개를 돌려 주위 남자들을 보았다. 그들은 굶주린 육식동물 같은 얼굴을 하고 올리비아를 쳐다보았다. 다른 사람을 향한 생생한 날것 그대로의 표정이 내 속을 뒤틀리게 했다. 남자들은 한 명씩 일어나 평소 행동과 비교하면 우스꽝스러울 정도로 씩씩하게 자기소개를 했다. 브래들리는 잡은 내 손을 놓고 2인용 소파 덮개에 손바닥을 문지른 뒤 올리비아와 악수했다. 그러고는 그녀에게 자기가 앉았던 자리를 양보했다.

"안녕하세요." 올리비아가 내 옆에 앉더니 손을 내밀며 인사했다.

올리비아의 손바닥은 차갑고 건조했다. 가까이서 보는데도 피부에서 모공 하나 눈에 띄지 않았다. 그녀가 다리를 꼬자 베이비파우더와 값싼 약국용 자외선 차단제 냄새가 났다.

나는 남자들이 호기심 어린 눈으로 올리비아를 은근히 관찰하는 모습을 지켜보았다. 그들이 점잖게 질문을 던졌다. 대답을 들을수록 그녀가 내 걱정보다 더 위협적인 존재라는 사실을 깨달았다. 올리비아는 테네시의 작은 마을 출신이었다. 대학을 졸업하고 가정 폭력 쉼터에서 봉사 활동 담당자로 일했다. 현재 스물여섯 살이며 목사와 재봉사의 딸이었다. 침례교회에서 복음성가를 부르며 자랐고, 지난여름에는 사촌의 블루그래스bluegrass* 밴드와 함께 남부 지방을 순회하며 보냈다.

"노래 한 곡만 불러줘요, 아가씨." 프랭키가 처음 듣는 부드러운 목소리로 청했다.

"아, 싫어요. 너무 부끄러워요." 올리비아가 대답했다.

"어서요." 팀이 칭얼거렸다.

"제발요." 브래들리가 덧붙였다.

올리비아는 목을 가다듬고 「어메이징 그레이스Amazing Grace」를 부르기 시작했다. 너무 상투적이라 그녀가 안쓰러워 눈물이 날 지경이었다. 하지만 남자들은 완전히 넋이 나갔다. 그녀의 목소리는 작은 체구에 어울리지 않게 놀랄 만큼 낭랑하고 힘이 넘쳤다. 노래가 끝나자 남자들이 손뼉을 쳤다.

"스탈링Starling**이라고 부르자." 프랭키가 말했다.

"우리의 자그마한 노래 새." 릭이 동의했다.

• 애팔래치아 지역에서 시작된 미국 뿌리 음악의 한 장르로 밴조, 기타, 만돌린, 바이올린 같은 어쿠스틱 악기와 높은 노랫소리로 구성되어 있으며 보통 빠르고 활기차다.

•• 찌르레기.

올리비아의 병세는 입원 초기의 우리 상태보다 확실히 더 나빠 보였다. 그녀의 가느다란 손가락은 관절염 때문에 알뿌리처럼 부어 있었다. 걸을 때도 조심스레 절뚝거렸다. 저녁 식사 시간에 그녀는 얼굴이 잔뜩 긴장된 채 아무 말도 하지 않았다. 나는 그녀가 무척 안됐다고 생각했다. 엄청나게 고통스러울 것이 분명했다.

"뭐라도 먹어야지요, 스탈링." 프랭키가 말했다.

올리비아가 고개를 저으며 대답했다. "괜찮아요. 기분이 좋지 않아요."

"여기 음식은 우리 몸 상태에 맞춰 조정됩니다." 브래들리가 마치 보이스카우트가 생존 요령을 읊조리듯 말했다. "먹는 게 몸에 좋아요."

팀이 올리비아의 빵에 골수를 발라 그녀에게 건넸다. 올리비아는 곧 울음을 터뜨릴 것 같은 표정이었다. 그녀는 빵을 입으로 가져가 조금 베어 물었다. 곧 낯빛이 창백해지더니, 구역질하며 입술 사이로 우윳빛 침을 흘렸다. 급히 냅킨을 들더니, 거기다 토하기 시작했다.

브래들리가 도움을 청했다. 릴리가 달려오고 그레그가 휠체어를 가져왔다. 그들은 올리비아의 고무 같은 몸을 휠체어에 태웠다. 그녀의 뼈 손실이 벌써 진행되었다는 사실에 나는 충격을 받았다. 아직 오후 6시도 되기 전인데. 우리는 그녀의 뼈대가 놀라운 속도로 녹아내리는 모습을 바라보았다. 그레그가 그녀의 팔뚝에 손을 대니 장갑이 뼈가 용해되며 생기는 부산물인 칼슘 수액으로 끈적끈적해졌다. 올리비아의 얼굴이 해괴한 고무 가면처럼 늘어졌다. 머리가 약해진 등뼈 위로 축 처졌다. 나는 시선을 돌렸다. 토할 것 같았다.

올리비아는 아이언 스켈레톤 기계로 보내졌다. 우연히 타인의 은밀한 모습을 목격한 사람들처럼 우리는 겸연쩍은 마음으로 침묵하며 앉았다.

"세상에." 팀이 말했다. "끔찍하네요."

"가엾은 것." 릭이 고개를 저으며 말했다.

"최악의 적이라도 차마 아이언 스켈레톤 기계에 들어가기를 바라지는 않을 거야." 브래들리가 말했다.

저녁 식사 후 브래들리와 나는 안뜰 벤치에 딱 붙어 앉았다. 안뜰은 앙상한 나무와 우리가 교대로 잡초를 뽑는 야생화 화분으로 둘러싸여 있었다. 야간 전골 손실 증후군이 발병하기 전 브래들리는 시카고 교향악단의 수석 첼리스트였다. 오늘 그는 첼로 파트 단원에게서 또 한 장의 쾌유를 비는 카드를 받았다. 브래들리는 작년 여름 콘서트 이후로 그들 중 누구도 만난 적이 없었다. 그는 그 콘서트 중에 들것으로 실려 왔다. 드보르자크의

「신세계 교향곡」 중 라르고 악장에서 첼로의 솔로 파트를 연주할 때 브래들리의 왼쪽 손가락이 구겨졌고, 그의 활이 낮은 C현을 짧고 거칠게 긁으며 바닥으로 떨어졌다. 콘서트가 중단되었다. 청중들은 브래들리의 몸이 녹아내리며 팔이 펴지고 머리가 뒤로 젖혀지면서 입이 무대조명을 향해 벌어지는 광경을 공포에 질려 지켜보았다.

"이 사람들은 나에게 진심을 말하지 않아." 브래들리가 말했다. "맨날 그러지. '우리는 당신이 그립고 어서 돌아오기를 바랍니다.' 뻥치고 있네. 벌써 새 수석 연주자 오디션을 봤을걸."

"유감이야." 내가 말했다. "그렇지만 악단이 대신할 사람을 뽑았다고 해도, 넌 다른 일자리를 찾을 수 있을 거야. 어떤 교향악단이라도 다 널 데려가고 싶어 할걸."

"그래. 하지만 주요 교향악단의 수석 악장 자리는 매일 나는 게 아니야." 브래들리가 위로는 필요 없다는 듯 말했다.

우리의 뼈가 녹는 동안 병동에 음악을 틀자고 건의한 사람은 브래들리였다. 그는 바흐, 드뷔시, 쇼팽을 차분하게 편곡했다. 지난 세 달 동안 브래들리는 내게 클래식 음악을 사랑하는 법을 가르쳐주었다. 밤에는 낡은 CD 플레이어로 스트라빈스키와 차이콥스키, 베토벤을 들었다. 몇 번 그에게 내가 가져온 두 권의 시집, 파블로 네루다와 에밀리 디킨슨을 읽어주려 했지만, 읽기 시작하자마자 브래들리의 눈이 게슴츠레해져서 그가 지루해한다는 사실을 알았다.

"올리비아는 괜찮은 사람 같아 보여." 내가 화제를 바꾸려 말했다.

"응." 브래들리가 대답했다. "불쌍하더라."

"처음 여기 왔을 때, 얼마나 앞이 캄캄하게 느껴지던지." 내가 말했다. 나는 몇 달간 숙취나 계절성 독감, 장내 칸디다 증식 같은 여러 악화 증상을 무시하다가 갑자기 병동에 입원하게 되었다. 절뚝거리며 걸었던 날들도 있었다. 또 어떤 날은 두개골의 움푹 들어간 곳을 머리카락으로 힘들게 가려야 했다. 그러다 결국 12월의 어느 토요일 밤, 나는 머리 힐Murray Hill의 술집에서 한 남자를 집에 데려왔다. 그는 금융업 종사자로 금발과 창백한 푸른 눈의 천사 같은 외모를 지녔다. 아침이 되자 나는 소변으로 착각한 액체 웅덩이 위에서 잠이 깼다. 이제는 그 액체가 뼈 손실의 분비물이라는 사실을 알지만 말이다. 은행원은 침대 끝에 앉아 나를 뚫어져라 보고 있었다. 그가 내 얼굴이 왜 그런지 물었다. 엎드려 자서 매트리스에 얼굴이 눌렸다. 손가락으로 만져 보니 코가 뺨에 납작 붙어 있었다. 왼쪽 어깨관절이 빠져 왼팔이 바깥쪽으로 달랑거리며 늘어졌다. 왼손은 뼈가 용해되는 동안 엉덩이에 짓눌려서 쭈글쭈글하게 비틀렸고, 손가락은 뒤틀린 왕관처럼 생긴 조슈아 나뭇가지처럼 이상한 각도로 꼬여 있었다. 응급실의 당황한 젊은 의사가 질병통제예방센터CDC에 전화를 걸었고, 그날 저녁 나는 빌링스행 비행기에 올라 뼈 병동으로 왔다.

나는 브래들리에게 이 이야기는 하지 않았다. 내가 술집에서 만난 남자와 그날 밤에 바로 섹스했다는 사실을 못마땅하게 여길까 걱정되었기 때문이다. 하지만 지금은 말해주고 싶었다. 브래들리가 자신의 취약성을 드러내며 다른 사람이 그를 대체하는 상황에 대한 두려움을 말해줘서 그의 내밀한 고백에 보답하고 싶은 충동이 일었다.

그러나 브래들리가 먼저 말문을 열었다. "나는 빨리 이 빌어먹을 장소에서 벗어나고 싶어." 그가 말했다. "월 박사가 몇 달만 더 참으면 된다고 했어."

"잘됐네." 나는 목에 가시가 걸린 듯 억지로 답했다. 브래들리가 퇴원을 들먹일 때마다 배신감을 느꼈다. "퇴원하면 뭐 할 거야?" 하고 물었다.

브래들리는 안뜰을 빤히 바라보았다. 그가 신중하게 말을 고르고 있다는 걸 알 수 있었다.

"무슨 일이 일어날지 누가 알겠어." 그가 마침내 대답했다. "어쩌면 뉴욕에 일자리를 얻을지도 모르지."

병동을 나가서도 함께하는 삶을 암시하는 말 같았다. "그거 참 멋지겠네." 나는 일부러 가벼운 말투로 대꾸했다.

브래들리가 내 팔을 툭 쳤다. "가자, 검드롭." 그가 말했다.

"내가 오르가슴 하나 빚졌잖아."

우리는 검사실에 CD 플레이어를 가져왔다. 브래들리가 라흐마니노프의 피아노협주곡 2번을 틀었다. 피아노와 현악기의 변덕스러운 상호작용 속에서 브래들리는 입과 손가락을 사용해 나를 오르가슴에 이르게 했다. 그 후 나는 그가 자기 장치 안에 올라갈 수 있게 도와주었다. 산소호흡기를 얼굴에 씌우고 흉갑을 묶은 다음 튜브가 그의 가슴벽을 들어 올리는 모습을 지켜보았다. 그의 초록색 눈이 나를 바라보았고, 나는 장치의 뚜껑을 닫아 밤 동안 그를 봉인했다.

나는 내 장치로 기어올라 갔다. 하지만 내 뼈가 부드러워지려면 몇 시간은 더 있어야 했다. 윌 박사는 내가 더 이상 인공호흡기를 사용할 필요가 없다고 말했다. 때로는 뼈가 완전히 사라지는 느낌이 그리웠다. 그 순간에는 나름의 환희가 있었다. 강제된 항복, 갑작스러운 결핍. 바닥이 꺼지고, 공기와 빛이 방 안으로 쏟아져 들어오는 듯한 감각.

◀

사흘 동안 올리비아는 스켈레톤 기계에 갇혔다. 셋째 날 오후, 우리가 TV 시청실에 앉아 〈판사 조 브라운Judge Joe Brown〉을 보고 있을 때 뒤에서 휠체어의 삐걱거리는 소리가 들렸다. 그레그가 올리비아의 휠체어를 밀고 와 내 옆에 세웠다.

"고마워요, 그레그." 올리비아가 말했다. 그레그는 어색하게 웃으며 슬그머니 나갔다.

올리비아가 나를 돌아보았다. "오늘 기분이 어때요?" 그녀가 물었다.

"좋아요." 그녀의 친절함이 좋으면서도 한편으로는 짜증이 났다.

"당신은 기분이 어때요?" 팀이 올리비아에게 물었다.

"오, 지금은 괜찮아요." 올리비아가 대답했다. "다들 어떤지 아시잖아요."

다시 한번, 올리비아의 존재감이 방을 가득 채웠다. 그녀를 몰래 쳐다보는 브래들리의 모습이 내 눈에 들어왔다. 그는 소파에서 우리 사이에 한 뼘가량 거리를 띄웠다.

릴리가 TV 시청실로 들어왔다. "말하는 걸 깜빡했네요, 아가씨." 그녀가 올리비아에게 말을 걸었다. "소포가 몇 개 왔어요."

"내 기타인가요?" 올리비아가 기운을 차리며 물었다.

"그것도 있고, 다른 소포도 있어요. 인기가 많네요."

질투로 피부가 따끔거렸다. 여기 있는 동안 내가 받은 유일한 물건은 친구 에밀리가 시칠리아에서 보낸 엽서뿐이었다. 그녀는 그곳으로 신혼여행을 갔다. 내가 갑작스러운 건강 문제로 결혼식에 참석할 수 없다고 전하자, 그녀는 병원 주소라도 알려달라고 고집을 부렸다. 나는 입원에 대해 주변 사람들에게 자세히 알리지 않았다. 병동에서 처음 몇 주간 받은 직장 동료들의 이메일을 보니 내가 마약 재활원에 보내졌다고 생각했다는 내용이 담겨 있었다. 엄마에게는 겁에 질리지 않고 상황을 받아들일 수 있도록 진짜 병명이 아니라 비슷한 병인 급성 골다공증을 앓고 있다고 말했다. 나는 엄마에게 일주일에 한 번 문자를 보내 내가 살아 있다는 것을 알렸다. 비록 별로 걱정하는 것 같지는 않았지만 말이다. 엄마는 새아빠와 10대 아들과 함께 사느라 바빴다. 그 아들은 이미 코네티컷의 최고로 좋은 사립 고등학교 두 곳에서 쫓겨난 전적이 있었다.

올리비아는 겸손한 태도로 어깨를 으쓱했다. "아마 아버지 교회 사람들이 보냈을 거예요." 그녀가 말했다. "설교하실 때 내 이야기 하지 말라고 몇백 번은 말했는데, 어쩔 수 없으셨나 봐요. 특히 지금은 더 그러시겠죠."

릴리가 고개를 끄덕였다. "그래요. 소포는 입구에 쌓여 있어요. 언제든 보고 싶으면 보세요."

"가서 가져올까, 스탈링?" 릴리가 떠나고 프랭키가 물었다.

"지금은 못 가겠어요." 올리비아가 답했다. "너무 피곤해요."

"기타 치세요?" 브래들리가 물었다.

"쳤죠." 올리비아가 대답했다. "그런데 더 이상 칠 수 없을 것 같아요. 당분간은요."

"가르쳐주실래요?" 브래들리가 물었다. 말투는 장난스러웠지만 나는 그가 진지하다는 것을 알았다.

"물론이죠." 올리비아가 환하게 웃으며 답했다. "기꺼이 그러고 싶어요."

오늘 저녁은 내가 준비할 차례였다. 나는 윌 박사의 요리법에 따라 식사를 준비했다. 달걀을 재빨리 휘저어 익히고 껍데기는 막자사발에 갈아 볶은 시금치 위에 뿌렸다. 흰색 체더치즈, 아마씨 크래커, 골수, 정어리를 올리브기름과 섞어 스프레드를 만들었다. 따뜻한 뼈 국물로 머그잔을 채우고 올리비아를 위해 찬장에서 아무 표시도 없는 머그잔을 꺼냈다. 그 위에 그녀의 이름을 적을까 잠시 고민하다, 쓰지 않기로 마음먹었다. 그녀가 내 행동에 아낌없는 감사의 인사를 할 걸 알았고, 그런 상황은 생각만 해도 당황스러웠다. 이름이 적힌 머그잔을 원한다면 그녀가 직접 요청하겠지.

나는 주방에서 식탁으로 음식을 날랐다. 남자들이 고마움을 표시하며 감탄하는 소리를 냈다. 잠깐 동안 나는 아무것도 변하지 않은 현실에 안도했다.

"오늘 머리 모양 멋지네요, 검드롭." 팀이 말했다. 요리 시작 전 나는 머리를 동그란 모양으로 틀어 올렸다.

"발레리나 같네." 릭이 한마디 덧붙였다.

"정말 예뻐요." 올리비아가 맞장구쳤고 나는 얼굴이 빨개졌다. 그녀의 칭찬은 남자들의 칭찬보다 더 큰 무게를 지녔고 말투 또한 매우 진지했다.

우리는 식사를 시작했다.

"오늘 시금치가 맛있네, 검드롭." 프랭키가 말했다. "레몬이 많은 게 딱 내 입맛에 맞아."

"훌륭한 요리사야." 브래들리가 말했고 내 얼굴은 또 한 번 붉어졌다.

"그래도 웃으면 더 예쁠 텐데." 매일 밤 그랬듯이 프랭키가 놀리듯 말했다. 그에 대한 대답으로 나는 눈알을 굴리고 눈살을 찌푸렸다.

"너는 어때, 스탈링?" 릭이 부드러운 얼굴로 올리비아를 바라보며 말했다. "우리에게 미소를 지어줄래?"

물론 그의 말은 농담이었다. 왜냐하면 올리비아는 이미 생긋 웃고 있었으니까. "다들 너무해요." 그녀가 웃으며 말했다. "우리 불쌍한 여자들 좀 내버려두세요."

올리비아가 나를 향해 미소 지었고 나도 간신히 웃는 표정으로 답했다. 나는 올리비아를 좋아하고 싶었다. 다른 여자와의 우정에는 관심이 없는 여자, 남자들과만 잘 지낸다고 주장하는 여자가 얼마나 추한지 나도 잘 알았다. 하지만 올리비아를 볼 때면, 피가 끓어올랐다. 악의 없이 그저 존재만으로도 내 인생을 망칠 수 있기에 나는 그녀가 미웠다. 그녀는 내게서 브래들리를 빼앗어갈 수 있었다. 애쓸 필요도 없이.

밤은 따뜻했다. 팀이 어두워지기 전에 안뜰에서 농구 한판 하자고 제안했다. 브래들리가 설거지할 차례였지만 그가 가고 싶어 하는 것 같아서 내가 대신 하겠다고 말했다.

"정말?" 브래들리가 물었다.

"응." 내가 대답했다.

"그럼, 대신 내가 목요일에 할게." 브래들리의 말에 나는 고개를 끄덕였지만 그는 잊어버릴 것이고 나도 그에게 약속을 상기시키지 않으리라는 걸 이미 알고 있었다.

사람들이 떠나고 올리비아와 릭은 자리에 남았다. 심각한 대화를 하는 듯 보여서 그들을 내버려두고 접시를 주방으로 옮겼다. 릭이 올리비아에게 야간 전골 손실 증후군이 발병한 후 자신을 떠난 아내에 관해 말하는 소리가 들렸다. 릭의 아내는 그의 병, 뼈가 녹을 때 나는 매캐한 냄새, 잠에서 깼을 때 그의 몸 아래 고인 액체에 혐오감을 느꼈다. 그녀는 이것들이 성병 증상이라고 믿었고, 그를 떠날 구실로 삼았다.

나는 릭의 우울함이 전염될까 두려워 그를 피했다. 하지만 올리비아는 저녁 식사 후 오랜 시간 릭과 함께 앉아 질문하며 자신에게 속마음을 털어놓도록 용기를 북돋아주었다. 나는 문 가까이 서서 물을 약하게 틀어놓고 릭을 부드럽게 안심시키는 올리비아의 목소리를 엿들었다.

"그건 너무 불공평하네요." 그녀가 릭을 위로했다. "그런 일을 다 겪어야 했다니 참 안타까워요." 나는 릭의 이야기를 듣는데 시간을 쓰지 않은 것에 죄책감을 느꼈다. 나는 오로지 브래들리에게만 신경 썼다. 그로 인해 다른 남자들이 나를 못마땅하게 생각했을지 궁금했다.

방해하고 싶지 않았던 나는 식탁에서 릭과 올리비아의 접시를 마지막으로 치웠다.

"고마워요." 내가 올리비아의 접시를 가져갈 때 그녀가 말했다. 그녀는 나를 향해 얼굴을 해바라기처럼 기울였다. 나는 입술을 붙인 채 미소 지었다. 그리고 손가락 관절이 타들어갈 정도로 냄비를 문질렀다.

다음 날, 올리비아는 TV 시청실에서 우리와 함께 앉아 있을 만큼 회복되었다. 〈머레이쇼〉에서는 에이미가 세 번째로 나와서 친자 확인을 하는 이야기를 방영했다. 오늘 그녀가 데려온 남자는 이전 남자들보다 어렸다. 세 번째 남자는 마른 체형에 삭발한 머리를 하고, 광대뼈 아래 움푹 들어간 뺨에는 갓 아문 여드름 딱지가 앉아 있었다. 얼굴에는 비웃음을 띠고 있었다.

올리비아와 나는 2인용 소파에 앉고, 남자들은 우리를 반원형으로 둘러싸고 접이식 의자에 앉았다. "타일러." 머레이가 진지하게 불렀다. "당신은 아버지가 **아닙니다.**" 타일러가 의자에서 펄쩍 뛰어 일어나 무대에서 승리의 춤을 추었다. 방청객이 열광했다. 시청실에서 남자들은 평소와 같이 낄낄거렸다. 팀과 프랭키는 이 혐오스러운 승리가 자신들의 것인 양 하이파이브를 했다.

"이 쇼는 역겨워요." 올리비아가 부드럽게 말하고는 방을 나갔다. 남자들이 조용해지며 침울함에 잠겼다. 나도 〈머레이쇼〉에 대해 그녀와 같은 생각을 여러 번 했지만, 그런 의견은 속으로만 간직했다. 이 쓰레기 같은 프로그램을 모두 함께 보며 즐기는 상황을 좋아했기 때문이다. 우리는 계속 TV를 봤지만 분위기가 나빠졌다. 광고가 나오자 브래들리가 벌떡 일어나더니 말없이 나가버렸다. 화장실에 갔다고 생각했다. 그러나 20분이 지나도록 돌아오지 않자 나는 그를 찾아 나섰다. 복도 창문으로 그가 올리비아와 안뜰 벤치에 앉아 있는 모습이 보였다. 나는 창가에 서서 그녀가 「내가 탄 마차는Swing Low, Sweet Chariot」을 재즈 버전으로 부르는 노랫소리를 들었다. 브래들리가 손가락을 튕기며 박자를 맞췄다.

다음 날 오후, 브래들리는 또 TV를 보지 않고 올리비아와 안뜰에 앉아 있었다. 쇼가 잠잠해지자 브래들리가 올리비아의 기타로 뽑아내는 멜로디가 들렸다. 모든 음이 내 피부를 할퀴었다.

나는 릭이 불평할 때까지 TV 볼륨을 높였다.

이런 일이 일주일 내내 계속되었다. 브래들리와 나는 거의 아침마다 계속해서 섹스했다. 그는 여전히 내게 다정하게 인사했고 식사 시간에는 내 옆에 앉았다. 그러나 그는 점점 더 많은 자유 시간을 올리비아와 보냈다. 때때로 내가 창가를 지나갈 때면, 브래들리는 어색하게 기타를 잡고 있고 올리비아가 첼로 때문에 굳은살이 박인 그의 손가락을 올바른 모양으로 부드럽게 고쳐주는 광경이 보였다. 또 어떨 때는 올리비아가 노래하는 동안 브래들리가 그의 몰스킨 노트에 메모를 했다. 종종 그냥 앉아서 대화를 나누기도 했다. 브래들리와 내가 그랬듯이.

어느 날 저녁 식사 시간에 브래들리와 올리비아가 공동으로 음악 작업을 하기로 했다고 발표했다. 두 사람 다 흥분해서 창의적인 아드레날린을 뿜어내며 달아올랐다. 나는 질투로 가슴이 아팠지만 둘을 위해 기쁜 척했다.

브래들리가 식당을 나설 때 내가 막아섰다.

"요즘 우리가 같이 보내는 시간이 너무 없어." 나는 애정에 목마른 여자 친구가 잔소리하는 듯한 내 말투에 스스로 움츠러들었다.

브래들리는 언젠가는 이런 대화를 나눠야 한다는 사실을 알았다는 듯 한숨을 쉬었다. 그는 몇 달 만에 처음으로 예술적인 성취감을 느꼈다고 설명했다. 음악은 그의 정체성에 있어 가장 근본적인 부분이며, 음악 없이 그가 얼마나 우울했는지 이제야 깨달았다고 했다.

"예술적으로 영감을 받았다니 기쁘네." 내 목소리가 상처받은 감정을 여실히 드러냈지만, 브래들리는 별로 염두에 두는 것 같지 않았다.

"고마워." 브래들리가 나를 보고 환하게 웃으며 말했다. "내 생각에 너도 우리가 작업하는 음악을 정말 좋아할 거야. 내가 이전에 연주하던 음악보다 훨씬 더 획기적이야. 당연하겠지만." 그가 웃었다.

"모차르트보다 더 신선하겠네." 내가 말했다.

"그런 셈이지."

나는 울지 않으려 애썼다. 브래들리는 마침내 내가 속상하다는 사실을 알아차렸다. "아, 이봐, 검드롭." 그가 나를 끌어안으며 말했다. "오늘 밤에 또 작업해야 하는데, 나중에 들를게. 너 뭐 하는지 보러."

브래들리는 아마도 올리비아가 유지 장치에 묶인 뒤인 저녁 9시쯤 TV 시청실에 있는 나와 팀을 찾아왔다. 우리는 병동의 DVD 컬렉션에서 오래된 존 큐색 영화를 보았다. 브래들리는 내 소파 옆자리에 앉았다. 어깨에 팔을 둘렀지만 뻣뻣한 자세로 불안하게 다리를 떨었다. 나는 누군가의 부재를 이렇게 절실히 느낀 적이 없었다.

또 일주일이 지났다. 어느 날 아침 식사를 하며 나는 브래들리와 닷새나 성관계를 갖지 않았다는 사실을 깨달았다. 식사 후 브래들리가 설거지할 때 나는 그의 손을 잡고 주방에 딸린 화장실로 끌고 갔다. 우리는 섹스를 선 채로, 빠르게, 비인간적으로 했다. 오르가슴에 도달한 뒤 브래들리는 나를 거의 쳐다보지 않았다. 그는 페이퍼 타월로 페니스를 닦은 다음 환자복을 다시 입고 세면대로 가 손을 씻으며 내 흔적을 모두 지웠다.

"뭐가 문제야?" 내가 물었다.

"아무것도." 브래들리가 대답하더니 내가 여기 있다는 사실을 잊었던 듯 갑자기 나를 돌아보았다. "무슨 말이야?"

"그 애랑 사랑에 빠졌구나, 그렇지?" 나는 충동적으로 내뱉었다.

브래들리가 나를 향해 전에는 한 번도 본 적 없던 표정을 지었다. 과거 남자 친구들에게서 보았던 경멸이 담긴 곁눈질이었다. 그 표정은 불가피하게 긴 삐걱거림의 시작을 의미했다.

"그런 이야기는 하지 말자." 브래들리가 말했다. "바뀐 건 아무것도 없어. 나는 그냥 이 작업에 집중하고 있어. 이 음악 작업이 정말 나를 들뜨게 만들어. 네가 나를 위해 기뻐해줬으면 좋겠어."

"기뻐." 내가 말했다. "정말이야. 그런데, 그럼 나는 어쩌고, 브래들리?"

그가 잠시 멈칫했다. "나는 지금 다른 사람의 요구를 들어줄 수 있는 처지가 아니야." 브래들리가 차갑게 대답했다. "지금이 진지한 관계로 이어질 만한 상황은 아니잖아. 우리 둘 다 알고 있는 줄 알았는데."

"누가 진지한 관계를 원한대?" 내가 어찌할 바를 모르며 다급하게 대꾸했다.

"글쎄, 그렇게 들렸어." 브래들리가 말했다. 그는 디스펜서에서 페이퍼 타월을 한 장 더 꺼내 손을 닦았다. "들어봐, 검드롭. 너도 알다시피, 나도 너랑 같이 있는 게 즐거워. 하지만 지금은 이런 압박을 감당할 수 없어."

"미안해." 나는 사과하며 너무 절박하게 들리는 내 말투에 움츠러들었다. "부담 주려는 의도는 아니었어."

하지만 너무 늦었다. 브래들리는 뭉친 페이퍼 타월을 쓰레기통에 던지고 문으로 향했다. "잠시 진정할 시간을 갖는 게 최선일 것 같아." 그가 말했다. "적어도 앨범이 완성될 때까지만이라도."

브래들리와 헤어진 후 다른 남자들도 내게서 멀어지는 듯했다. 프랭키는 더 이상 내게 웃으라고 귀찮게 하지 않았다. 그는 대신 매일 저녁 "이봐, 스탈링, 웃으면 더 예쁠 텐데"라고 말했고, 올리비아는 그를 향해 크게 미소 지었다. 그녀의 장난은 내 장난의 정반대 버전으로, 내가 거절했던 행위를 받아들이는 식이었다. 어느 날 저녁 내가 끼어들었다. 프랭키가 멍청한 대사를 하고 잘 훈련된 개가 명령을 받았을 때처럼 올리비아가 미소 짓자 내가 말했다. "올리비아는 웃든 말든 예뻐요."

남자들이 내게 발끈하는 게 느껴졌다. 올리비아가 쿡쿡 웃으며 건조한 손을 내 손 위에 얹었다.

"괜찮아요, 자기." 그녀가 말했다. "프랭키는 그런 뜻으로 한 말이 아니에요."

우리는 침묵 속에서 식사를 마쳤다. 그날 밤늦게, 나는 어두워진 복도에 서서 브래들리가 올리비아의 유지 장치 옆에 앉아 있는 모습을 지켜보았다. 그는 올리비아가 꽃무늬 더플백에 넣어온 월트 휘트먼의 시집을 읽어주고 있었다. 나는 올리비아의 시 취향조차 나보다 더 매력적이라는 사실을 씁쓸히 곱씹었다. 브래들리는 CD 플레이어를 그의 발밑에 놓아두었다. 시를 낭독하는 우스꽝스러운 그의 목소리 아래로 흘러나오는 라흐마니노프의 곡이 들렸다.

팀과 나는 TV 시청실에서 공포 영화를 보았다. 거의 헐벗은 여자가 가슴골에 피를 묻힌 채 살인마에게 쫓기며 숲속을 뛰어다니는 영화였다. 나는 따분한 눈을 하고 선혈이 낭자한 장면을 지켜보며 머릿속으로는 올리비아의 유지 장치 옆에 있던 브래들리의 모습을 떠올렸다. 라흐마니노프가 우리에게 특별한 의미가 있다고 생각했다. 브래들리는 섹스할 때 라흐마니노프를 즐겨 틀었다. 그런데 '우리 노래'가 아무 의미도 없다는 양 다른 쓰임새를 찾아냈다. 몇 주 전이었다면 나는 이 일에 상처받았을 것이다. 그러나 지금은 섬뜩할 정도로 평온한 기분이었다. 가장 두려워하던 일이 벌써 일어나버려서, 이제 약간 거리를 두고 내게 일어난 비극을 자세히 살펴볼 수 있었다. 더 이상 잃을 것이 없으니 오히려 안도감이 들었다.

팀은 뼈가 부드러워지기 시작해서 영화가 끝나기 전에 자신의 유지 장치로 돌아가야 했다. 나는 엔딩 크레딧이 나올 때까지 기다렸다가 일어서서 스트레칭을 했다. 밤 11시가 되었는데도 내 뼈는 여전히 단단했다. 내일이라도 병동을 떠나 뉴욕으로 돌아갈 수 있을 듯했다. 하지만 그러면 나는 브래들리를 완전히 포기해야 했다. 내 이성은 희망이 없다고 말했지만 내 감정은 사실과 모순되는 증거, 올리비아와 자신 사이에 낭만적인 감정은 없다는 브래들리의 주장, 그리고 일단 앨범이 끝나면 우리 관계를 다시 생각해보겠다는 그의 약속에 매달리고 있었다. 내가 병동에 남아 있는 한 우리 관계에는 아직 희망이 있다고 마음이 외쳐댔다.

우리가 밤에 생존할 수 있게 하는 기계의 윙윙거리는 낮은 소리를 제외하면, 병동은 조용했다. 그레그는 아마 밖에서 담배를 피우거나 휴게실의 간이침대에서 자고 있을 것이다. 내 유지 장치로 가는 길에 올리비아의 유지 장치가 있었다. 어떤 생각이 떠오른 순간, 내 몸이 반응했다. 나는 올리비아의 유지 장치 뒤로 홀연히 걸어가 땅에서 잡초를 뿌리 뽑듯 한 번의 빠른 동작으로 반중력 장치의 전원 플러그를 잡아당겼다. 곧장 후회가 밀려왔다. 만족감이 조금이라도 느껴지기는커녕 오직 내가 입혔을지도 모르는 손상에 대한 공포감만이 들이닥쳤다. 반중력 장치 덕분에 모든 신체 조직과 기관이 제자리를 유지했다. 이 장치가 작동하지 않으면 올리비아의 장기에 가해지는 압력이 그녀를 당장 죽일 수도 있었다. 나는 몸을 구부려 다시 코드를 잡았지만 유지 장치와 벽 사이 틈새로 떨어뜨려버렸다. 플러그를 다시 꽂기까지 적어도 10초는 흐른 듯했다. 반중력 장치에 전원이 공급되며 다시 작동하는 소리가 들렸다. 머리 위 스피커에서는 드뷔시의 곡이 끝나고 바흐가 흘러나왔다.

그레그를 찾아 사실대로 말하고 월 박사에게 전화하라고 설득할까 잠시 고민했다. 코드에 걸려 넘어졌다고 말할 수 있을 것이다. TV를 보다 잠이 들었고, 그러다 올리비아의 유지 장치 뒤로 잠에 취해 걸어갔다고 말이다. 그러나 사람들이 사고라고 믿어줄지 불안했다. 올리비아가 아침에 멀쩡할지도 모른다는 가능성에 내 운을 거는 편이 낫겠다는 생각이 들었다. 어쨌든 10초밖에 지나지 않았으니까. 나는 내 유지 장치 안으로 기어올라 가 밤을 보내기 위해 몸을 묶었다.

오전 10시가 되어도 올리비아는 호출 버튼을 누르지 않았다. 릴리가 뚜껑을 톡톡 두드렸다.

"올리비아, 일어났어요?" 그녀가 물었다.

우리는 모여서 올리비아의 대답을 기다렸지만 침묵만이 흘렀다. 나는 천천히 숨을 쉬며 평정심을 지키려 애썼다. 내가 유지 장치의 플러그를 뽑았을 때 그녀의 뼈는 완전한 액체 상태였을 것이다.

스스로를 안심시키려 노력했다. 그래도 인공호흡기는 건들지 않았다. 그건 별도의 전원으로 작동했다. 그리고 실수했던 시간도 짧았다. 10초, 길어봤자 15초였을 것이다. 물론 완전히 뼈가 녹은 상태에서 15초는 영원과도 같은 시간이지만 말이다.

릴리가 수동 해제 버튼을 누르자 뚜껑이 흔들리며 올라갔다. 그녀가 우리를 뒤로 밀었지만 나는 그 전에 올리비아의 모습을 얼핏 보았다. 그녀는 인간의 형태를 잃어버린 살 더미로, 숟가락에서 뚝뚝 떨어지는 캐러멜처럼 잔물결이 일렁였다. 두개골은 타원 형태로 변해 눈동자 한 개는 머리 뒤로 넘어가 있고, 다른한 개는 느슨한 구멍 안에서 앞을 똑바로 보고 있었다. 그녀의 육체는 햇볕 아래 녹아버린 치즈처럼 축축해 보였다. 나는 배 속이 뒤틀려 본능적으로 뒤로 물러났다. 평생 본 것 중 가장 기괴한 존재였다.

그레그가 올리비아를 검사실로 데려갔다. 나는 안뜰 벤치에 앉아 손톱 거스러미를 뜯었다. 다른 사람들이 내가 한 짓을 알아내리라는 두려움이 머릿속을 가득 채웠다. 시간이 지날수록 자백이 받아들여질 가능성이 점점 줄어든다는 것을 알았다. 어젯밤에 했어야 했다. 플러그를 다시 꽂았을 때, 올리비아의 몸에 입힌 피해를 어느 정도 만회할 기회가 있었을 때, 그때 했어야 했다.

몇 분 뒤 팀이 밖으로 나와 야생화 화단 옆에 무릎을 꿇었다.

"릴리는 올리비아가 약 복용을 한 번 빼먹었다고 생각해요."

팀이 나를 등진 채로 말했다. "올리비아는 지금 말을 못 해요. 뇌 손상이 있었나 봐요."

"끔찍하네." 나는 진심으로 겁에 질려 말했다. 팀이 말을 그만 했으면 싶었다.

"사람들은 올리비아가 갑자기 너무 심하게 악화된 게 이상하다고 생각해요. 나아지고 있었는데."

"이 병이 어떨지 누가 알겠어?"

"이상해요. 이 말밖에 할 말이 없어요." 팀이 무릎 위에 꽃 한 무더기를 쌓았다.

"뭐 하는 거야?" 내가 물었다.

"우리는 올리비아의 유지 장치에 달 화환을 만들고 있어요." 팀이 대답했다. "그럼 그녀가 돌아왔을 때 우리가 그녀를 생각했다는 걸 알 수 있겠죠."

나는 이게 누구 생각인지 궁금했다. 스켈레톤 기계 밖 복도에 남자들이 옹기종기 모여 있을 때 말을 꺼낸 사람이 브래들리였는지 알고 싶었다. 그가 나를 위해서도 똑같이 해줬을지 의심스러웠다.

릭이 바깥으로 나왔다. 그도 야생화 한 줌을 모으더니 내 옆에 앉았다. 그리고 돋보기안경을 쓰더니 꽃줄기를 치실로 묶기 시작했다. 도와줄지 물어보려다가 그들의 계획에는 나를 위한 자리가 없다는 느낌을 받았다. 나는 안으로 들어갔다. 올리비아의 유지 장치는 전시용 관처럼 열려 있었다. 비닐로 된 내부는 여전히 체액에 젖어 반짝였다. 여태 그레그가 장치를 닦아낼 시간조차 없었다.

결국 우리는 일상에서의 편안함을 되찾기 위해 TV 시청실로 돌아갔다. 브래들리가 몇 주 만에 처음으로 우리와 함께했다. 그는 잠시 머뭇거리다가 2인용 소파의 내 옆에 앉았다. 나를 향해 형식적인 미소를 짓더니 TV로 관심을 돌렸다.

에이미가 네 번째로 〈머레이쇼〉에 출연했다. 이번에 그녀는 문신을 하고 기름진 머리를 하나로 묶은 40대 남자를 데리고 왔다. 그는 지겹다는 태도를 보이며 다리를 크게 벌리고 등을 젖혀 비스듬히 자리에 앉았다.

"아르투로, 당신은 아버지가 **맞습니다**." 머레이가 선언했다. 방청객이 열광했다. 아르투로의 무릎이 흔들렸다. 그는 전에도 이런 일이 많았다는 듯이 웃으며 어깨를 으쓱했다. 스튜디오 방청객의 아우성을 뒤로 하고 브래들리가 시청실을 나갔다.

"그녀는 괜찮을 거야." 나는 재빨리 올리비아 이야기라고 덧붙였다. 비록 내 말에는 아무런 근거도 없었지만.

"네가 걱정하는 만큼 괜찮아지겠지." 프랭키가 말했다. 나는 그의 적개심에 깜짝 놀랐다. 올리비아를 향한 내 질투가 남자들의 눈에 그렇게 빤히 보이는 줄은 몰랐다. 내가 대답하기도 전에 프랭키가 벌떡 일어나더니 브래들리를 뒤따라가 안뜰에서 올리비아를 위한 화환 만들기를 도왔다. 나는 인터뷰 내내 사근사근하게 웅얼거리는 아르투로를 보았다. 누군가가 아기를 데려와 그의 팔에 안겨주었다. 그는 침울하면서도 의연한 얼굴로 아기를 바라보았다. 값비싼 수리가 필요한 무너진 지붕을 바라보는 듯한 표정으로. 그는 존재감 없는 무관심한 아버지가 될 것이 분명했지만, 지금 당장은 수수께끼가 풀렸다는 사실에 모두들 만족했다.

다음 날 아침 식사 도중 브래들리가 우리 다 스켈레톤 기계 안에 있는 올리비아를 보러 가야 한다고 말했다. 나는 그 안에 있으면 우리가 하는 말이 들리지 않는다는 점을 지적했지만, 남자들은 정떨어진 얼굴로 나를 쳐다보며 그건 중요하지 않다고 했다.

릴리는 클립보드를 들고 스켈레톤 기계 앞에 서서 올리비아의 생체 신호를 메모하고 있었다. 심박수 모니터에서 규칙적인 삐 소리가 났다. 기계가 나지막이 울리며 빨간색과 초록색 표시등이 깜박였다. 릴리가 창문 덮개를 밀어서 열자 올리비아의 머리가 있을 듯한 위치의 유리창을 통해 자욱한 연기가 보였다. 남자들은 차례대로 몸을 웅크리고 손을 흔들면서 그녀가 그립다고, 곧 우리에게 돌아오기를 바란다고 큰 소리로 외쳤다. 내 차례가 되었을 때, 올리비아의 눈이 차분한 지성을 띠고 나를 응시했다. 두려움이 내 목을 움켜잡았다. 문득 내가 유지 장치 플러그를 뽑았을 때 올리비아가 깨어 있었을지도 모른다는 생각이 들었다. 산소호흡기의 윙윙거리는 소음 때문에 내가 다가오는 소리를 못 들었을 수도 있지만, 반중력 장치가 꺼졌다가 다시 요동치며 켜지는 찰나를 느꼈을지도 몰랐다. 정전이라고는 할 수 없었다. 병동의 보조 발전기는 잠깐의 실수도 발생하지 않도록 설정되어 있다. 결국 누군가가 그녀의 유지 장치를 껐고, 한밤중에 움직일 수 있는 유일한 환자는 나밖에 없다는 결론에 이르렀을 것이다.

"안녕, 올리비아." 내가 인사했다. 그녀는 눈을 천천히 감으며 나를 무시했다.

남자들은 TV 시청실로 돌아가고 나는 가슴을 진정시키려고 산책하러 나갔다. 날씨는 따뜻한데 햇볕은 끔찍하게도 쨍쨍했다. 나는 천천히 뼈 병동 주위를 돌았다. 동쪽으로 커스터 국유림의 산이 보였다. 빽빽한 펠트 천처럼 나무들이 촘촘히 서 있는 산등성이가 죽 이어졌다. 북쪽으로는 피부 병동으로 개조된 빨간 헛간이 눈에 들어왔다. 그 너머 언덕 위에는 털 과다증 병동으로 쓰이는 단층의 흰색 막사가 늘어서 있었다. 나는 동쪽을 바라보고 있는 뼈 병동 정문을 향해 빙 둘러 돌아갔다. 바퀴 자국이 난 비포장도로를 유심히 내려다보았다. 그 길로 8킬로미터만 더 가면 빌링스시로 이어지는 212번 고속도로가 나온다. 내 범죄가 발각되기 전에 택시를 불러 탈출할 수 있을 것이다. 하지만 월 박사에게 퇴원 허락을 받아야 했다. 처방전과 지속적인 치료 계획이 필요했다. 약을 먹지 않으면 병세가 다시 급격하게 나빠질 테니까.

병동으로 들어서자 갑작스러운 어둠에 눈이 시큰거렸다. TV 시청실에서 낮게 중얼거리는 소리가 들렸다. 내가 들어가니 남자들이 흠칫하며 조용해졌다.

"뭐야?" 내가 말했다.

아무도 눈을 마주치지 않았다. 그들이 내 이야기를 하고 있었다는 사실을 눈치챘다.

광고 시간에 나는 브래들리를 따라 주방으로 갔다. 그가 전기 주전자의 스위치를 켰다.

"너희 남자들한테 무슨 일 있어?" 내가 물었다.

"아무 일도 없어." 그가 답했다.

"왜 이래, 브래들리." 내가 말했다. "무슨 일이야?"

브래들리는 나를 쳐다보지 않고 티백 포장지를 뜯었다.

"우리는 올리비아의 상태가 이렇게나 갑자기 악화한 일이 참이상하다고 이야기했을 뿐이야."

배 속이 짜르르한 느낌이 들었다. 나는 고개를 끄덕이며 동조하는 체했다. "참 이상하지." 내가 맞장구쳤다. "그렇지만 이런병은 재발할 수도 있어."

"월 박사님은 한 번도 본 적이 없다고 하시던데."

"글쎄, 그런 말씀을 하실 만큼 증거가 많지도 않을걸. 그렇지않아?"

주전자가 달가닥거렸다. 브래들리가 뜨거운 물을 머그잔에부었다.

"네 뼈는 이제 정상으로 돌아왔잖아." 브래들리가 말했다. "왜 집으로 안 돌아가?"

나는 브래들리가 티백 끈을 두 손가락에 감은 채 천천히 위아래로 흔드는 모습을 지켜보았다. 방금 그가 다시 나를 상처 입혔지만 나는 태연한 척했다.

"내가 떠나면 좋겠어?" 내가 물었다.

"떠나고 싶지 않다니 이상하잖아."

"나도 떠나고 싶어." 내가 말했다. "아직 완전히 다 안 나았을 뿐이야."

"그레그가 네가 점점 더 밤늦게까지 깨어 있다고 하던데."

"왜 그레그랑 내 이야기를 했어?"

브래들리는 어깨를 으쓱하더니 아직 다 우러나지도 않은 티백을 꺼내 쓰레기통에 버렸다.

결백하게 보이려면, 병세가 나빠져야 했다. 올리비아처럼 뚜렷한 이유 없이 병이 악화한 환자가 되어야 했다. 나는 아침 약 복용을 중지했다. 커다란 빨간 알약을 내 유지 장치 안감 안에 숨겼다.

증세가 이렇게 빨리 나타나리라고는 예상하지 못했다. 내 뼈는 매일 밤 더 이른 시간에 부드러워졌고, 아침에는 전에도 겪은 뼈가 살을 뚫는 아픔을 느끼며 잠에서 깼다. 어느 날 밤, 다른 사람들이 잠자리에 든 뒤 혼자서 〈데이트라인Dateline〉을 보고 있었다. 그러다가 일어서는 순간, 내 다리가 젖은 판지처럼 구겨졌다. 그레그가 병동을 마지막으로 순찰하다 나를 발견할 때까지 나는 타일 바닥 위에 누워 있었다. 그가 부드러운 덩어리로 변한 내 몸을 유지 장치까지 옮겼다. 그러고는 얼른 내게서 멀어지길 바라며 빠르고 거친 손놀림으로 나를 묶었다.

아침에 나는 윌 박사에게 어젯밤에 일어난 일을 알렸다. 윌 박사는 나이를 알 수 없는 홀쭉한 금발 남자로, 그의 얼굴은 보톡스와 레티놀 크림 덕분에 섬뜩할 정도로 매끄러웠다. 그는 원래 로스앤젤레스의 시더스-사이나이Cedars-Sinai 병원 소속이지만, 야간 전골 손실 증후군 연구를 위해 이 병동에서 1년 동안 일하기로 한 상태였다. 월 박사는 바퀴 달린 의자에 앉아 내 차트를 훑어보며 고개를 저었다.

"이해가 안 되네요." 그가 말했다. "잘 낫고 있었는데."

나는 그의 데이터를 왜곡시킨 데 죄책감을 느꼈다. 다섯 달 전 뼈 병동에 입원했을 때보다 더 상태가 나빴다.

"올리비아도 이랬어요, 그렇죠?" 나는 조심스레 물었다.

"네, 하지만 올리비아의 야간 전골 손실 증후군은 당신보다 병세가 더 진행된 상태였어요. 회복세가 아주 미미했죠. 그렇지만 당신은! 당신은 거의 퇴원하기 직전이었는데."

나는 월 박사가 올리비아의 재발을 의심하지 않는 모습에 안도감을 느꼈다. 약을 두 배로 늘리자는 그의 제안에 나는 고개를 끄덕였다. 면담이 끝나갈 무렵 나는 용기를 내 물었다. "올리비아는 지금 어떤가요?"

월 박사는 한숨을 쉬며 관자놀이를 문질렀다. 이 주제는 확실히 그의 고민거리였다. "상태가 호전되고 있지만, 갈 길이 멀어요. 그렇지만 적어도 스켈레톤 기계에서는 나올 수 있을 듯해요."

두려움에 등골이 오싹했다. "손상이 있나요?"

"내가 본 바로는, 올리비아는 아주 심하게 퇴행했어요. 한동안은 말을 못 할 거예요."

"정말 끔찍하네요." 내가 한숨을 내쉬며 말했다.

월 박사와의 면담 후 며칠 뒤, 올리비아가 휠체어를 타고 아침 식사를 하러 나타났다. 진통제와 복용량을 세 배 늘린 뼈 강화제 때문에 눈빛은 흐릿하고 정신은 멍해 보였다. 그녀의 아름다움은 오간 데 없었다. 얼굴은 납작해졌고 눈가가 늘어졌으며 광대뼈는 함몰되었다. 그레그가 단단한 음식 대신 스무디를 준비했다. 올리비아는 빨대 주위의 입술을 손가락으로 꼬집어 붙였다.

우리는 모든 것이 전과 같은 척하려 애썼다. 프랭키가 농담을 던졌다. "이봐, 스탈링, 진주 같은 하얀 치아 좀 보여줘." 올리비아가 천천히 얼굴을 들었다. 눈이 굳은 의지로 빛났다. 미소 짓기 위해 얼굴근육을 끌어올리려고 애썼지만 그녀의 입은 사선으로 기괴하게 비틀렸다. 윗입술이 말리며 송곳니 하나를 드러냈다. 남자들은 억지로 소리 내 웃으며 격려의 말을 중얼거렸다.

나는 더 이상 지켜보기가 힘들었다. 식탁에서 일어나 접시를 주방으로 가져가며 일부러 절뚝거렸다.

다음 날 아침, 나는 다른 사람들보다 늦게 일어났다. 릴리가 조심스럽게 벨크로 밴드를 풀고 내 가슴에서 흉갑을 벗겨냈다.

나는 너무 쇠약해져 서 있을 수 없었다. 그레그와 릴리가 나를 유지 장치에서 들어 올려 휠체어에 태웠다. 병동의 불빛이 흐릿해졌다. 휠체어를 타고 식당을 지나칠 때 접시 위에서 포크가 달그락거리는 소리가 들렸다. 고개를 돌려 바라볼 수 없었지만, 사람들이 나를 보고 있다는 사실을 알았다.

스켈레톤 기계가 그르렁거리며 나를 감쌌다. 차가운 고압 공기 바늘이 한 점도 빼놓지 않고 내 피부 구석구석을 몸속 깊이 찔러댔다. 모르핀도 소용없는, 난생처음 느껴보는 아픔이었다. 뼈가 재구성될 때의 통증보다 훨씬 더 심했다. 마치 피부를 벗겨내고 방금 벗겨낸 그 상처 자리를 굵은소금으로 문질러대는 듯했다. 내 입은 소리 없는 비명을 질렀다. 뼈를 강화하는 약물을 높은 농도로 뿜어내는 매캐한 공기 때문에 기도가 화끈거렸다. 나는 더할 나위 없는 고통을 느끼며 누워 있었다. 몇 시간이 며칠로 늘어났다.

마침내 스켈레톤 기계의 전원이 꺼지고 문이 열렸다. 릴리가 미안한 표정을 지었다.

"이제 괜찮아요, 자기." 그녀가 말했다. "다 끝났어요." 내 눈에 고마움의 눈물이 고였다. 나는 다시 약을 먹기로 결심했다. 스켈레톤 기계에 또다시 들어가는 상황을 피하기 위해서라면 뭐든지 할 수 있었다.

릴리가 휠체어에 앉은 나를 휴게실까지 데려다주었다. 늦은 오후였고 햇빛이 서쪽 창문을 통해 길게 들어왔다. 남자들이 나를 빤히 쳐다보았다. 나는 내게서 관심을 돌리려 올리비아의 오래된 전략을 따라 했다.

"기분이 어때, 올리비아?" 내가 물었다. 올리비아는 여전히 휠체어에 앉아서 머리를 왼쪽 어깨 위로 축 늘어뜨리고 있었다. 대답하려는 그녀의 입술 사이로 침방울이 맺혔다. 남자들이 그녀를 흘끗 보고는 눈길을 피했다. 그들은 내가 전과 똑같아 보여 안심하는 듯했다. 내 몸은 다시 알아볼 수 있는 형태로 돌아왔다.

"얼굴 봐서 반가워, 검드롭." 프랭키가 인사했다. "너 때문에 걱정했어."

스켈레톤 기계에서 벗어난 것만으로도 충분한데 내 계획은 기대보다 더 잘 풀린 듯했다. 저녁 식사를 하며 남자들은 나를 예전처럼 대해주었다. 고통을 통해 이전 지위를 회복한 것 같았다. 심지어 브래들리도 다시 나를 애틋하게 바라보았다. 나는 올리비아에게 한 잘못을 만회하기 위해 남은 평생 착하게 살기로 다짐했다.

"돌아와서 반가워." 브래들리가 속삭이며 식탁 밑에서 내 손을 꼭 쥐었다.

나는 다시 약을 먹기 시작했다. 유지 장치 안감에 숨겨놓은 약까지 꺼내 곱절로 먹었다. 빨리 호전되길 기도했지만 무서운 재발이 있었던 탓에 월 박사가 내 퇴원을 승인하려면 적어도 몇 주는 더 안정적인 상태여야 했다.

스켈레톤 기계에서 보낸 시간 덕분에 나는 상황을 올바른 관점에서 볼 수 있었다. 이제 병동을 떠나 간절히 뉴욕으로 돌아가고 싶었다. 제정신인 사람이라면 벌써 몇 달 전에 그렇게 하기를 원했을 것이다. 다시 정상적인 일상으로 돌아가 아침에 출근하고 사무실에서 내 능력을 과소평가하는 사람들과 일하고 싶었다. 병동의 분위기는 내가 처음 왔을 때처럼 도로 암울해졌다. 브래들리의 관심이 다시금 나를 향했지만 나는 받아들이지 않았다. 사랑 때문에 내가 한 짓을 생각하면 나는 그의 애정을 받을 자격이 없었다. 하루의 대부분을 혼자서 보냈다. 안뜰에서 책을 읽거나 지인과 문자를 주고받으며 예전의 삶으로 되돌아가기 위한 준비를 했다.

그러나 브래들리가 나의 저항을 무너뜨리는 데는 그리 오래 걸리지 않았다. 하루는 내가 안뜰에서 에밀리 디킨슨의 시집을 읽고 있는데 브래들리가 다가와 벤치 옆자리에 앉았다. 나는 몇 분 동안 그를 무시하다가 포기하고 책을 내려놓았다.

브래들리가 내 손을 잡았다. 부드럽게 어루만지다가 손가락에 입술을 댔다. "그동안 보고 싶었어." 그가 말했다. 내가 스켈레톤 기계에 있던 시간뿐 아니라 올리비아가 나타난 후 나 대신 그녀를 선택한 몇 주를 의미한다는 걸 알았다.

"나도 보고 싶었어." 내가 조심스레 답했다.

"함께한 시간을 감사하게 여기지 않았어." 그가 말했다. "널 제대로 대하지 않은 것 같아. 미안해."

피부가 따뜻해졌다. 결심이 허물어지는 게 느껴졌다. "괜찮아." 내가 대답했다.

검사실에서 나는 완전히 항복했다. 브래들리는 자기 몸을 내게 밀착시키며 내 목덜미에 키스했다. 그의 손가락이 내 골반과 허벅지를 누르며 부드러운 뼈를 자기 욕망의 형태에 맞췄다. 턱뼈를 풀어 그를 통째로 삼키길 바라며 그의 피부를 맛보았다. 그에게 등을 대고 누워 조용히 울었다. 나는 그를 결코 소유할 수 없다는 사실을 알았기 때문이다. 과거에 내가 사랑에 빠졌을 때는 미래에 대한 희망이 있었다. 하지만 브래들리와는 그런 환상을 품을 수 없었다. 병동을 떠나 함께하는 삶을 꿈꾸기를 포기했다. 처음부터 내가 두려워하던 일이 올리비아가 도착한 날 일어났다. 다른 여자들이 있는 세상에서 브래들리는 절대로 나를 선택하지 않으리라는 진실이 드러났다.

어쩌면 사랑에 대한 내 생각을 바꿔야 하는지도 몰랐다. 현재에만 충실한 사랑이 가능할지도 몰랐다. 결국에는 상처밖에 남지 않을 걸 알면서도 지금 그를 사랑할 수 있을 것 같았다. 아무래도 상관없었다. 그와 함께할 수 있는 순간을 거부하기에 나는 너무 나약했다.

검사실을 나갈 때가 되자 내가 울었다는 걸 브래들리가 모르게 하려고 눈을 닦았다. 너무 오랫동안 있어서 뼈가 흐물흐물해진 상태였다. 브래들리가 나를 들어 유지 장치에 데려다주었다. 뚜껑을 닫기 전 그가 내 이마에 키스했다. 내가 했던 이야기처럼, 엄마가 밤에 나를 재워줄 때 한 행동 그대로.

약을 다시 먹기 시작한 지 3주가 지난 어느 날 아침, 남자들이 하이킹을 하러 가자고 제안했다.

식당에 들어가니 그들은 이미 아침 식탁에 둘러앉아 릴리가 듣지 못하게 목소리를 낮춰 이야기하고 있었다.

"오늘 오후에 기온이 27도까지 올라간대요." 팀이 흥분해서 내게 말했다.

"근사하네." 내가 답했다. "그런데 릴리는 어쩌고?"

"오늘 오후에 없을 거야." 릭이 낮은 목소리로 말했다. "빌링스의 병원에 예약이 있대."

"윌 박사도 오늘 휴가예요." 팀이 덧붙였다. "이런 기회는 다시 없을 거예요."

"난 잘 모르겠어요." 내가 말했다.

"가자, 검드롭." 프랭키가 보챘다. "너 맨날 산책했잖아."

"지금 나는 예전만큼 강하지 않아요."

브래들리가 팔로 내 어깨를 감쌌다. "같이 가자." 그가 말했다. "비타민 D는 건강에도 좋잖아."

우리는 보온병에 담은 뼈 국물, 케일 칩, 그릭 요거트를 점심 도시락으로 챙겼다. 오후 1시쯤 릴리가 TV 시청실에 들렀다. "내일 아침에 돌아올 거예요." 그녀가 말했다. "몇 시간만 있으면 그레그가 야간 근무를 하러 올 거고요. 무슨 일이 생기면 윌 박사님께 전화하면 돼요."

"우린 다 괜찮아요, 릴리 간호사님." 프랭키가 말했다. "가서 볼일 보세요."

우리는 입구에 서서 릴리의 SUV 자동차가 덜컹거리며 비포장도로를 떠나는 모습을 지켜보았다. 내가 이곳에 온 지 여섯 달 만에 처음으로 뼈 병동에 직원이 아무도 없었다.

햇볕이 어깨를 뜨겁게 내리쬐었다. 우리는 산기슭을 향해 걸어갔다. 프랭키와 팀이 앞서가고 브래들리와 나는 덤불을 밟으며 천천히 따라갔다. 릭은 두 무리 사이에서 혼자 뒤뚱거리며 걸었다. 햇빛에 반짝이는 대머리가 눈에 띄었다.

우리는 한 시간 넘게 걸어갔다.

"브래들리." 내가 숨을 헐떡이며 말했다. "좀 쉬어야겠어." 우리 둘은 노간주나무 덤불 옆에 앉았다. 브래들리의 배낭에 점심이 들어 있었다. 우리는 물과 뼈 국물을 마셨다. 플라스틱 밀폐용기에 담긴 눅눅해진 케일 칩을 나눠 먹었다. 도시락을 다 먹고는 나란히 누워 둥그런 하늘을 쳐다보았다.

나머지 남자들은 우리 뒤에 동그랗게 자리를 잡고 앉아 각자 점심을 먹었다. 누구도 병동에 돌아가려고 서두르지 않았다.

"돌아가야 하지 않을까?" 내가 물었다.

"조금만 있다가." 브래들리가 대답했다.

"저녁노을이 보고 싶어." 프랭키가 말했다.

나는 시간이 얼마나 흘렀는지 알지 못했다. 프랭키가 저녁노을이라는 말을 꺼내자 나는 깜짝 놀라 일어나 앉았다. 산 아래로 내려오고 있는 태양이 보였다. 내 피부가 위험을 알리며 화끈거렸다. 일단 해가 지면, 너무 늦는다. 30분만 있으면 나는 설 수도 없을 정도로 뼈가 약해질 것이다.

"안 돼요." 내가 말했다. "지금 가야 해요."

"먼저 가세요." 팀이 말했다.

"우리는 저녁노을을 볼 거야." 릭이 덧붙였다. 그들의 목소리는 마치 대본이라도 읽는 듯 기계적이었다. 불현듯 나는 그들이 이 일을 몇 주 동안 계획해왔다는 것을 깨달았다. 아마도 내가 스켈레톤 기계에 들어가 있는 동안 올리비아가 그들의 의심을 확신으로 바꿔주었을 것이다. 어쩌면 그녀는 손가락이나 침방울, 눈 깜박임을 통해 의사소통하는 법을 배웠을지도 몰랐다.

나는 몸을 떨며 일어섰다. 달아나려 했지만 두 걸음 만에 다리가 짜부라지며 넘어졌다.

"불쌍한 검드롭." 프랭키가 말했다. "약을 잘 먹었어야지." 나는 놀라서 그를 처다보았다. 스켈레톤 기계 안에 갇혀 있던 그 길고 긴 며칠 사이, 그들이 내가 안감에 숨겨놓은 약을 쉽게 찾아냈다는 사실을 알아차렸다.

남자들이 일어섰다. 그들은 기지개를 켜며 하품했다. 일은 벌어질 예정이었다. 아무렇지도 않은 듯 얼굴에 상냥한 미소를 띤 채로. 단지 걸어감으로써 나를 죽일 계획이었다.

브래들리가 걸어와 나를 내려다보았다. 나는 두 손으로 그의 발목을 잡았다.

"제발, 브래들리." 내가 애원했다. "너를 사랑해."

"미안." 브래들리가 대꾸했다. "그렇지만 네가 자초한 일이야."

태양이 삐죽삐죽한 산등성이 뒤로 넘어갔다. 나는 병동으로 절뚝거리며 돌아가는 남자들을 바라보았다. 기어서라도 그들을 쫓아가려 했지만, 몸이 젖은 모래처럼 무겁게 느껴졌다. 육체가 땅속으로 가라앉았다. 방광에서 오줌이 흘러나왔다. 머리 위 하늘에 별들이 총총해졌다. 병동의 창문이 짙어지는 어둠 속에서 또렷한 사각형으로 빛났다. 곧 그레그가 도착해 병동 곳곳을 돌며 남자들을 유지 장치에 묶기 시작할 것이다. 내가 없어진 사실을 그가 눈치채길 간절히 빌었다. 하지만 남자들은 아마 그 부분도 계획에 넣어놨을 것이다. 그냥 내 유지 장치의 뚜껑을 닫고 자신들이 이미 나를 집어넣었다고 말할 것이다. 나는 그들보다 오히려 순진했던 나 자신에게 화가 났다.

멀리서 코요테가 울부짖었다. 머지않아 그것들이 나를 발견하고 뼈도 없는 살에 이빨을 박아 넣을 것이다. 나는 동틀 녘 코요테의 몸 안에서 다시 단단해진 내 뼈가 이놈들의 내장을 찢어 죽이기를 기도했다. 내 눈이 코요테의 반짝이는 눈들과 마주쳤다. 뇌에 가해지는 압력 때문에 기절할 것 같았다. 가능성 없는 시나리오로 나 자신을 달랬다. 어쩌면 코요테는 내 배설물 냄새에 질색할지도 몰랐다. 어쩌면 내 뼈가 올바른 방식으로 다시 형성되어 두개골은 뇌를 부수지 않고 갈비뼈는 심장을 찌르지 않을지도 몰랐다. 어찌 됐든 뼈 병동에 오기 전에도 나는 수많은 밤을 살아남았다.

코요테가 이제 더 가까이서 울부짖었다. 바람 때문에 흙먼지가 소용돌이치며 날아올라 벌어진 내 입안을 작은 돌멩이로 채웠다. 폐가 그것을 빨아들였다. 심장이 피를 펌프질하기 위해 힘겹게 버둥거렸다. 어둠, 침묵, 벽이 없는 구덩이. 뼈 없는 밤의 공허 속으로, 나는 떨어졌다.

맘사슴의 눈

Doe Eyes

숲으로 들어가 총에 맞아야겠다는 생각이 들었다. 그러면 그 남자들, 사냥꾼들은 알게 될 것이다. 한 여성의 심장에 총을 쏘면 도살은 영원히 안녕이라는 사실을. 그런데 솔직히, 심장에 맞고 싶지는 않다. 쉽게 회복되는 찰과상 정도가 이상적이다. 나는 삑삑거리는 기계에 연결된 채 머시 Mercy 병원의 좁은 침상에 누워 있을 것이다. 사냥꾼들이 와서 내게 용서를 빌 것이다. 더 중요한 점은 남편도 병문안을 와서 내게 집에 돌아오라고 간청할 거란 사실이다. "당신이 죽을지도 모른다고 생각하니 모든 것에 대한 생각이 바뀌었어"라고 말할 것이다. "내게 돌아와줘, 자기. 나를 용서해줘." 그는 나를 길버트 거리에 있는 집으로 데려가 건강을 회복하도록 돌보고 거품을 뺀 스프라이트를 숟가락으로 떠먹여줄 것이다. 붕대를 갈아주고 나만 사랑한다고 속삭일 것이다.

나는 낡은 농가에서 아빠와 함께 산다. 단층 목장 주택으로 대학가 북쪽 근교의 시골에 있다. 사슴 사냥철이 시작되는 10월이었다. 일요일 아침, 나는 아빠의 아침 식사를 준비했다. 아빠가 좋아하는 방식으로 베이글을 구웠다. 잿더미로 보일 만큼 네 면을 골고루 굽고 땅콩버터를 듬뿍 발랐다. 숯이 아빠의 젊은 시절 오자크Ozark 지역에서의 가난했던 시골 생활을 생각나게 하는 듯했다.

아빠가 베이글을 바삭거리며 씹었다. 나는 무첨가 요구르트 한 통을 먹고 마당을 바라보았다. 부엌의 유리 미닫이문은 뒤뜰로 통했다. 폐허가 된 금잔화 화단이 둘러싸고 있는 뒤뜰은 콘크리트로 덮여 있었다. 엄마가 자신의 면 잠옷을 걸곤 했던 빨랫줄도 있었다. 봄이면 걸려 있던 하얀 잠옷들의 배 부분이 산들바람에 부풀어 오르던 모습이 기억난다. 아빠가 마당 위에 사슴이 먹을 마른 옥수수 낱알을 뿌려놓았지만, 오늘 아침에는 한 마리도 오지 않았다. 좀 전에 우리는 총소리를 들었다. 방금 나무 사이로 주황색 섬광이 보였다.

"저 사람들, 끔찍할 정도로 집 가까이에 있어요." 내가 말했다.

"누구?" 아빠가 평소처럼 내 목소리에 깜짝 놀라며 물었다. 벌써 아빠는 수천 페이지짜리 나치 전쟁 전술 책을 펼쳐놓았다. 이제 하루 종일 두꺼운 책 위에 몸을 구부리고 여백에 도식을 그려 넣을 것이다.

"사냥꾼들이요." 내가 대답했다. "어제도 여기 있었어요. 아직 충분히 못 죽였나?"

"사냥꾼들은 사냥해야지." 아빠가 무심하게 답했다. "당연한 일이잖니." 다시 책으로 눈을 돌리며 내 존재를 잊었다. 아빠는 근처 도시의 주립 대학 역사학 교수이다. 제2차 세계대전에 대한 수업을 하는데 인기가 있다. 스탈린그라드 전투*를 주제로 세 번째 책을 쓰고 있다. 살해된 사슴에 관심이 없는 것도 놀랍지 않았다. 죽음에 대한 아빠의 참을성은 유별나게 많다.

나는 설거지를 하고 사슴 같아 보이는 옷을 입었다. 남편과 내가 길버트 거리의 집으로 이사 가면서 페인트칠할 때 입으려고 중고 상점에서 산 갈색 코듀로이 바지와 출처를 알 수 없는 갈색 스웨터였다. 내가 아는 한 이 스웨터는 아주 오래전부터 옷장 맨 아래 서랍에 들어 있었다.

숲으로 살며시 들어갔다. 젖은 흙이 운동화 아래서 질퍽거렸다. 사냥꾼들은 풀밭에 있었다. 아버지와 그의 10대 아들로 된 한 쌍. 나는 나무 뒤에 웅크렸다. 그들도 웅크리고 앉아 죽이려는 동물이 움직이길 기다렸다.

예전에 한번 남편과 같이 사격장에 간 적이 있다. 그 사격장

---

* 1942년부터 1943년까지 스탈린그라드에서 독일과 당시 소련 간에 벌어진 전투이다. 독일군은 30만 명 이상의 사상자를 낸 후 항복했다.

은 번화가 쇼핑몰에 있었다. 입구에서 신분증을 보여주고 서류를 작성한 뒤 귀마개와 보안경을 착용했다. 좁은 칸막이 공간에서 남편은 내 뒤에 선 다음 양팔로 나를 감싸고 총 쏘는 법을 보여주었다. 총은 무겁고 차가웠다. 나는 분홍색 셔츠를 입었다. 차갑고 무거운 총을 손에 들면 강하게 느껴질 것 같았는데 지루하기만 했다. 내 사격 실력이 형편없으리란 사실은 알고 있었다. 문제는 내 무능을 매력적인 방식으로 보여줘야 했다. 나는 이 신고식을 어서 끝내고 점심을 먹고 싶었다. 남성 모양으로 잘린 종이를 향해 총을 쏘았다. 남편이 내 손을 잡고 발사해 목표물을 명중시켰다.

당시에는 아직 내 남편이 아니었다. 여전히 데이트만 하던 사이였다. 사격장에서 나온 우리는 타코벨Taco Bell에서 타코 열두 개를 주문해 나눠 먹었다. 경찰차 안에서. 남편이 경찰이었기 때문이다. 끝까지 뜻이 맞지 않았던 한 가지가 그의 경찰이라는 직업이었다. 하지만 처음에는 나도 좋아했다.

남편이 숲에서 총에 맞으려 하는 내 모습을 본다면 무슨 말을 할지 궁금했다. 당장 숲에서 꺼지라고 하겠지.

사냥꾼 부자는 이제 나를 등지고 있다. 나는 사슴이 내는 소리처럼 들리게 나뭇잎을 바스락거렸지만, 그들은 너무 멀리 있어 듣지 못했다. 포기하고 슬그머니 집으로 돌아왔다. 실망과 안도를 동시에 느끼면서. 사냥꾼들의 트럭이 막다른 길 끝에 있는 우리 집 앞 자갈길에 세워져 있었다. 거실에서 유튜브로 사슴 동영상을 보며 사냥꾼 부자가 돌아오길 기다렸다. 카펫 위에서 사슴처럼 네발걸음을 연습했다. 해 질 녘이 되자 그들이 나타났다. 아빠 사냥꾼이 어깨에 암사슴을 짊어지고 왔다. 사슴의 분홍색 혓바닥이 길게 늘어져 있었다. 왼쪽 귀에는 노란색 꼬리표가 매달려 있었다. 죽인 다음에 싸구려 장신구로 꾸며줬군.

데이트하던 시절, 남편에게 문자로 나의 어떤 점을 좋아하는지 물었다. '사슴처럼 크고 아름다운 눈이지'라고 남편이 답장했다. 나는 틀린 맞춤법을 지적했다. 남편은 개의치 않았다. 그 말은 우리가 자주 하는 농담 중 하나가 되었다. 남편은 자기가 난독증이 있다고 했는데, 나는 그 말을 그가 독서를 별로 좋아하지 않는다는 의미로 받아들였다.

나는 천연자원부 웹사이트에서 사냥 관련 규정을 조사했다. 10월 15일부터 11월 30일까지만 까마귀 사냥이 허용되었다. 또 10월 이틀 동안 청소년 사냥꾼은 사냥 비수기에 느려지고 부주의해진 수꿩을 먼저 사냥할 수 있었다. 마멋과 비둘기는 1년 내내 사냥이 가능했다. 도살을 완곡하게 '수확'이라고 표현한다는 사실도 알게 되었다.

월요일에 나는 스포츠용품점에 갔다. 할인 중인 위장 용품 코너를 자세히 살펴본 다음, 어지러운 수풀 무늬의 바지와 재킷을 골랐다. 총기 진열대로 가서 제일 좋은 엽총을 보여달라고 했다.

젊은 점원이 금고에서 하나를 꺼내와 설명을 시작했다. 12구경, 매끄러운 호두나무, 니켈 도금.

"이탈리아산이에요." 그가 말을 이었다. "베넬리^{Benelli} 제품이죠." 그가 내게 총을 건넸다. 나는 개머리판을 쓰다듬었다. 점원의 눈이 욕망으로 빛났다. "어떻게 해서라도 갖고 싶은 총이죠." 그가 말했다.

나는 저녁으로 사슴 고기 버거를 만들었다. 아빠는 나치에 관한 또 다른 책을 읽었다. 고기를 입에 넣고 씹다가 잠시 멈추더니 소고기인지 물었다. "사슴 고기예요." 내가 말했다. "사슴이요." 한 번 더 말했다. 아빠는 수수께끼가 해결된 듯 고개를 끄덕였다.

저녁을 먹은 뒤 위장 연습을 하러 밖으로 나갔다. 네발로 엎드렸다. 배를 바닥에 대고 얼어붙은 땅 위를 데굴데굴 굴렀다. 작은 나뭇가지와 나뭇잎이 머리카락에 붙었다. 나무줄기에 몸을 감았다. 숲속에는 나 혼자뿐이었다. 바보 같은 내 경찰 남편이 그리웠다.

11월이 끝났다. 남편이 내 생일에 전화라도 하길, 아니면 최소한 문자라도 보내주길 바랐다. 그러나 하루가 다 가도록 초조하게 기다려도 아무 연락이 없었다. 내가 그를 잊는 게 공평한데. 왜냐하면 우리 관계를 망친 사람은 남편이니까. 거실 소파에 앉아 남편에게 그 여자를 계속 만날 생각인지 물었다. 그가 응, 하고 대답하는 방식은 마치 벌써 밥을 먹었는지, 잘 잤는지, 시어머니 주디를 사랑하는지를 물어봤을 때처럼 간단했다. 남편은 이혼은 원치 않는다고 했다. 하지만 그는 혼자서 생각을 좀 해봐야겠다고 말했다. 생각하다니, 뭘를? 내가 물었고, 남편은 어깨를 으쓱했다.

사냥철의 이 시기에는 활로만 사슴을 사냥할 수 있다. 거실 창문으로 나는 사냥꾼과 그의 아들이 막다른 길에 주차한 후 트럭에서 총을 들고 내리는 모습을 보았다. 저들의 위반 행위를 천연자원부에 신고할 수 있었다. 이 일을 핑계로 남편에게 연락할 수도 있었다. 대학 시절 지인인 양 그에게 전화할 수 있을 것이다. 살짝 열린 문틈으로 불어오는 한 줄기 바람처럼 우연인 듯 가볍게 "안녕" 하고 인사할 것이다. 그리고 덧붙일 것이다. 당신이 이런 일에 대해 좀 알지 않나 해서.

문제는 지금 내가 사는 시골은 남편의 관할 지역이 아니라는 점이다. 그는 그냥 지역 보안관에게 전화하라고만 대답할 게 뻔했다.

나는 사냥꾼 부자를 뒤따라서 밖으로 나가 평소처럼 나무 뒤에 숨었다. 왼쪽으로 9미터쯤 떨어진 곳에 사슴 떼가 있다. 부자는 초원 테두리에 웅크리고 있다. 소년이 조준했다. 그가 기다려 온 순간이다.

소년이 총을 쏘자, 사슴들이 흩어졌다. 총알은 빗나갔다. 재능을 한껏 동원해 사슴처럼 보이려던 나는 숨어 있던 곳에서 펄쩍 뛰었다. 숲이 고요해졌다. 부자는 당혹스러운 얼굴을 하고 나를 향해 걸어왔다.

"도대체 무슨 짓이에요?" 아빠 사냥꾼이 말했다. "그러다 죽을 수도 있어요."

가까이서 보니 그는 은퇴한 드라마 주인공처럼 화려하고 비현실적으로 잘생긴 사람이었다.

나는 대답할 말이 없었다. 서둘러 집으로 돌아왔다.

엽총 사냥 시즌이 시작되었다. 첫날 주州 전역에서 모든 사냥꾼이 모습을 드러냈다. 집 뒤편 산등성이에는 사냥꾼 네 명이 개울을 내려다보며 서 있었다. 나는 짝이 맞지 않는 위장복을 입고 우리 땅의 경계인 마른 개울 바닥을 따라 한가롭게 걸었다. 사냥꾼들이 저리 가라고 소리쳤다. 나는 어깨를 으쓱하며 여기 사는 사람이고 이곳은 우리 땅이라고 말했다. 그들이 할 수 있는 일은 아무것도 없었다. 결국 그들은 내게서 멀어지려 산등성이 저쪽으로 옮겨갔다.

사냥철은 몇 주 뒤인 12월 22일에 끝난다. 그럼, 기회가 없다. 나는 사냥터를 찾아다녔다. 사냥꾼이 이렇게 많으니 빗나간 총알 한 발 맞는 건 시간문제일 거라고 생각했다. 아마나Amana로

가는 길에 임시 사격장이 있다. 남자들과 소년들이 건초 더미에 꽂아놓은 종이 표적을 향해 총을 쏘고 있었다. 나는 주변을 얼쩡거렸다. 땅 위에 그려진 선을 넘어 조금씩 가까이 갔다. 사람들이 쳐다보았다. 나는 자리를 떴다.

크레이그리스트Craigslist* '임시직'란에 광고를 올렸다. 현재 박사과정 중인 학생이라고 적었다. '장총이나 엽총을 사용해 작은 사냥감을 잡는 사냥꾼을 찾습니다. 미국 중서부 지역의 남성성에 관한 연구를 위해 설문 조사를 진행하고 있습니다. 각 참가자에게 20달러가 지급됩니다'라고 썼다.

다섯 사람에게서 연락이 왔다. 토요일 오후, I-80번 도로 근처 햄튼 인 모텔에 방을 하나 빌리고 30분 간격으로 잇달아 약속을 잡았다.

연락한 사람 중 네 명이 40대였고, 20달러와 대화할 사람이 절실히 필요해 보였다. 다섯 번째 남자는 스물두 살로, 우리가 같이 잘 거라고 생각하는 듯했다. 나는 그럴듯해 보이려 질문지를 미리 작성해놓았다. 남자들에게 그들의 어머니에 관한 질문을 했다. 일주일에 고기를 얼마나 먹는지도 물었다. 사람에게 총을 쏘는 상상을 해본 적이 있는지도.

"죽이는 거 말고요." 내가 설명했다. "그냥 찰과상 정도."

---

* 다양한 무료 광고를 게시할 수 있는 웹사이트.

나이 있는 남자들은 차례대로 고개를 저었다. "글쎄요. 전처라면 모르죠." 한 명이 그렇게 대답하더니 5분 동안 자기 말을 얼버무렸다.

스물두 살짜리는 예, 하며 생각해봤다고 했다. "괜찮을 것 같아요"라고 덧붙였다. 맥박이 빨라졌다. 우리는 의자에 마주 보고 앉아 있었다. 그는 위장 무늬 재킷과 청바지를 입고, 팀버랜드 부츠를 신고, 카키색 야구 모자를 썼다. 남자들은 모두 완벽한 사냥복 차림이었다.

"여자한테 총 쏠 수 있어요?" 내가 물었다.

"물론 있죠." 그가 대답했다. "별 차이 있겠어요?"

나는 가상의 상황을 이야기하기 시작했다. 어떤 여자가 누군가 자신을 총으로 쏴주기를 원한다고 가정해봐요. 이 여자는 총알이 피부를 뚫는 느낌을 느껴보고 싶어 해요. 물론 총을 쏜 사람이 고소당할 위험은 없어요. 대신 실험 뒤에는 병원까지 데려다줘야 해요. 여자는 숲속을 걷다가 너무 멀리 떨어져 있어서 사람을 맞혔다는 사실조차 알지 못하는 꿩 사냥꾼의 총알에 다쳤다고 말할 거예요.

청년은 고개를 끄덕거렸다. "변태처럼 들리네요." 그가 말했다.

이 말은 이상하지만 긍정적인 반응처럼 들렸다. 이곳에 온 남자들의 심리 상태에 대해 의미 없는 내용을 끼적인 공책을 덮어치웠다. 청년에게 설문 조사 대가로 20달러를 건네며 그가 나를 총으로 쏘면 80달러를 더 주겠다고 말했다. 그의 눈에 깜박이는 두려움을 보자 가상의 상황을 너무 급하게 현실로 불러온 게 아닐까 걱정이 되었다. 그런데 청년이 하겠다고 대답했다. 다만 삼각함수 그룹 스터디를 하러 6시까지는 캠퍼스에 돌아가야 한다고 말했다.

우리는 각자 차를 몰고 내 집으로 향했다. 청년은 검은색 면지투성이 트럭을 타고 내 차를 따라왔다. 초원으로 간 나는 짓이겨진 가시철조망 무더기 앞에 섰다. 숲에 황혼이 내렸다. 모직 코트를 입은 나는 몸을 떨었다. 사격하기 힘들 만큼 청년의 손가락이 추위로 곱지 않기를 바랐다. 10분만 지나도 너무 어두워 조준하기 힘들 것이다. 청년이 총을 들었다. 그러고는 가늠쇠를 들여다보았다.

"팔에다 하는 거죠, 그렇죠?"

"아니면 어깨에다. 그냥 쏴."

청년은 내게서 3미터 떨어져 서 있었다. 총을 든 손이 떨렸다. 나는 눈을 감고 연기가 섞인 공기를 들이마셨다. 머릿속을 텅 비웠다. 몸에 힘을 뺐다. 신선한 총상을 입고 병원에 누워 있는 내 모습을 상상했다. 남편이 내 침대 옆으로 달려와 과거 자신의 무관심을 부끄러워할 것이다. 어떤 남자가 나에게 이런 짓을 했는지 알고 싶어 할 것이다.

건초가 바스락 하고 부츠에 밟히는 소리가 들렸다. 눈을 떠보니 청년이 떠나고 있었다.

"이봐." 내가 불렀다. "무슨 짓이야?"

"못 하겠어요." 청년이 대답했다.

청년의 뒤를 따라가서 가지고 있지도 않은 돈을 불렀다. 값은 200달러에서 300달러까지 올라갔다.

청년이 고개를 저었다. "기분 나쁘게 듣지 마세요. 그렇지만 당신은 전문가의 도움이 필요해 보여요."

더 이상 선택의 여지가 없었다. 나는 곧장 해결책에 다가서기로 결심했다. 남편은 항상 침대 옆 탁자 위에 글록 권총을 두고 자는 습관이 있다. 근무 중에 발포한 적은 한 번도 없지만, 집에 침입자가 있다면 아마 총격을 주저하지 않으리라. 남편은 자기 여자 친구인 스물네 살짜리 간호사를 보호하기 위해 총을 쏠 것이다.

어느 늦은 밤, 나는 길버트 거리에 있는 예전 우리 부부의 집으로 가기 위해 차를 몰고 시내로 들어섰다. 검은색 청바지와 검은색 터틀넥 상의를 입었다. 골목에 주차하고 얼굴에 스키 마스크를 썼다. 집 뒤편으로 다가갔다. 2년 전 꾸몄던 정원에서 적당한 크기의 돌을 발견했다. 창문을 살펴보며 어떤 것을 깨뜨릴지

곰곰이 생각했다.

뒷문이 열리고 남편이 쓰레기를 가득 채운 하얀 비닐봉지를 들고 나왔다. 그는 회색 티셔츠와 농구 반바지를 입고 아디다스 고무 샌들을 신었다. 그가 정원에 웅크리고 있는 나를 발견했다. 천천히, 나는 일어섰다.

"여기서 뭐 해?" 그가 물었다. 스키 마스크를 쓰고 있는데도 나를 알아보았다. 결혼이란 이런 것이다.

나는 돌을 들고 그 자리에 서 있었다. 지난 여섯 달 동안 이런 순간을 상상했다. 그에게 하고 싶은 말이 너무 많았다. 남편은 계단을 내려와, 골목까지 6미터를 걸어가, 쓰레기를 수거용 쓰레기통에 넣고, 집으로 돌아왔다. 그리고 다시 문 앞에 멈춰 섰다. 우리는 서로를 쳐다보았다. 나는 돌을 바닥으로 떨어뜨렸다.

다음 날 아침, 나는 침대에서 꾸물거렸다. 아빠가 자기 베이글을 숯이 될 때까지 구웠다. 공기가 따뜻했다. 눈은 빨래 더미 같이 회색의 덩어리로 쌓여 있다가 녹았다. 뒷마당에 뿌려놓은 옥수수는 곰팡이가 생기며 광택이 사라졌다.

남편이 방충망으로 된 문을 잠그기 전에 나를 어떻게 쳐다봤는지가 떠올랐다. 방금 주차한 자동차를 흘긋 뒤돌아보는 듯한 눈빛이었다. 저기 있네, 하고 당신은 생각했겠지.

남편은 잠자리에 들며 간호사에게 내 이야기를 하지 않았으리라. 나는 거기 가만히 서 있었다. 몇 분 동안 사슴처럼 침묵을 지키며. 나 자신의 숨소리를 들으며.

아빠가 내 방문을 두드리며 "배고프니?" 하고 물었다. 나는 대답하지 않았다. 아빠는 너무 소심해서 허락받지 않고는 들어오지 않았다. 나의 변덕스러운 사춘기 시절에 받은 충격이 여전히 남아 있었다. 내 안에 잠이 남아 있기를 바라며 침대에서 두어 번 뒤척였다.

밤 11시에 거실로 갔다. 아빠의 컴퓨터를 켜고 내 이메일 계정에 접속했다. 젊은 사냥꾼에게서 '500달러 주면 할게요'라는 메시지가 와 있었다.

그만한 돈은 없다고 답장했다.

카펫 위를 뒹굴며 복근 운동을 몇 개 했다. 아빠가 거실로 들어와 등받이 없는 의자에 앉더니 나를 유심히 내려다보았다. 이제 나는 아빠의 책들이 어떤 느낌인지 알 것 같았다.

"얘야." 아빠가 말했다. "괜찮니?"

"괜찮아요." 내가 대답했다. 나는 윗몸일으키기를 하며 일부러 큰 소리로 셌다. 아빠가 나갔다.

새 메일이 도착한 소리가 났다. 나는 회전의자 위에 무릎을 꿇고 앉았다. 돈은 상관없어요. 젊은 사냥꾼이었다. 내기를 했어요. 반값에 해줄게요. 할래요?

저수지로 운전해 갔다. 젊은 사냥꾼이 친구 두 명과 함께 피크닉 구역에서 기다리고 있었다. 그들은 거의 똑같아 보였다. 다른 점은 머리카락 색과 옷의 체크무늬 색깔이었다. 모두 오리털 조끼를 입고 1.2리터짜리 버드와이저를 마시고 있었다. 젊은 사냥꾼이 아이스박스에서 하나를 꺼내 내게도 주었다. 나는 그 술이 그들에게 의미가 있어 보여서 받았다. 그들은 오직 나를 위해 한 병 더 산 것이 틀림없었다.

"정말 총에 맞으려고 하는 거예요?" 검은 머리 청년이 물었다.

나는 어깨를 으쓱했다. "이제 관심 없는데." 내가 대답했다. 청년들은 내 말에 실망한 것 같았다.

"하기 싫으면 하지 않아도 돼요." 금발 청년이 말했다.

"전 의대 예과생이에요." 검은 머리 청년이 말했다. "제가 상처를 치료할 수 있어요. 찰과상이라면."

"당연히 찰과상이지." 사냥꾼 청년이 말했다. "내가 말했잖아, 나 총 잘 쏜다고."

"그렇지만, 하기 싫으면 하지 않아도 돼요." 금발 청년이 되풀이했다.

약간 어지러웠다. 새로운 종류의 변태가 된 기분이었다. 맥주를 한 모금 마신 다음 나는 그냥 이야기나 하고 싶다고 말했다. 우리는 피크닉 탁자에 앉았다. 나는 청년들에게 그들이 잔 여자, 자고 싶은 여자, 정말 사랑했던 여자, 그리고 그들에게 상처를 준 여자에 관해 물었다. 그들 모두가 가슴 아픈 이별을 겪었다고 주장했지만 내용을 들어보니 피상적이고 진심이 담겨 있지 않았다. 여자를 홀리는 데 쓰려고 신중하게 연습한 이야기 같았다.

해가 낮아졌다. 날씨가 다시 추워져 나는 재킷의 지퍼를 올리고 일어섰다. 청년들도 일어섰다.

"집에 갈래." 내가 말했다.

"알았어요." 금발 청년이 말끝을 늘이며 대꾸했다.

"확실해요?" 사냥꾼 청년이 말했다. "저 진짜 명사수예요."

나는 생각했다. 아무렴 어때?

"그럼 빨리 해." 내가 말하자 청년들은 행동에 나섰다. 그들은 나를 댐의 배수로 벽 앞으로 데려가 팔과 다리를 사람 모양 진 저브레드처럼 벌리고 서 있으라고 했다. 눈가리개를 하고 싶은지 물었다. 나는 그렇다고 대답했다. 금발 청년이 자기 뒷주머니에서 노란색 두건을 꺼냈다. 조심스레 접어 내 눈을 가리고 부드럽게 묶었다. 바람 소리와 함께 멀리 고속도로를 달리는 자동차소리가 들렸다. 오늘이 크리스마스이브라는 사실이 떠올랐다. 아빠가 알고나 있는지 궁금했다. 이 일이 끝나면 아마도 청년들은 곧장 집으로, 자기 가족에게로 돌아갈 것이다. 저녁으로 햄을 먹고 마트에서 막판에 사서 형편없이 포장한 물건을 선물로 나눠 가질 것이다. 여자를 총으로 쏜 일에 대해서는 입도 벙긋하지 않을 것이다. 이 일은 아무와도 상관없는 우리만의 일이니까.

"준비됐어?" 청년 중 하나가 물었다.

나는 응, 하고 답한 후에야 그가 말을 건 사람이 내가 아니라는 사실을 깨달았다.

그 집의 박동하는 심장

The House's Beating Heart

우리는 마거릿이 지점토 반죽을 부엌 배수구에 쏟고 나서야 그 집의 박동하는 심장을 발견했다. 쿵쿵거리는 소리가 시작되었을 때 나머지 사람들은 2층의 자기 방에서 대학원 과제를 훑어보고 있었다. 쿵 하고 울릴 때마다 바닥에 깔린 나무판자가 흔들렸다. 얇은 벽이 떨리고 페인트 조각이 넓게 떨어져 나갔다.

　박동 소리를 따라가니 부엌의 잠겨 있는 찬장에 다다랐다. 집에는 그런 잠긴 옷장과 수납장이 수십 개나 있었다. 집주인이 자기 물건을 넣어놨다고 생각했지만 집세가 너무 싸서 불평할 수도 없었다. 게다가 불평을 늘어놓을 만큼 가까이 살고 있지도 않았다. 우리는 임대료를 그리스의 사서함으로 보냈다.

　싱크대 옆에 열쇠 뭉치를 모아둔 서랍이 있었다. 켈리가 맞는 열쇠를 찾을 때까지 찬장 자물쇠에 열쇠를 끼워 넣었다. 문이 열리니 거기에 작고 빨간 돌덩이 같은 심장이 있었다. 심장의 표면은 부드럽고 생생했으며, 부엌 불빛 아래서 희미하게 떨렸다. 우리는 경이로움에 사로잡혀 2초 동안 가만히 쳐다보았다. 그러다 심장이 부들부들 떨며 찬장 뒷면을 두드리자 켈리가 새된 비명을 지르며 문을 쾅 닫아버렸다.

분명 막힌 배수구가 심장에 영향을 끼쳐 박동을 더 힘겹게 만든 듯했다. 우리는 배관공을 불렀다. 그는 싱크대 앞에 무릎을 꿇고 앉아 배수구를 열더니, 뱀같이 긴 도구를 이리저리 흔들며 집의 동맥에서 신문지 반죽을 제거하기 시작했다. 작업이 진행되며 찬장 바깥쪽 누런 벽지에 손과 귀를 바싹 대야만 들릴 정도로 심장 소리가 점점 약해졌다. 배관공은 호기심이 별로 없어 보였고, 우리도 심장 이야기는 한마디도 하지 않았다. 그는 연장을 모으며 배수구를 조심히 다루라고 경고했다. 이렇게 오래된 집은 압력이 조금만 높아져도 파이프가 터질 수 있다고 말했다.

심장만 있었다면 우리는 괜찮았을 것이다. 심장 하나는 나름대로 매력적이니까.

일주일 뒤, 테레사가 논문 계획서를 쓰다가 잠시 한숨 돌리려 쿠키를 구웠다. 논문의 주제는 메타 언어학이고 내 전공은 아니었다. 그리고 위층으로 올라간 그녀는 인터넷에 빠져 화재경보기가 울릴 때까지 쿠키의 존재를 잊어버렸다. 내가 오븐을 열자 연기가 자욱하게 뿜어져 나왔다. 집은 기침하면서 빠르고 격렬한 지진처럼 경련했다. 바닥이 파도처럼 울렁거렸고 집의 기초가 쪼개졌다. 우리는 문틀에 매달려 손으로 연기를 내보냈다.

연기가 걷히고 우리는 폐를 발견했다. 섬세한 열대어 같아 보이는 옅은 자주색 주머니가 북쪽과 남쪽 벽 뒤에 뻗어 있었다.

전공인 문화기술학 논문을 위한, 관습을 거스른 퀼트를 만든 메노나이트 여성 그룹 대상의 인터뷰를 준비할 기분이 아니었던 나는 뇌를 찾으러 다락방으로 갔다. 먼지투성이 마루판을 들어 올리자 씰룩거리는 회분홍색 조직 덩어리가 드러났다. 지렛대 끝으로 찌르니 가벼운 전기 충격이 느껴졌다. 몽롱하고 기분 좋은 느낌이었다. 나는 뇌를 네 번 더 찌르고는 비틀거리고 침을 흘리며 계단을 내려왔다.

켈리는 20세기 영화와 문학에 나타난 지각 있는 주방용품에 대한 마르크스주의적 분석 논문을 쓰다가 교착상태에 이르렀다. 그녀는 계단 아래 좁은 공간에서 간을 찾아냈다. 그 공간에 낮잠을 자러 들어가 간의 가죽 같은 적갈색 표면에 몸을 기댔다. 몇 시간 뒤 그녀에게선 달콤하고 시큼한 피와 담즙 냄새가 풍겼다.

마거릿은 위층 복도 끝 흰색 페인트가 여러 겹 칠해진 수납장 문 뒤에서 식도를 발견했다. 그녀는 햄 세 장과 칠면조 고기, 다른 여러 가지 재료를 넣고 샌드위치를 만들어 어둡고 미끌미끌한 통 아래로 떨어뜨렸다. 몇 시간 뒤 우리는 뒷마당에서 반쯤 소화된, 토마토는 입에도 대지 않은 상태의 샌드위치를 발견했다.

우리는 이 집의 입은 어디에 있을지 궁금했다. 위장과 창자, 신장, 그리고 나머지 것들의 위치도 알고 싶었다.

집은 우리의 호기심으로 고통받았다. 위층 침실들이 차례대로 괴사했다. 영향을 받은 방은 고기 저장고처럼 차가워졌다. 그 후에는 벽이 회색으로 변하더니 점점 부서졌다. 전쟁터에서 나는 듯한 독특한 악취는 견디기 힘들 정도였다.

우리는 썩어가는 방을 꼭 닫고 거실 바닥에서 함께 잠을 잤다. 집의 박동하는 심장이 가까이 있었다.

11월에 우리는 모두 학사 경고를 받았다. 전부 집 탓을 했다. 밤낮으로 거대한 장기들이 주변에서 진동하고 있으니 우리가 집중하지 못하는 것은 당연했다.

우리는 집과의 전쟁을 시작했다. 간 한 조각을 잘라 양파와 함께 튀겼다. 신발처럼 질겼고 민들레 줄기처럼 쌉쌀한 맛이 났다. 식도에는 못을 던졌다. 뇌 깊숙이 팔꿈치를 넣은 다음 달걀을 젓듯이 휘저었다. 전등이 꺼지고, 난방이 고장 났다. 집의 뼈대가 휘청거리며 쪼개지려는 조짐이 보였다.

우리는 심장이 들어 있는 찬장을 열어 스테이크 칼로 붉은 조직 덩어리를 공격했다. 심장은 계속 박동하며 대량의 피를 쏟아냈다. 우리는 피로 뒤덮여 미끄러질 뻔했다. 리놀륨 바닥이 피의

무게 때문에 축 처졌다. 바닥이 무너졌다. 우리는 지하실의 위장 속으로 곧장 떨어졌다. 위장은 만두처럼 윗부분을 꼭 닫아 우리를 가뒀다.

손톱을 세우며 나가려고 애썼지만, 위장은 강했다. 위산이 피부를 녹이자 우리는 몸부림쳤다. 우리 몸의 근육이 녹는 동안 위장의 세포막을 통해 지하실에 있는 장기를 바라보았다. 기내용 가방보다 조금 더 큰 크기의 신장, 길고 꼬불꼬불한 결장, 돌돌 말려 있는 풍선껌 색깔의 창자가 보였다.

넝마처럼 되어 찬장 밖으로 굴러떨어졌어도, 심장은 계속해서 박동했다. 우리의 뼈가 가루가 되어 마당으로 배설된 뒤에도, 심장은 계속해서 박동했다. 땅이 녹고 우리의 뼛가루가 흙을 비옥하게 해 잡초가 사람 어깨높이까지 자라는 동안에도, 심장은 계속해서 박동했다. 천천히 집은 스스로 치유되었고 8월이 되자 가을 학기에 딱 맞춰 새로운 세입자를 받을 준비를 마쳤다.

걸 포인트의 축소 모형

A Scale Model of Gull Point

나는 파괴된 도시 '걸 포인트'의 56층짜리 전망대, '걸 포인트 첨탑'의 마지막 생존자다. 첨탑 꼭대기에서 내려다보면 플로리다 걸프 연안 매립지에 지어진 관광특구의 잔해가 보인다. 나는 한때 '건초 더미'라고 불린 고급 회전 레스토랑에서 살고 있다. 이 식당의 이름은 냅킨과 식탁 매트에 인쇄된 오글거리는 광고 문구를 위해 선택되었다. 바늘에서 건초 더미를 찾아보세요!* 식당은 더 이상 회전하지 않으며 바닥에서 천장에 이르는 창문은 총알 때문에 산산조각이 났다. 수돗물은 아직 나오지만 언제 끊길지 알 수 없다. 내 계산에 따르면 식당의 포로 중 여섯 명은 실종되었고, 열네 명은 조기 탈출 시도 끝에 심장마비, 헬리콥터

* 걸 포인트 첨탑의 영어 이름은 'Gull Point Needle'로, '건초 더미에서 바늘needle 찾기'라는 영어 속담을 이용한 말장난이다.

충격으로 사망했다. 시체들은 냉장창고 안에 쌓여 있다.

◀

　내 이름은 셸리 반 데 브룩이고 애칭은 셸, 미혼 시절 성은 도
너건이다. 조각가이지만 대학원 이후로 많은 주목을 받지는 못
했다. 브루클린과 템피에서 전시회를 열었고 시카고에서 그룹
전도 몇 번 했다. 내 이력서는 2011년 남편 롤런드 반 데 브룩,
일명 로드의 주장대로 공립학교 미술 교사가 된 이래 멈춰 있다.
예술가로서의 실패에 대해 로드를 비난하는 건 아니다. 로드가
아니었어도 나는 아마 똑같은 결정을 내렸을 것이다. 그의 상대
적인 부유함은 내 교사 월급으로는 할 수 없는 사치스러운 생활
을 가능하게 해주었다. 나는 유기농 농산물을 먹고, 수입 화장품
을 쓰고, 일리노이주 휘턴시에 있는 식민지풍 벽돌 주택에 살면
서 나의 성공한 예술가 친구들에게서 구입한 작품으로 그 집을
장식했다.
　건초 더미 식당에서의 식사는 무료였다. 걸 포인트 비극의 원
인 제공자인 샌디 솔즈 유한회사가 주최한 경품 행사에서 딴 관
광 상품에 포함되어 있었다. 경품 행사는 내가 인터넷으로 새 학
기에 사용할 화이트보드 펜을 사고 있을 때 팝업 광고로 떴다.
어렸을 때부터 걸 포인트에 관한 이야기를 들었다. 그곳은 꿈속

에나 나올 법한 장소로, 법을 잘 지키지 않는 혼란스러운 도시였다. 반도에 위치해 지리적으로는 미국에 속했지만 자치권을 가졌으며, 몰타의 회사가 운영하고 있어 미국의 법률과 규정에서 면제되었다. 사람들이 파티와 섹스를 즐기러 가는 곳이었고, 천박하지만 기본적으로는 무해한 장소, 약간 더 거친 라스베이거스 같은 도시였다. 그러나 최근 언론을 통해 이 도시의 만연한 타락상이 드러났다. 그래서 나는 경품 행사가 관광객을 다시 도시의 울타리 속으로 끌어들이기 위한 구애 캠페인의 일부라고 생각했다. 당첨되었을 땐 운이 좋다고 생각했다. 리노의 슬롯머신에서 잭팟을 터뜨렸을 때와 같은 흥분을 느꼈다. 하지만 지금 돌이켜 보니 당첨 확률이 내 생각보다 높지 않았을까 싶다.

로드는 쿠데타가 일어날 가능성이 있다며 여행을 거절했다. 그는 최근 〈뉴욕 타임스〉의 폭로 기사를 언급했는데, 나도 그 기사를 읽었다. 걸 포인트의 주민들은 수십 년 동안 고통을 겪어왔고 내 여행이 그 고통에 일조하리라는 사실을 알았다. 그러나 나는 이런 경품에 당첨된 적이 한 번도 없었다. 또 나에게도 여전히 반항의 불꽃이라든가 위험을 감수하는 욕망 같은 것이 존재한다는 것을 증명하고자 무슨 일이 있더라도 가기로 결심했다. 나는 로드보다 열다섯 살이 어렸다. 나는 예술가였고, 아니면 적어도 그를 만났을 때는 그랬다. 남편이 순종적인 아내를 원했다면 한결같이 그를 숭배하는 자기 회사의 여성 관리자 중 한 명을 골랐어야 했다.

걸 포인트의 상황은 내 예상보다 나빴다. 호텔과 식당 노동자들은 일주일 전 파업에 돌입했고 탬파에서 온 배신자들이 대신 일했다. 호텔에 도착했을 때 나는 피켓을 든 사람들을 통과해야 했다. 모여 있던 노동자들은 택시가 천천히 지나갈 수 있게 길을 터주었다. 그들이 계속 부드럽게 창문을 두드려서 나는 기분이 더 나빠졌다. "여기서 뭐 하는 거예요?" 한 젊은 여자가 정말 의아한 듯이 차창 너머로 물었다. 곧 택시 기사가 경찰이 바리케이드를 치고 있는 호텔 입구의 정차 장소에 차를 세웠다. 체크인하는 동안 폭발음이 들리고 건물 정면이 흔들렸다. 프런트 데스크의 직원은 내가 움찔하는 모습을 보고 사과했다. "불꽃놀이예요." 직원이 믿기 어려운 이유를 댔다.

걸 포인트가 세워진 후 샌디 솔즈사는 인생에 선택권이 별로 없는 사람들, 그러니까 의료비나 학자금 빚에 파묻힌 사람, 성범죄자, 전과자 같은 사람들을 노동자로 뽑았다. 이 추방자들은 걸 포인트에 정착해 가족을 이뤘고, 그들의 다음 세대는 음울한 눈을 하고 피부에는 종기를 단 채 기념품 가판대에서 일했다. 오후 산책 시간에 그들 옆을 지나칠 때면 왠지 오싹한 느낌에 몸서리가 쳐졌다. 나는 다른 관광객, 주로 길거리 상인에게서 싸게 산 고급술을 마시고 있는, 카키색 반바지와 로고가 그려진 티셔츠 차림의 백인 본토 관광객을 경멸했다. 여행 기간을 줄일

까도 고민했다. 하지만 나는 휴식을 누릴 자격이 있었다. 지옥에 왔다 하더라도 최소한 나는 여기서 노예처럼 일하는 사람들과 달리 2박 3일 뒤에는 떠날 수 있는 특권이 있었다. 심지어 집에 돌아가 걸 포인트의 실상에 관해 이야기를 펼치는 상상도 했다. 순진하게도 이 여행이 오랜 잠에 빠진 내 예술성을 깨우는 영감을 줄지도 모른다고 생각했다. 뭐, 내가 바라던 대로는 아니지만, 내 생각대로 되기는 했다.

그날 저녁, 나는 건초 더미 식당으로 갔다. 샌디 솔즈사가 제공하는 경품인 관광 상품에 이곳에서의 식사가 포함되어 있었다. 돌이켜 보면 시민 폭동이 일어나는 가운데 고층 빌딩 꼭대기에서의 식사는 나쁜 생각이었다. 승강기를 타자 나는 단순히 거리에서 들리는 시끄러운 폭발물 소리를 피할 수 있어 기뻤다. 걸 포인트의 레스토랑 대부분과 마찬가지로 건초 더미 식당의 기존 직원들은 파업 중이었다. 본토에서 온 새로운 직원들이 최선을 다하고 있었지만, 이 식당에 대해 잘 모르는 것이 분명했다. 서비스는 느렸고 내 옆의 다른 손님들이 불평하기 시작했다. 안 좋은 예감에 배 속이 싸늘해졌다. 내 주문을 받은 여자가 주방 문 근처에 지배인과 나란히 서서 휴대전화를 들여다보는 모습이 보였다.

오후 9시쯤 불이 꺼졌다. 메인 요리인 구운 닭고기를 다 먹어 갈 무렵이었다. 전망대를 돌리던 전기모터의 전원이 나가면서 식당은 정적에 휩싸였다. 내 식탁은 도시가 내려다보이는 북쪽에서 멈췄다. 나는 걸 포인트의 불빛들이 몇 블록씩 차례대로 깜박이며 꺼지는 광경을 보았다. 그러다 엄지손가락 모양의 곶 전체가 깜깜해져 바다와 구별할 수 없게 되었다. 직원들이 급히 달려와 식탁마다 배터리로 작동하는 양초를 놓았다. 매니저는 어차피 곧 녹을 게 뻔한 아이스크림을 공짜 디저트로 돌리며 손님들을 달랬다.

로드가 전화를 걸어 무슨 일이 일어나고 있는지 알려주었다. 그는 CNN으로 벌어지는 상황을 지켜보았다. 내가 머무르는 랜드로바 호텔 객실에 관광객들이 인질로 잡혀 있었다. 반군이 플로리다로 통하는 동쪽 도로를 봉쇄하면서 주로 해상으로 긴급 대피가 진행되었다. 로드가 우려했던 대로 폭동은 꼼꼼하게 계획되고 조직된 듯 보였다. "내가 때가 안 좋다고 했잖아." 그가 말했다. 나는 입안이 바짝 마른 채 그 순간 남편이 다른 유형의 사람이었으면 하고 바랐다. 배터리를 아껴야 한다고 말하며 서둘러 전화를 끊었다. 그게 통신이 끊기기 전 남편과의 마지막 통화였다.

나는 두려운 마음을 아이스크림과 함께 삼켰다. 다른 사람들은 숨죽인 채 창문 근처에 모여 격자무늬의 어두운 도시에서 불난리가 나는 모습을 바라보았다. 하나둘씩 거대한 하얀 유람선이 경적을 울리며 항구를 빠져나갔다. 물론 우리 중 누구도 건조

더미 식당에서 밤을 보내고 싶지 않았지만, 매니저는 지상보다 여기가 더 안전하다고 주장했다. 우리는 해변 산책로의 대관람차와 롤러코스터가 화염에 휩싸이는 광경과 걸 포인트의 거리에서 어렴풋이 들리는 기관총 소리 때문에 그 말에 설득당했다. 몇몇 직원들이 식탁과 의자를 계단실 문 앞에 쌓아 올렸다. 실제로 방어에 도움이 된다기보다는 상징적인 행동으로 보였다.

몇 시간이 지났다. 어느 순간, 크고 붉은 얼굴의 남자가 계단실 근처에 대기하던 웨이터에게 다가가 나가게 해달라고 요구했다. 웨이터는 어깨를 으쓱하더니 마음대로 하라고 대답했다. 붉은 얼굴의 남자는 가구 바리케이드를 잠시 바라보더니 슬그머니 아내에게로 돌아갔다. 그 시점에서 우리의 선택 사항은 분명했다. 건초 더미 식당에 머물거나, 거리로 나가 운을 시험하거나. 우리는 남은 식탁을 뒤집어 잠을 자기 위한 개인 요새로 만들었다. 납땜으로 고정된 창문이 열리지 않아서 에어컨이 작동하지 않자 식당 안의 더위는 이내 참을 수 없을 정도가 되었다. 억류된 사람 중에는 알래스카행 크루즈에서 온 네 명의 나이 많은 과부도 있었다. 그중 한 명이 첫날 밤에 더위와 스트레스를 견디지 못해 사망했다. 그녀의 이름은 보니 네빌이었다. 시신은 식탁보로 싸서 건물 로비에다 두었다. 아침에 남자 두 명이 자원하여 그녀를 56층 아래로 옮겼다. 20분 뒤 돌아온 남자들은 계단을 오르느라 힘든 가슴을 들썩거리며 로비 바로 밖에서 벌어지는 격렬하고 잔인한 총격전에 대해 말해주었다. 들키지 않으려 서둘러 돌아왔다고 덧붙였다.

이 지경이 되었어도 우리는 첫날 아침에 기분이 좋았다. 심지어 나머지 할머니들도 보니의 죽음을 담담하게 받아들이며 불과 며칠 전에 그녀를 배에서 처음 만났다고 설명했다. 우리는 당국이 개입해 걸 포인트의 질서를 회복하는 데 오랜 시간이 걸리지 않으리라 생각했다. 그동안 요리사가 푸짐한 브런치를 준비했다. 우리는 찐 오징어, 새우 시저샐러드, 안심 스테이크, 훈제 연어와 같이 냉장하지 않으면 안 되는 음식을 양껏 먹었다. 따듯한 진과 김빠진 토닉 워터를 마시며 햇빛이 비치는 카펫 위에 누웠다. 나는 술에 취해 더스틴이라는 유부남 서퍼에게 추파를 던졌는데, 그는 정중하게 무시했다.

저녁 무렵이 되자 우리는 소화도 다 되고 술도 깼다. 목소리가 큰 사람들이 첨탑에서 탈출할 계획을 의논하기 시작했다. 생존자 중 다섯 명이 자정에 떠났다. 그중 네 명은 인디애나 대학교의 학생이었다. 다섯 번째 사람은 제시 체임벌린이라는 직원이었다. 우리는 그 학생들을 다시는 보지 못했다. 아침이 되어 나는 비명 소리에 잠에서 깼다. 제시의 시체가 배를 드러낸 채 이웃 고층 빌딩 첨탑에 꿰어져 있었다.

그 후로는 아무도 탈출을 들먹이지 않았다. 이제 우리는 조용히 포기한 채 구조되기만을 기다렸다. 게다가 우리는 건초 더미 식당에 머물게 된 것이 행운이라고 여겼다. 좋은 위치에서 식당 소유의 쌍안경을 사용해 걸 포인트의 거리에서 벌어지는 무정부 상태를 지켜볼 수 있었다. 우리는 가로등 기둥에 묶인 관광객들을 보았다. 젊은 노동자들이 오랫동안 그들의 노동력을 착취해온 기념품 공장의 창문을 박살 내는 광경을 보았다. 또 방독면을 쓴 남자들이 한 호텔에서 나오고, 잠시 뒤 그 건물 한구석에서 불길이 치솟는 광경도 보았다. 나는 한 무리의 혁명가들이 계단을 올라와 계단실 문을 부수고 들어온 다음, 우리를 학살해 첨탑 안이 피로 가득 차는 상황을 상상했다. 셋째 날 아침, 제시의 시체가 사라진 것을 발견하고 우리는 안도했다. 아마도 시체는 뼈에서 분리되는 고기처럼 더위에 썩어 첨탑에서 떨어졌을 것이다.

다른 할 일도 없었기에 나는 마침내 예술로 눈을 돌렸다. 셋째 날, 주방에 몰래 들어가 하릴없이 죽음을 기다리는 대신 조각할 재료를 찾았다. 대용량 크기의 알루미늄포일 다섯 상자와 이쑤시개 네 상자를 찾아 식당의 비어 있는 남쪽 구역으로 가져갔다. 알루미늄포일로 나 자신과 더스틴, 과부 할머니들, 매니저, 대학생 애들, 그리고 식당 직원들의 모습을 공들여 만들었다. 그러고는 첨탑 그 자체를 만들기 시작했다. 지름이 약 30센티미터가 되게 전망대 모형을 만들고, 오후 내내 이 모형을 지탱할 약 120센티미터 길이의 기둥을 조립했다. 사람들이 와서 내가 팁을 위해 공연하는 거리 예술가인 양 나를 구경했다. 포일로 만든 첨탑이 구조적으로 온전할지 의심스럽다는 말을 큰 소리로 떠들어댔다. 그러나 내가 이쑤시개로 중심기둥을 받치자 포일로 만든 가구와 우리 각자에 해당하는 인형들로 전망대 안을 조심스럽게 채우는 동안에도 첨탑은 똑바로 서 있었다. 모두 이 작업에 깊은 인상을 받았다. 그 결과 나는 두 명의 과부 할머니, 멜라니와 레베카를 조수로 채용할 수 있었다. 그들도 나처럼 첨탑에서의 체류 생활이 어떻게 끝날지 생각하지 않아도 되는 다른 할 일이 생겨 행복해했다. 나는 두 사람에게 포일을 단단한 끈처럼 꼬는 방법과 액체 금속으로 주조된 것처럼 작은 모형의 이음새를 숨기고 가장자리를 매끄럽게 하는 방법을 보여주었다. 나는 걸 포인트의 전체 도시 모형을 만들기로 결정하고 할머니들에게 북쪽 창문을 내다보며 그들이 만들고 싶은 지역을 고르라고 권유했다.

레베카와 멜라니는 일곱 번째 밤에 희생되었다. 헬리콥터가 북쪽 창문 앞을 맴돌 때, 우리 모두 마침내 건초 더미 식당을 구하러 주 방위군이 왔다고 생각했다. 다른 사람들이 창문의 눈부신 전조등 앞에서 팔을 들어 항복의 깃발인지 축하의 상징인지 모를 냅킨을 흔드는 동안, 나는 포일을 들고 웅크려 있었다. 그 밤은 끔찍했다. 멜라니가 "왜 아무 행동도 하지 않지?"라고 말하자마자 헬리콥터가 발포를 시작해 여덟 명을 죽이고 네 명에게 치명상을 입힌 일이 떠오른다.

그러고 나니 나와 더스틴, 그리고 코스 요리사 앤서니만 남았다. 우리는 주방에서 밤을 보내며 울고 말다툼하고 잠긴 찬장 안에서 찾은 술을 마셨다. 아침이 되자 남자들은 열두 구의 시신을 전부 냉장창고로 끌고 갔다. 우리는 헬리콥터가 곧 다시 급습하리라 예상했지만, 그런 일은 일어나지 않았다. 그래서 살며시 식당으로 돌아와 총알구멍 사이로 들어오는 신선한 공기를 맘껏 들이마셨다.

그날 밤늦게, 더스틴이 내 잠자리 옆에 웅크리고 앉았다. 그리고 술에 취해 내가 가능한 살아남을 수 있게 최선을 다하겠노라 약속했다. 부적절할 만큼 친밀하고 이상한 연설이었다. 어쩌면 그는 나를 자기 아내나 딸들 중 한 명의 대용품으로 여겼는지도 모르겠다. 다음 날 아침, 잠에서 깼을 때 더스틴과 앤서니는 사라지고 없었다. 그 후로 일주일인가 이 주일이 지났다. 나는 더 이상 날짜를 세지 않았다. 이것이 지금까지 일어난 일이다.

나는 매일 아침 휘턴으로 돌아온 줄 착각하고는 허둥지둥 잠에서 깼다. 그런 뒤 곧바로 따가운 카펫, 불타는 도시의 연기 냄새, 거대한 포일 모형 표면에 반짝이는 햇빛에 안도하며 현실로 되돌아왔다. 내 작업물은 이제 남쪽 창문에서 계단실 문까지 식당의 절반을 채웠다. 도시 풍경 안에서 나는 확대경 아래 더 큰 비율로 만든 에피소드를 배치하는 방식으로 여러 장면을 만들기 시작했다. 감옥에 갇히거나 자녀를 국가에 빼앗길지도 모른다는 위협 아래, 뜨거운 글루건으로 벨벳 안감을 댄 보석 상자에 작은 조개껍데기를 붙이는 노동을 하루에 열네 시간씩 강요받는 노동자가 일하는 기념품 공장을 만들었다. 또 관광객이 젊은 현지인과의 성관계에는 제3세계 요금을, 미성년자를 상대로는 조금 더 높은 요금을 지불하는 매춘업소를 만들었다. 이런 관행을 시 당국은 거세게 부인했지만, 여러 차례의 잠복 수사를 통해 사실로 밝혀졌다. 나는 그랜드 카지노와 마약 시장 모형, 티셔츠를 생산하는 노동 착취 공장의 복잡한 지하조직 모형도 만들 계획이었다.

매일 아침 나는 모형 주변을 천천히 걸으며 무엇이 더 필요한지 살폈다. 오늘은 개싸움 때문에 잠시 발걸음을 멈췄다. 발가락을 걸 포인트의 넓은 대로 사이에 끼워 넣으며 조심스럽게 쪼그려 앉았다. 주둥이가 긴 개의 귀를 바로잡았다. 개 두 마리는 달려들기 직전의 자세였고, 개들의 뒷발은 밀가루 반죽으로 바닥에 붙어 있었다. 개싸움을 시키는 남자 한 명의 표정이 만족스럽지 않았다. 그는 다른 인물들보다 덜 정교하게 만들어진 데다가 가냘픈 몸은 한쪽으로 기울어져 있었다. 그를 에피소드 장면에서 꺼냈다. 이 남자를 오늘 작업할 인물 중 하나로 정했다. 남자의 얼굴을 기뻐하며 잔인하게 웃는 표정으로 바꾸었다.

식당 동쪽에 작업대를 설치했다. 빛이 잘 들고 창밖으로 넓고 탁한 만 건너 본토 교외 지역의 평범한 풍경이 보였다. 죽은 여자들의 가방에서 족집게, 손톱깎이, 투명 매니큐어, 치실, 돋보기안경 같은 여러 유용한 물건을 챙겼다. 쉬지 않고 몇 시간씩 작업했다. 완성된 에피소드에서 꺼낸 대여섯 개의 인물 모형을 다시 고쳤다. 그러고는 한 여성이 모텔 침대에 엎드려 누워 있는 장면을 새롭게 만들기 시작했다. 그녀 위로는 두 명의 아마추어 외과 의사가 해외 암시장에 내다 팔 신장 하나를 꺼내려 몸을 구부리고 있었다.

저녁이 다 되어서야 끝이 났다. 걸 포인트 북쪽 변두리에 옹기종기 서 있는 싸구려 모텔 지대로 이 장면을 조심스레 옮겼다. 일단은 배치가 만족스러워 여자 화장실로 가 소변을 보고 물잔을 다시 채웠다. 세면대 손잡이를 돌리자 수도꼭지에서 꾸르륵하는 소리가 났다. 수도꼭지 주둥이에서 물 몇 방울이 떨어지더니 공기만 새어 나왔다.

나는 목욕을 하거나 더울 때 세수를 하며 많은 물을 낭비했던 초반 며칠을 부끄러운 마음으로 떠올렸다. 몇 주간 계속된 화재로 인해 재가 덮인 머리 위 채광창으로는 이제 흐릿하고 음침한 빛만 겨우 들어왔다. 거울 속 내 얼굴은 재와 피지로 더러웠고, 입과 눈 주위 근육은 사용하지 않아 축 늘어졌다. 회색 탱크톱은 땀과 기름때로 얼룩덜룩한 데다 밑단마저 조각품에 쓰려고 실을 뜯어내 너덜너덜했다. 살이 빠져 가슴뼈가 튀어나왔고, 햇빛 아래 하루 종일 작업하느라 어깨는 빨갛게 익어 껍질이 벗겨졌다. 하지만 나는 내가 자랑스러웠다. 무너져가는 건물 처마 밑에 몸을 숨겨 고난을 딛고 살아남은 야생동물처럼 느껴졌다.

수돗물이 끊기는 상황은 예상했지만, 곧 첨탑에서 나가야 한다는 생각으로 이어지자 다시 불안해졌다. 나는 여자 화장실과 남자 화장실 세면대를 하나하나 확인했다. 전부 다 똑같이 꾸르륵거리는 죽음의 소리를 내뱉었다. 주방 싱크대도 확인해야 한다고 생각하자 위장이 출렁거렸다. 냉장창고가 무덤으로 변했을 때부터 주방에 들어가지 않았다. 마음을 가다듬은 뒤 숨을 참고 뛰어 들어가 수도꼭지 손잡이를 돌렸다. 다시 공기가 압력에 밀려 나오고 햇볕에 데워진 따뜻한 물 몇 방울이 손바닥에 떨어졌다. 시체 썩은 냄새가 온몸을 감쌌다. 나는 식당으로 달려 나와 깨진 창문 앞에 서서 신선한 공기로 폐와 모공을 씻어냈다. 두근거리던 심장이 원래대로 돌아오자 남아 있는 물의 양을 헤아렸다. 건초 더미에서의 둘째 날, 우리는 물 공급이 머지않아 끊길 거라 예상하고 모든 용기에 물을 채웠다. 아직 약 4리터 크기의 주전자 두 개, 2리터짜리 물병 세 개, 가장자리까지 채워진 냄비와 프라이팬 여러 개, 그리고 탄산음료 캔 대여섯 개가 남아 있었다. 조심하면 몇 주는 충분히 버틸 만큼 많은 양이었다.

해가 지고 있었다. 나는 저녁을 서쪽 창문 앞 식탁으로 가져갔다. 숟가락 끝으로 어젯밤에 연 2.8킬로그램짜리 콩 통조림 뚜껑을 다시 젖혔다. 콩을 입에 넣는데 뭔가 기분이 나빠지며 가슴속에 찌릿한 감각이 흘렀다. 도시가 조용해졌다는 사실을 깨달았다. 거리에서는 몇 주 동안 전투가 맹렬히 계속되었다. 그동안 주 방위군은 시민을 제압하고 그들을 장갑차와 스쿨버스에 태워 걸 포인트 밖으로 실어 날랐다. 나는 그 자리에서 처형되는 사람들도 보았다. 폭발음, 사이렌, 그리고 끝없이 이어지는 총격 소리가 들렸다. 홀로 켜져 있는 TV 소리 같았고 그 흐릿한 소음 덕분에 혼자 있어도 덜 외롭게 느껴졌다. 그런데, 지금은, 아무 소리도 들리지 않았다. 언제 멈췄지? 쌍안경으로 도시를 훑어보았다. 거리가 텅 비었다. 화재는 모두 진압되었고 연기가 걷혔다. 걸 포인트의 반역자는 이제 완전히 소탕되었고 빈껍데기만 남은 건물과 쓰레기, 탄피, 유리 조각이 흩어진 넓은 거리만이 남았다. 나는 태양이 구부러진 수평선 뒤로 떨어지고 너무 어두워서 보이지 않을 때까지 땅 위에서 움직임의 흔적을 찾았다.

남자들이 떠난 후 처음으로 공포에 휩싸였다. 한때 존재했던 도시의 모형을 만드는 데 몰두하는 동안, 첨탑 밖에서는 사태가 가속화되어 절정에 다다랐다가 섬뜩한 막간에 들어간 듯했다. 나는 로드를 생각했다. 그러자 마음속이 남편을 행복의 장애물로 취급한 죄책감과 가꾸기를 거부했던 애정으로 가득 찼다. 하지만 실제로는 내가 장애물이었고 로드는 핑계에 불과했다. 나는 그의 촌스러운 태도가 주는 안락함, 직접 한 요리를 먹은 뒤 매일 밤 함께 TV나 보며 만족하는 생활에 굴복했다. 시간이 지나면서 로드는 우리의 나이 차이를 더 불안하게 여겼다. 자신을 비참하게 만드는 과감한 다이어트와 주스 디톡스 요법을 시작했다. 또 지난가을에는 지하실에 직접 헬스 기구를 설치했다. 젊은 남자가 내게 접근할지도 모른다는 망상을 떨치기 위해 자기 몸매를 다듬으려 했다. 그는 내가 자신의 손아귀에서 빠져나갈지도 모른다는 두려움을 숨기기 위해 늘 거친 남성성을 휘둘러댔다. 그리고 지금, 어쨌든 이런 일이 일어났다.

마지막 순간까지 로드는 내가 정신을 차리고 여행을 취소하길 바랐다. 나는 델타항공 터미널 밖 도로변에서 차 안에 탄 로드에게 키스하며 여전히 그가 마음을 바꿀 시간이 있고, 만약을 위해 경품에 포함된 그대로 두 개의 자리를 예약했다고 말했다. 로드는 고개를 저으며 너무 늦었다고, 휴가를 내지 않았다고 대답했다. 화가 녹아내렸다. 로드가 같이 가지 못해서 실망했지만, 더 강하게 밀어붙였더라면 그가 기꺼이 함께했을 거라 생각하니 슬퍼졌다. 내가 너무 빨리 포기해서 그에게 상처를 입혔을지, 그는 내가 더 고집부리기를 기대했을지, 그리고 내가 그렇게 하지 않아 우리 사이의 거리를 드러낸 것은 아닐지 궁금했다. 돌이켜 보면 그 순간 로드에게 더 연약한 내 모습을 보여주고 그동안 못했던 말을 다 했으면 좋았으리라.

내 마음을 더 드러냈더라면 로드가 나와 함께 왔을지도 모른다. 그리고 그건 엄청난 재앙이 되었을 것이다. 로드는 어설프게 상황을 통제하는 모습을 보이려고 첫 번째 그룹과 함께 떠났다가 금방 죽어버렸을 것이다. 아니면 같이 남아 있으면서 내가 가치 있는 무언가를 창조하지 못하게 막았거나.

이제 나는 탈출 기회를 놓친 게 아닐까 걱정되었다. 어쩌면 더 이상 생존자를 찾는 사람이 없을지도 몰랐다. 생존 확률이 더 줄어들기 전에 아침이 되면 첨탑을 떠나기로 결심했다. 여기서 내가 한 일, 내가 만든 모형에 관해 기록을 남기고 싶었지만 내 휴대전화는 이미 꺼진 지 오래였다. 어차피 휘턴에서 다시 만들 수 있을 것이다. 지금은 집에 가서 남은 인생을 추스를 시간이었다. 이렇게 결심하자, 불안감이 사그라들었다. 식탁보로 만든 둥지에서 잠에 빠져들 때, 포일이 형태를 잡아가며 바스락거리는 소리가 들렸다.

그런데 아침이 되어 조형물을 살펴보니 아직 부족한 게 너무 많다는 생각이 강하게 들었다. 북쪽 스카이라인에는 중요한 빌딩 몇 개가 빠져 있었다. 해변 산책로의 놀이기구는 모양을 좀 고쳐야 했다. 이제 보니 많은 부분이 엉성하고 잘못 구상되어 있었다. 특히 재료로 쓰인 포일에 익숙하지 않았던 초기 작품들이 그러했다. 햇볕이 내 우울함을 쫓아버렸다. 나는 이 작업을 어서 끝내고 싶었다. 이 예술 작품을 보는 사람이 나밖에 없다 할지라도 할 수 있는 한 완벽에 가깝게 완성할 것이다. 나는 영감이 얼마나 덧없는지 알았다. 그래서 이 열정을 낭비하고 다시는 회복하지 못할까 두려웠다.

시간 가는 줄 모르고 작업에 열중했다. 오후가 되자 먼 곳에서 희미하게 쿵쿵거리는 소리가 들리고 진동이 느껴졌다. 때마침 밖을 내다보니 벽돌로 된 공장 건물 중 하나가 흔들리다가 이쪽을 향한 벽이 썩은 호박처럼 무너져 내리는 게 보였다. 내가 모형에 정신이 팔려 있는 동안 걸 포인트로 몰려온 크레인과 불도저가 노란 동물 떼처럼 이곳저곳에 흩어져 있었다. 도시는 이제 잘근잘근 씹히며 무너져갔다. 수돗물이 끊긴 일이 전조였을까. 일단 지상의 모든 것을 파괴한 후 샌디 솔즈 유한회사는 묻혀 있는 파이프와 전선을 캐내고 도시의 지하 기반 시설도 산산이 부술 것이다. 이곳에서 미래의 고고학자들은 어떤 범죄의 증거도 발굴하지 못할 것이다.

일주일 만에 해변 산책로가 사라졌다. 그곳의 놀이기구와 길거리 게임장, 바가지를 씌우는 해산물 식당과 고층 호텔도 사라졌다. 카지노와 공장 건물도 납작해져 보이지 않았다. 바퀴 모양의 샌디 솔즈 사택 단지도, 화려한 가짜 대리석 외관 뒤로 시청 테마의 매춘업소만 있을 것 같이 생겨서 사람들을 우롱하던 정부 건물도 없어졌다.

나는 물을 신중하게 나눴다. 하루에 세 잔씩, 정해진 시간마다 조금씩 마셨다. 그러면서 나 자신에게 계속 속삭였다. 하루만 더, 한 장면만 더, 이것만 끝나면 떠나자. 그러나 한 장면을 완성할 때마다 새로운 다섯 장면에 대한 아이디어가 떠올랐다. 게다가 집으로 돌아가는 여정은 나를 겁에 질리게 했다. 검문소까지 남쪽으로 16킬로미터는 걸어야 했고, 또 대피하는 데 왜 이렇게 오래 걸렸는지도 설명해야 했다. 처음에 나는 국가의 적, 길을 잃은 관광객으로 위장한 한 명의 반란군이라고 의심받을 것이다. 신분이 확인된 뒤에도 비행기 탑승이 가능하기는 할지 모르겠다. 나는 지금 더러운 데다 거의 헐벗고 있다. 아마도 일종의 난민 복장, 기념품 셔츠와 어울리지 않는 카키색 반바지를 지급받을 것이다. 로드가 시카고의 오헤어 공항까지 나를 데리러 오고, 우리는 집으로 돌아가 그의 구석기 다이어트 식단에 맞춰 준비된 식사를 할 것이다. 타코를 변태적으로 따라 한 모조품 같은 요리, 생양배추 잎에 싼 닭고기 같은 것 말이다. 로드는 내가 생존해서 기쁜 자신의 마음을 보여주려 성관계를 갖자고 우길 것이다. 그리고 그 모든 일이 끝나면 나는 정원 창고 겸 작업실로 가서 이제는 아무 의미도 없는, 내가 결코 끝내지 못할 작품들을 속절없이 바라볼 것이다.

그 과정의 모든 단계가 두려웠다. 그래서 첨탑에 남았다. 모형은 점점 더 정교해졌고, 스스로를 거기서 떼어놓기가 점점 더 어려워졌다. 발아래 있는 도시는 나란히 한 블록씩 차례대로 파괴되었다. 파괴의 물결이 첨탑을 향해, 남쪽으로, 체계적으로 밀어닥쳤다.

◀

마침내 어느 날 아침, 나는 북쪽 창문 앞에서 걸 포인트가 사라진, 잘 빗질한 회색 두개골 같은 지상을 내려다보았다. 내 뒤편에는 지금은 더 이상 존재하지 않는 도시의 완벽한 축소 모형이 펼쳐져 있었다. 끝내 나는 만족스러웠다. 이제 집에 갈 시간이었다.

내가 지갑, 집 열쇠, 휴대전화, 더 이상 존재하지 않는 랜드로바 호텔의 마그네틱 카드 키 같은 보잘것없는 소지품을 모아 가죽 가방에 담고 있을 때, 우르르 계단을 올라오는 발소리가 들렸다. 나는 얼어붙어서 한 손은 여전히 가방 안에 넣은 채 허리를 굽혔다. 화장실에 숨거나 주방으로 들어가 시체 곁에 몸을 숨기고 침입자들이 떠나기를 기다릴 수도 있었다. 그러나 그들은 너무 가까이 있었고 너무 빨리 왔다. 내가 움직이기도 전에 문이

쾅 하고 열리며 의자로 만든 바리케이드가 와르르 무너졌다. 전투복 차림의 군인 하나가 들어오고 그 옆으로 똑같은 복장의 남자 예닐곱 명이 따라 들어와 섰다. 그 뒤로 비싸 보이는 회색 정장을 입은, 몸집이 작은 40대 여자가 섰다. 군인들은 나를 보자 권총을 들어 올렸다. 그들이 여자를 보호하려 뒤로 밀었지만 그녀는 팔꿈치로 밀쳐내며 앞으로 나와 나에게 소리쳤다. "당신 누구야? 여기서 뭐 하는 거야?" 그러고는 잠시 머뭇거리더니 다시 외쳤다. "도대체 이 끔찍한 냄새는 뭐야?"

군인 두 명이 나를 강제로 땅에 쓰러뜨렸다. 나를 엎드리게 하고는 팔을 비틀어 등 뒤로 당겼다. 찌릿한 통증이 가슴근육을 따라 흘렀다. 차가운 수갑이 내 손목을 물어뜯었다. 다른 군인들은 총을 든 채 식당 안으로 흩어졌다. 그동안 여자는 내가 누구이며 왜 여기 있는지 대답을 요구했다. 그들을 진정시키고, 나를 정중하게 대하게 하고, 살아 있는 세상으로 다시 나가기 위해 내가 해야 할 말은 잘 알고 있었다. 그러나 그 말들은 목구멍에 걸리고 젖은 성냥불을 켤 때 나는 치지직 소리처럼 부질없는 말만 새어 나왔다. 군인 하나가 내 머리카락을 손으로 움켜쥐고 머리를 카펫에다 눌렀다. 나는 그들의 발이, 황갈색 전투화와 검은색 벨벳 플랫슈즈가 무심하게 내 조형물을 짓밟는 모습을, 모형 인물들을 납작하게 밟아버리는 모습을 바라보았다. 의식을 잃기 직전, 내가 바란 오직 한 가지는 이 마지막 장면을 만드는 것이

었다. 이제야 알게 된 내 모형의 핵심이자 마지막까지 숨겨져 있
던 비밀스러운 심장부를.

몽유병자와 데이트하기

Dating a Somnambulist

어느 날 밤, 남자 친구가 자면서 부엌으로 걸어가 엠엔엠즈M&M's 초콜릿 한 줌을 침대로 가져왔다. 잠에서 깨어 보니 이불에 흐릿한 초콜릿 얼룩이 묻어 있었다. 제일 좋은 이불이었기에 짜증이 났다. 남자 친구는 비슷하게 부드럽고 좋은 이불을 사 주겠다고 말했다. 그 말에 기분이 나아졌다. 자면서 엠엔엠즈 초콜릿을 먹는다니 왠지 귀엽기도 했다.

이제 매일 아침 일어나 보면 침대에 처음 보는 물건이 있다. 솔방울. 스노볼. 잔디밭 장식용 플라스틱 거위.

5일째 밤, 무언가 부드럽고 따뜻한 것이 종아리를 간지럽혔다. 몽롱하게 잠에 취해 그것이 어릴 때 키웠던 검은 고양이라고 생각했다. 암컷으로 이름은 미드나이트Midnight였고 이불 속에서 장난치는 걸 좋아했다. 이불을 들어 올리고 미드나이트를 쓰다 듬었는데 알고 보니 그 털북숭이는 예전에 쓰레기장에서 본 쓰레기통을 헤집던 너구리였다. 너구리는 내 손가락을 물더니 옷장 안으로 허둥지둥 숨어버렸다.

파상풍 주사를 맞기 위해 응급실에서 기다리는 동안 남자 친구는 수면 클리닉에 가는 데 동의했다.

수면 클리닉은 벽이 파란색이고 피아노 음악이 흘렀다. 의사는 흰 머리에 작고 신경질적인 남자로, 물기 어린 눈을 크게 뜨고 있었다. 그는 남자 친구에게 몽유병과 관련된 날카로운 질문을 던졌다. 몽유병이라. 자면서 이상한 짓을 하는 행동에 붙이기에는 멋들어진 단어였다. 의사는 남자 친구에게 더 깊은 수면을 위한 약을 처방했다. 집으로 돌아오는 길에는 둘 다 기분이 좋아졌다. 약이 모든 일을 해결해주길 바랐다.

다음 날 아침, 수면 클리닉 의사가 침대 위 우리 둘 사이에 동그마니 누워 있었다. 의사는 온몸이 묶이고 재갈이 물린 채 촉촉한 파란 눈을 깜박이며 우리를 바라보았다. 남자 친구가 자면서 차로 걸어가, 자면서 의사의 집까지 운전한 다음, 자면서 의사를 납치한 것이 틀림없었다. 아마도 그는 먼저 자면서 의사의 주소를 찾아야 했으리라.

남자 친구는 자신에게 수갑을 채워 침대 틀에 묶는 데 동의했다. 그러나 자면서 〈터미네이터 2: 심판의 날〉에 나온 린다 해

밀턴처럼 종이 클립을 펴 잠긴 수갑을 땄다. 7일째 아침, 잠에서 깨어 보니 새 전자레인지가 있었다. 같이 붙어 있는 영수증을 보고 남자 친구가 자면서 24시간 영업하는 월마트로 운전해 간 다음, 자면서 딱 필요한 전자레인지를 골라왔다는 사실을 알게 되었다. 여전히 불안했지만 이제 남은 음식을 쉽게 데울 수 있다는 건 기뻤다.

8일째 아침, 눈을 뜨니 남자 친구가 아시아 미술 박물관의 유명한 항아리를 꺼안고 있었다. 버스 옆에 붙은 이 항아리의 사진을 본 적이 있다. 함께 수면-절도 행위에 연루되지 않을까 걱정하며 남자 친구에게 몽유병이 진정될 때까지 그가 소유한 작고 창이 없는 아파트에 가 있으라고 제안했다. 남자 친구는 내 집에서 지내게 되면서 자기 아파트를 에어비앤비로 빌려주고 있다고 털어놓았다. 지금 그곳엔 중년의 독일인 부부가 머물렀다. 게다가 다른 유럽인 부부가 아파트를 7월까지 예약했다.

9일째 아침, 침대가 깨끗했다. 냉동 미니 키슈*를 새 전자레인지에 데워 먹으며 축하했다. 하지만 침대를 정리하다 열대 인도-태평양 바다에 서식하는 맹독성 상자해파리가 이불 사이에 엉켜 있는 것을 발견했다. 남자 친구가 노란 고무장갑을 끼고 죽은 해파리를 들어 음식물 쓰레기 분쇄기에 넣었다.

• 달걀이나 치즈, 햄, 야채 등 다양한 재료를 파이 틀에 채워 넣고 오븐에서 구워 내는 프랑스 요리.

10일째 아침, 고모할머니 르네타가 팔로 미친 듯이 찔러서 잠에서 깼다. 15년 동안 한 번도 만나지 못한 고모할머니는 혼란스럽고 심기가 불편해 보였다. 할머니를 모시고 나가 딤섬을 사드리고, 도시를 구경시켜드린 다음, 펜실베이니아로 돌아가는 비행기표를 끊어드렸다.

그제야 남자 친구는 처방받은 수면제를 떠올리고 월그린 약국에서 사 왔지만, 그 약 때문에 밤마다 가져오는 습득물은 더 기이해졌다. 부서지고 바닷물에 부식된 비행기 블랙박스. 알렉산더 맥퀸의 획기적인 1998년 봄 패션쇼에서 모델 지젤 번천이 입었던 찢어진 은색 상의. 1973년 8월 18일생 미국인 여권 세 개.

14일째 아침, 일어나 보니 침대 매트리스 중앙에서 웜 홀이 꿈틀거렸다. 남자 친구가 자면서 이 가상의 시공간을 어디서 얻었는지는 신만이 아시리라. 어찌 됐든 여기 대략 농구공 크기의 보라색 소용돌이가 내 침대에서 빙글빙글 돌아가고 있었다. 웜 홀의 무지갯빛 테두리에 닿지 않게 조심하며 침대를 벗어났다.

우리는 그날 하루 종일 나무 상자를 만들어 침대와 웜 홀을 집어넣었다. 상자를 만들다가 연장 하나와 나무판자 하나를 웜 홀에 떨어뜨렸다. 나는 상상했다. 그 물건들이 어느 평행 우주에서 튀어나와 그 우주 속 나 자신에게 유용하게 쓰일지도 모른다고. 그 다른 평행 우주의 나는 나와 비슷하지만 더 나은 존재일 것이다. 또 하나의 나는 진짜와 똑같은 맛의 글루텐프리 빵을 구울 것이다. 자기 옷은 직접 만들어 입으며, 끝내주는 레코드 컬렉션을 가지고 있을 것이다.

웜 홀로 뛰어들어 자면서 침대에 무서운 물건을 가져오지 않는 남자 친구가 있는 평행 우주로 가버릴까 고민했다. 그렇지만 평행 우주의 남자 친구는 다른 결점, 어쩌면 더 심각한 결점이 있을지도 몰랐다. 예를 들자면 코를 골 수도 있었다. 그래서 나는 바닥에 깔린 침낭에 들어가 전율할 정도로 불가사의하고 수수께끼인 나라는 존재에 실존적 의문을 불러일으키는 또 다른 물건을 남자 친구가 자면서 집으로 가져오기를 기다렸다.

촉촉한 집

Moist House

그 집은 보습이 필요합니다. 칼이 들은 말이었다.

칼은 고속도로 근처 쇼핑몰에 있는 집주인의 사무실에 앉아 있었다. 집주인 프랑코는 독특한 거주 조건 탓에 인기가 없는 집을 싸게 임대한다고 알려진 사람이었다. 프랑코는 통통한 손가락과 색깔 없는 길쭉한 입술을 가진 건장한 40대 남자로, 비행기 조종사 스타일의 금테 안경을 쓰고 회색 철제 책상 뒤에 앉아서 말했다. 그 거대한 책상은 규격화된 기성 제품이었는데, 진중한 모양이 칼로 하여금 이상할 정도로 고분고분한 태도와 주어진 것을 기꺼이 받아들이려는 각오를 다지게 했다.

프랑코는 회전의자에 등을 기대고 앉아 칼을 살펴보았다. "아주 특별한 집입니다" 하고 말을 이었다. "다른 사람들도 그 집을 돌보려고 한 적이 있는데, 잠깐이라면 몰라도 결국은 다 실패했습니다. 집이 너무 건조해서 정말 부지런한 세입자라야 그 집이 필요로 하는 보습 수준을 유지할 수 있을 겁니다."

칼은 웃음이 나왔다. "가습기 사용해보셨습니까?"

"그걸로는 안 됩니다."

"저는 집을 촉촉하게 관리할 수 있습니다."

"지금은 그렇게 말하겠지요."

칼은 사무실이 춥다고 느끼며 앉은 자세를 바꾸었다. 사무실 안은 텅 비어 있었고 벽에도 아무 장식이 없었다. 흠집이 많은 책상 위에는 컴퓨터도 전화기도 없었다. 칼은 프랑코가 이 공간에서 얼마나 오랫동안 일했는지 궁금했다. 그는 어머니의 소개로 이곳에 왔다. 지금 어머니는 비타민 보충제와 땀 흡수 운동복을 광고하는 은퇴한 축구 선수인 연하의 남자 친구와 아르헨티나에 살고 있다. 칼의 어머니는 급진주의자였던 70년대에 버클리에서 프랑코의 아버지와 알고 지냈다. 칼이 마지막으로 어머니와 통화할 당시 그녀는 과거 연인을 회상할 때 사용하는 모호하고 완곡한 말투로 이 남자를 언급했다.

프랑코는 얇은 서류철을 꺼내와 그 안의 문서를 들여다보았다. "집세는 받지 않겠습니다." 그가 말했다.

칼은 깜짝 놀랐다. "정말 고맙습니다."

프랑코는 딱 소리를 내며 서류철을 닫았다. "고마워할 필요 없어요. 보습이 필요한 집을 돌보라고 당신을 고용하는 겁니다."

"알겠습니다."

"아니요, 잘 모를 거예요." 프랑코가 말했다. "이런 집은 본 적이 없을 겁니다."

"글쎄요, 간절히 알고 싶네요. 현재로서는 제가 선택할 수 있는 게 많지 않아서요. 어머니가 뭐라고 말씀하셨는지 모르겠네요. 지금 제… 상황에 대해서요."

프랑코가 손사래를 쳤다. "집은 당신의 과거에 관심이 없습니다. 오직 당신이 제공할 수 있는 보습에만 신경 씁니다."

그는 칼을 수납장으로 데려갔다. "그 집은 이 로션에 익숙합니다." 프랑코는 말하면서 철사 손잡이를 들어 약 19리터들이 양동이를 칼의 발 앞에 꺼내놓았다. "이 로션이 심하게 건조한 상태는 피하게 해줄 겁니다. 대신 하루에도 여러 번 덧발라야 해요." 프랑코는 손바닥으로 이마를 쓸어 성긴 머리칼을 뒤로 넘겼다. "사실, 거의 쉬지 않고 로션을 발라야 합니다. 어쩌면 그동안에 집을 촉촉하게 하는 새로운 방법을 떠올릴 수도 있겠지요."

칼이 미소 지었다. 프랑코의 괴팍함으로 인한 초반의 충격에 무뎌졌기 때문에 이제 이 남자의 그 집에 대한 헌신적인 태도가 사랑스럽게 느껴졌다. 그는 집주인들이 종종 괴짜일지도 모른다고 생각했다. "집이 얼마나 촉촉해야 제일 바람직할까요?" 칼이 물었다.

"사실, 한계가 없습니다." 프랑코는 대답하며 칼에게 첫 번째 로션 한 양동이는 공짜로 주지만, 다음부터는 직접 사야 한다고 덧붙였다. 상당한 비용이 들겠으나 집세를 내지 않으니 감당할 만한 수준이었다. 칼은 그러겠다고 했지만 로션 한 양동이를 다 쓸 정도로 오래 그 집에 머물 생각은 없었다. 로션 때문에 걱정할 일은 전혀 없어 보였다. 삶의 방향성을 다시 세우고 새 직장을 찾을 몇 주 동안의 피난처가 필요할 뿐이었다.

칼은 임대 계약서에 서명하고 프랑코와 악수했다. 로션 양동이를 스바루 조수석에 싣고 안전띠로 고정했다. 기분이 좋았다. 대단한 사기꾼이라도 된 듯이 느껴졌다. 로션 양동이를 더 가까이서 살펴보았다. 상표에 고급 마사지 로션이라고 적혀 있었다. '마사지'라는 단어가 칼의 마음속에 침대 위에 널브러진 젊은 여성의 몸, 특히 막 로션을 발라 반들거리는 등의 이미지를 불러왔다. 타티아나와 같은 여자들. 물론 타티아나의 등을 생각하지는 않았다. 그녀가 그에게 저지른 일이 있으니까.

자동차 내비게이션이 삼나무 숲을 통과해 바다가 내려다보이는 절벽으로 향하는 좁은 길로 안내했다. 목적지에서 남쪽으로 16킬로미터 떨어진 작은 마을에서 칼은 먹을거리를 사려고 가게에 들렀다. 먼지 쌓인 진열대의 가격을 둘러보며 그는 프랑코의 사무실 옆에 있는 세이프웨이 슈퍼마켓에 가지 않은 자신을 저주했다. 웰스 파고 은행 비밀 계좌에 남은 900달러로 생활하려면 검소하게 살아야 했다. 칼은 쇼핑 바구니에 900그램짜리 쌀 한 봉지, 검정콩 통조림 여섯 개, 병아리콩 통조림 두 개, 면역력 강화를 위한 레몬 한 개를 넣었다. 물건을 골라 넣으며 그는 자신이 단호하고 영리하다고 느꼈다. 계산원은 두꺼운 양모 스웨터를 입은 늙은 여자였는데 칼에게 봉투를 주지 않았다. 그녀의 무관심한 태도에 칼은 상처받았다. 그 여자는 어머니와 비슷한 연배로 보였다. 그러나 계산원 노파와 달리 그의 어머니는 나이가 들어서도 자신의 아름다움을 포기하지 않았다. 어머니가 보낸 메일에서 하이킹을 하거나 비치 발리볼 클럽에서 주스를 마시며 축구 선수 남자 친구와 찍은 사진을 보면, 그녀는 햇볕에 그을린 탄탄한 몸매를 지닌 채 머리카락은 칼의 기억처럼 여전히 적갈색으로 염색한 상태였다.

"정말 감사합니다." 칼이 과장되게 인사했다. 그는 양팔로 천천히 식료품을 챙겨 들며 계산원 여자의 무례함에 복수하듯, 여봐란듯이 힘든 척을 했다. 스바루를 타고 삼나무 숲속으로 들어가 앞이 보이지 않는 꼬불꼬불한 길을 위태롭게 달려 다시 도로로 나왔다. 길 양쪽에는 최근 가뭄으로 누렇게 말라죽은 풀밭이 펼쳐졌다. 마지막 모퉁이를 돌자 이제까지 중 가장 좁은, 자갈이 흩뿌려진 진흙 길이 나타났다. 멀리 산등성이 중턱의 평평한 언덕 위로 햇빛에 반짝이는 각설탕 모양의 하얀 오두막이 서 있었다. 도로는 집 오른편에 전구같이 생긴 흙 마당에서 끝났다. 칼은 그곳에다 차를 세웠다.

차에서 내린 칼을 상쾌한 바다 공기가 감쌌다. 그는 집 주변을 걸으며 모든 각도에서 집을 뜯어보았다. 정말 완벽한 정육면체 모양이었다. 겉모습은 10대 시절 여행 갔던 아일랜드의 시골 오두막처럼 하얬다. 어머니와 함께 갔는데, 당시 그녀는 남자 친구와 아일랜드 무장 단체의 전술을 연구했다. 슬레이트 지붕은 완만하게 기울어져 비가 오면 현관문 위 돌출 지붕으로 흐르게 되어 있었다. 문은 립스틱을 바른 입술처럼 빨간색이었다. 칼은 집의 단순한 모습에 매료되었다. 어린 시절에 입체 도형을 표현하는 법을 배운 뒤 그렸을 법한 집이었다.

칼은 집 앞에 잠시 멈춰 서서 바다 쪽으로 몸을 돌렸다. 앞으로 고꾸라져 절벽 아래로 떨어질 듯한 느낌에 현기증이 났다. 사방 수 킬로미터 안 유일한 거주지인 이 집의 고독하고 적막한 환경이 그를 사로잡았다. 자신이 세상에 마지막으로 남은 사람처럼 느껴졌다. 적들이 여기 있는 그를 찾고자 한다면 열심히 노력해야 할 터였다.

문은 진공 밀폐 용기의 뚜껑을 열 때처럼 뻥 소리를 내며 열렸다. 텁텁하고 톡 쏘는 시큼한 냄새를 풍기는 집 안 공기가 칼의 얼굴로 밀려들었다. 그렇지만 기쁘게도 방은 깨끗했고 충분한 시설이 갖춰져 있었다. 흰색 누비이불이 깔린 1인용 침대가 문에서 먼 구석에, 식탁과 의자 하나가 남쪽 창문 아래 놓여 있었다. 식탁 옆으로는 전자레인지와 작은 냉장고가 있는 선반이서 있었다. 그걸 보며 칼은 제대로 된 부엌이 있을 거란 생각에 가게의 증오스러운 늙은 여자에게서 바가지를 쓰고 산 쌀을 요리할 방법이 없다는 사실을 깨달았다. 동쪽 벽의 문을 열면 샤워부스, 변기, 세면대가 있는 작은 욕실이 나왔다. 칼은 막 페인트 칠을 끝낸 듯한 동쪽 벽의 표면을 손바닥으로 쓸어보았다. 그가 보기에 벽은 괜찮아 보였다. 전혀 건조하지 않았다. 다시금 칼은 자신이 사기꾼처럼 느껴졌다. 프랑코를 이용해 먹었다는 죄책감까지 들었다. 심지어 칼은 프랑코에게 정신적인 문제가 있는 게 아닐까 하는 의심마저 들었다.

칼은 차에서 식료품과 함께 갈아입을 옷가지 몇 개를 담은 더플백도 가져왔다. 의자에 앉아 휴대전화를 살폈지만 아무 신호도 잡히지 않았다. 집 안에도 와이파이 신호 따위는 없었다. 다행이었다. 온라인에 접속해 그에 대한 또 어떤 새로운 거짓말이 퍼졌는지 확인하고 싶은 유혹을 느껴도 할 수 있는 방법이 없었다. 오후 6시가 넘어가자 태양이 45도로 비스듬히 기울며 창문으로 황금색 석양빛이 쏟아져 들어왔다. 칼은 아무런 해도 끼치지 않는 따뜻한 불에 감싸인 듯한 느낌을 받았다. 그때 북쪽 벽 위, 사다리꼴 모양으로 햇볕이 드리운 부분이 눈에 들어왔다. 금빛 사각형 안에 물방울이 송골송골 맺혔고, 벽의 나머지 그늘진 부분에는 축축한 광택이 흘렀다. 그걸 보자 칼은 불안해졌다. 곰팡이라도 생길까 걱정되어 욕실에서 베이지색 수건 한 장을

가져와 벽을 위아래로 닦았다. 프랑코는 잘못 알고 있었다. 오히
려 집은 지나치게 습해 보였다.

　해가 지자 칼은 침대 옆의 램프를 켜고 콩 통조림 하나를 도
자기 그릇에 부어 전자레인지로 데웠다. 숟가락으로 콩을 퍼먹
고서는 그릇과 숟가락을 욕실 세면대로 가져가 손을 씻는 액체
비누로 설거지했다. 그런 뒤 침대에 누워 휴대전화에 저장해둔
음란 동영상을 몇 개 보다가 성기를 잡고 잠이 들었다.

　칼은 집이 자신에게 말하는 꿈을 꾸었다. "건조해." 집은 그
말을 하고 또 하다가 결국에는 크게 외쳐댔다. 칼은 잠에서 깼
다. 아침이었다. 방의 모습이 달라 보였다. 어제까지만 해도 부
드러웠던 벽은 이제 거친 데다 표면이 우둘투둘 일어나 있었다.
어떤 부분은 아플 정도로 심하게 건조해 마구 긁어댄 피부처럼
붉게 변했다. 어젯밤 칼이 수건으로 문지른 침대 위쪽이 제일 건
조해 보였다. 손바닥으로 차가운 표면을 훑자 뾰족한 흰색 껍질
이 우수수 떨어져 내렸다. 칼은 벽 상태에 깜짝 놀라 새로운 종
류의 곰팡이 때문에 생긴 피해일지 걱정했다.

　프랑코가 충고한 대로 벽에다 로션을 발라도 별다른 해는 없
지 않을까 하는 생각이 들었다. 칼은 차에서 로션을 가져와 침대
위부터 발라나갔다. 손으로 로션을 가득 퍼서 벽에 바른 다음 손
가락으로 문질렀다. 로션 덕분에 껍질이 벽 표면에 매끈하게 달
라붙었다. 칼은 캐럴라인이 즐겨 하던 '각질 제거'가 필요하다고

느꼈다. 수건으로 처음 바른 로션과 함께 껍질을 닦아냈다. 그런
뒤 허물을 제거한 벽 위에 다시 한번 로션을 넉넉하게 발랐다.
그러자 벽은 건강하고 윤이 나 보였다. 문득 캐럴라인이 잠자리
에 들기 전 얼굴에 에센스 화장품을 바르던 모습이 생각났고, 깜
짝 놀랄 만큼 아내를 향한 그리움이 밀려왔다. 그때는 꼴 보기
싫은 습관이라고 생각했는데.

칼은 뒤로 물러서서 그가 촉촉하게 보습한 부분을 바라보았
다. 주변의 칙칙한 부분과 달리 산뜻하고 환해 보였다. 이제 벽
의 건조한 표면과의 차이를 확실히 알아볼 수 있었다. 여태껏 눈
치채지 못한 게 놀라웠다.

칼은 모든 가구를 방 한가운데로 옮겼다. 그러고는 침대가 있
던 구석 자리로 의자를 가져가 손바닥 가득 로션을 덜어 의자
위에 올라섰다. 그는 동쪽 벽 전체에 로션을 바르고 축축한 수건
으로 닦아내고 다시 로션을 듬뿍 바르는 작업을 반복했다.

사면의 벽을 촉촉하게 하는 작업을 마치고 나니 정오가 지나
있었다. 원래는 마을의 카페로 차를 타고 가서 그곳의 와이파이
를 사용해 일자리를 검색할 계획이었다. 하지만 집을 촉촉하게
하는 일엔 생각보다 훨씬 많은 시간과 노력이 들었다. 벌써 동쪽
벽의 모서리 꼭대기가 다시 건조해졌다. 칼은 결국 프랑코가 미
친 게 아니라는 생각에 마음이 뒤숭숭해졌고 소름이 끼쳤다. 집
은 보습이 필요했다. 그러했다.

칼은 늦은 아침으로 콩 통조림을 먹고 산책하러 나갔다. 바람이 뺨으로 불어오자 난생처음 자기 피부에 보습이 필요하다고 느꼈다. 햇살 때문에 얼굴을 찡그리니 눈과 입 주변에 주름이 생겼다. 칼은 서른여덟 살이었고 작년부터, 엄밀히 말해 늙은 건 아니지만, 더 이상 젊지 않다고 느끼기 시작했다. 이런 느낌은 칼이 거의 10년 동안 일한 컨설팅 회사의 스물두 살 된 접수원 타티아나와 관계를 맺으며 더욱 커졌다. 집 뒤편에 있는 언덕을 올라가는데 익숙한 분노가 솟구치며 머리로 피가 몰렸다. 애초에 칼은 타티아나와 그런 관계가 될 생각이 없었다. 인스타그램에서 메시지를 보내기 시작한 사람은 타티아나였다. 자기가 데이트하는 풋내기 젊은이들을 비난하며 불만 어린 사생활 이야기를 쏟아낸 사람도 그녀였다. 내내 구애 공세를 펼친 사람도 그녀였다. 오히려 칼이 자신은 결혼했으니 그들이 친구로 남아야 한다고 주장했다. 그러다 결국 손을 들긴 했지만 말이다. 여성을 기쁘게 만들고 만족시키라는 교육을 받고 자란 탓이었다. 여하튼 마지막에 칼을 인사 팀의 게일에게 밀고한 사람도, 칼의 인생을 파괴한 사람도 타티아나였다.

칼은 언덕 꼭대기에 서서 바다를 내려다보며 타티아나를 생각하지 않기로 결심했다. 생각만 해도 화가 치밀어 올랐다. 어쨌건 칼은 새 직장을 찾을 것이고, 원한다면 새로운 아내도 얻을 수 있을 것이다. 언덕을 내려오며 집을 바라보자 어쩐지 의욕이 넘쳤다. 저기 갈색으로 변한 풀밭 한가운데 반짝반짝 빛나는 집이 서 있었다. 칼은 현관문을 열어둔 채 벽에 로션을 새로 바르기 시작했다.

그날 오후, 칼은 그만의 방법을 개발해냈다. 로션을 벽에 천천히 바르고 완전히 흡수될 때까지 작게 원을 그리며 문지르는 방식으로, 시행착오를 거치며 깨달았다. 그런 뒤 다른 부분으로 옮겨갔다. 로션을 바르는 시간이 명상의 순간처럼 느껴졌다. 문지르는 동안 그의 손길에 따뜻해지는 벽을 느꼈다. 그를 둘러싸고 집이 가르랑거렸다. 방 한가운데 서서 눈을 감으니 낮은 진동 소리가 들렸다. 눈을 뜨자 내부에서 불이 켜진 듯 벽이 환하게 빛났다.

곧 땅거미가 졌다. 이제 할 수 있는 일이라고는 자리를 잡고 또 콩 통조림을 먹는 것뿐이었다. 다음 날에도 같은 일과가 반복되었다. 아침에 일어나면 칼은 빨리 마을로 내려가 일자리를 찾아야 한다고 자신을 다그쳤다. 다만 그전에 대충이라도 벽에다 보습 작업을 해야 했다. 하지만 벽에 로션을 바르기 시작하자마자 외출해야겠다는 욕구가 시들해졌다. 일자리나 돈, 지위를 향한 욕심이 하찮게, 자아가 의미 없이 남에게 휩쓸려 생긴 감정처럼 느껴졌다. 반면에 집의 요구는 분명했고 당장 충족될 필요가 있었다. 칼은 이 벽 하나만 끝내면 나가자고 계속 중얼거렸지만,

이어진 벽에 수분을 공급하지 않고는 벽 하나를 온전히 촉촉하게 만들 수 없었다.

네 벽에 돌아가며 로션을 바르고 처음 시작한 벽으로 돌아오면 그 벽은 다시 건조해져 있었다. 그래서 같은 과정이 반복되었고, 결국은 또 하루가 집을 돌보다 가버렸다.

음식도 로션과 같은 속도로 줄어들었다. 넷째 날이 되자 처음 양동이에 절반쯤 차 있던 로션이 바닥을 보였다. 칼은 몸을 일으켜 행동에 나섰다. 숟가락으로 구멍을 낸 레몬의 즙을 마지막 콩 통조림 위에 뿌려 점심을 먹고서 마을의 카페로 차를 몰고 갔다. 작은 블랙커피 한 잔을 산 뒤 자리를 잡고 앉아 휴대전화로 인터넷에 접속했다. 아마존에서 프랑코가 준 로션을 찾아냈지만 양동이 크기의 로션 한 통이 233달러라는 사실에 충격을 받았다. 지금처럼 사용한다고 치면 매주 한 양동이씩 필요했다. 집에 보습이 필요한 정도가 칼이 감당할 수 있는 범위를 훨씬 넘어섰다.

칼은 소나무 원목이 깔린 넓은 테라스로 나가 프랑코에게 전화를 걸었다.

"집이 매우 건조하다고 말씀드렸잖습니까." 프랑코가 부드럽게 말했다.

"저는 로션을 이 정도로 살 수 있는 형편이 안 됩니다."

"나하고는 관계없는 일인 것 같습니다."

칼은 가만히 생각에 잠겼다. 의지할 사람이 아무도 없었다.

캐럴라인은 대화를 거부했다. 어머니는 아르헨티나에 살았다. 섹스나 하면서. 칼이 전화하면 어머니는 "불쌍한 칼" 같은 말로 달콤하게 위로하겠지만, 어서 전화를 끊고 화려한 삶으로 돌아 가기 위해 어머니로서 최소한의 의무라고 생각되는 것만 할 것 이 분명했다. 이 지역에는 그의 형편에 맞는 다른 집이 없었다. "어쩌면 대안을 찾아낼 수도 있을 것 같습니다." 칼이 말했다.

프랑코가 웃으며 대답했다. "한번 시도해보십시오."

집에서 어느 정도 떨어지자 칼은 일자리를 찾는 데 아무런 진 전도 없이 나흘이나 보냈다는 생각이 들며 소름이 돋았다. 어떻 게 그렇게 자동인형처럼 끝없이 보습하는 일에만 홀딱 빠졌던 걸까? 아마도 무향 로션이 뿜어내는 독한 기운 탓에 최면 상태 에 빠져들었는지도 몰랐다. 원인이 무엇이든, 바보같이 굴었다. 순간 집과 그 집의 끝없는 보습 요구가 혐오스러웠다. "혹시 다 른 셋집은 없습니까?" 칼이 조심스레 물었다. "어쩌면 다른 집이 더 나을 것 같습니다."

"무슨 말입니까?" 프랑코가 물었다. "내가 다 말하지 않았습 니까. 그렇죠? 겨우 나흘 만에 벌써 집을 촉촉하게 유지하지 못 하는군요."

"저는 집을 매우 촉촉하게 유지하고 있습니다." 이제 칼은 프 랑코에게 전화한 것을 후회했다. "그냥 궁금해서 그럽니다." 칼 이 말했다. "다른 셋집도 있는지 말이에요."

"당신한테 알맞은 다른 집은 없습니다. 그냥 거기 사세요."

"집을 촉촉하게 유지하지 않으면 어떻게 되나요?"

전화기 너머로 잠시 침묵이 흘렀다. "차라리 집을 완전히 떠나는 게 나을 겁니다." 프랑코가 대답했다. "필요한 보습을 공급하지 않으면서 그 집을 주거지로 삼는 것보다는 말입니다."

칼은 프랑코의 말투에 등골이 오싹해져 서둘러 전화를 끊었다. 카페로 돌아온 칼은 다른 선택의 여지가 없어 보여 아마존에서 로션 한 양동이를 주문했다. 배송지는 지역 우체국으로 설정했다. 왠지 낯선 이가 그 집에 온다고 생각하면 불안감이 들었다. 그러고는 메일을 확인했다. 캐럴라인에게서 답장이 왔기를 바랐다. 아니면 타티아나나 인사 팀의 게일이 사과 편지라도 보냈기를 기대했다. 그러나 실망스럽게도 편지함은 깨끗했다. 로션 주문 확인 메시지가 유일한 새 메시지였다.

칼은 카페를 나와 가게로 갔다. 늙은 여자는 여전히 계산대 뒤 의자에 앉아 있었다. "안녕하세요!" 그가 외쳤다. 여자는 움찔하며 스도쿠 퍼즐에서 눈을 들어 고개를 끄덕였다.

로션에 233달러나 쓰고 나니 이렇게 사는 게 멍청하게 느껴져 사치를 좀 하기로 마음먹었다. 스스로에게 보상하고 싶은 마음에 들뜬 걸음으로 식료품 진열대의 통로를 미친 듯이 활보했다. 유기농 맥앤치즈, 라이스 필라프, 인스턴트 오트밀, 영국산 차, 현지 낙농장의 우유 한 병을 쇼핑 바구니에 담았다. 농산물

판매대에서는 섬유질 섭취를 위해 단단한 바나나 네 개, 유기농 분홍 사과 한 개, 생으로 먹을 브로콜리 한 개를 골랐다.

계산원이 물건을 계산하는 동안 말을 걸려고 하자 칼의 입술이 저도 모르게 씰룩거렸다. 그는 이 할망구가 자신을 왜 싫어하는지 알 수가 없었다. "봉투 하나 주실래요?" 그가 요청했다.

여자는 칼을 쳐다보지도 않고 금전등록기의 버튼을 눌러 봉툿값을 추가하더니 물건을 종이봉투에 담았다.

"어떻게 지내세요?" 그가 인사했다. "저는 얼마 전에 여기서 북쪽으로 16킬로미터 떨어진 집으로 이사 왔어요."

"이 주변에는 셋집이 많아서요." 그녀가 대답했다. "그놈의 에어비앤비."

"아마 들어보셨을 겁니다. 보습이 필요한 집이에요."

여자가 그와 시선을 마주쳤다. "그 집은 알고 있어요."

칼의 가슴이 흥분으로 파닥거렸다. "아세요?"

"여섯 달마다 세입자가 바뀌는 것 같습니다. 오래 사는 사람이 없어요."

"왜 그렇죠?"

여자는 어깨를 으쓱하고선 마지막 남은 식료품을 봉투에 넣었다. 칼의 질문 공세가 부담되었는지 미약하게나마 보이던 관심 어린 태도가 사라졌다. 그래도 칼은 뭔가 진전을 이뤘다고 느꼈다.

"문제는 로션이 꽤 비싸서요." 칼이 말했다.

"기름을 써보는 건 어때요?"

"기름." 칼이 계시라도 받은 듯한 말투로 되뇌었다. "어떤 종류로요?"

계산원 여자는 칼을 가운데 통로로 데려가 코코넛 기름과 올리브기름을 골랐다. 로션보다 그램당 가격은 훨씬 더 비쌌지만 확실히 더 강력하고, 어쩌면 더 오랜 시간 효과가 있을지도 몰랐다. 칼이 기름을 계산대로 가져와 직불 카드를 내밀자 여자가 손을 저으며 거절했다. "서비스예요, 손님." 그녀가 윙크하며 말했다.

칼은 그녀의 친절에 소스라치게 놀랐다. 그는 이제야 그녀가 누구를 떠올리게 하는지 깨달았다. 어머니와 함께 버클리에 살던 시절, 그녀의 페미니스트 독서 모임에 참석한 '타라'라는 여성을 생각나게 했다. 칼은 그 모임 여자들의 상냥한 시선 아래서 어린 시절을 보냈다. 어린 시절의 칼은 그들에게 인정받고 싶어서 머리를 길게 기르고 전쟁과 가부장제의 억압을 반대하는 행진에 함께 참여했다. 칼은 그들이 원하는 일이라면 뭐든지 했고, 그 여성들도 어른 남자가 되기 전까지는 그를 사랑했다. 목요일 저녁 모임을 하는 동안 칼이 축구 연습을 마치고 집에 돌아오자 치를 떨며 침묵하던 모습에 그들을 미워하게 되었다. 갑자기 칼은 침입자이자 그들의 적이 되었다. 어머니는 계속해서 그를 신경 썼다. 칼을 소파로 불러 그들이 읽고 있던 책에 관한 토론에 어떻게든 참여시키려고 애썼다. 1년 전만 해도 칼은 열정적으로 참여했을 것이다. 그러나 이제 칼은 자신이 환영받지 못한다는 사실을 알아차렸다. 그는 그들의 기대에 맞춰 남성성을 연기하기 시작했다. 칼 자신도 싫었지만, 기괴한 패러디 같은 짓거리를 했다. 머리를 짧게 자르고 냉장고 앞에 서서 우유를 병째 벌컥벌컥 마시고 트림했다. 긴장된 침묵 속에서 여자들의 혐오감이 느껴졌다.

그때의 기억이 떠오르자 칼은 몸서리를 쳤다. 그는 계산원 여자에게 고맙다고 중얼거리고는 급히 가게를 빠져나왔다. 마을로 오는 길에 봐둔 철물점으로 차를 몰고 갔다. 진열대 통로 사이에서 처음 눈에 띈 직원, 암적색 작업복을 입은 통통한 10대 소년에게 다가가 공격적으로 질문을 퍼부었다.

칼은 스펀지, 페인트 접시, 붓을 한 아름 안고 철물점을 나섰다. 그는 비로소 평정을 되찾았고 집으로 돌아가고 싶었다. 집 안에 들어와 보니 벽에는 그가 바른 보습 성분이 거의 남아 있지 않았다. 아침의 고요했던 분위기는 세찬 바람에 바스러져 사라지고 없었다. 집이 신음했다. 그 소리를 듣자 집이 고통받고 있으며, 그것을 달랠 수 있는 사람은 그뿐이라는 생각이 커졌다. 유리창 주위로 균열이 생기는 모습을 보고 칼은 서둘러야 한다는 걸 알았다.

우선 올리브기름을 접시에 붓고 붓을 적셔 평소와 같이 동쪽 벽의 왼쪽 꼭대기 구석부터 바르기 시작했다. 올리브기름이 노랗게 흔적을 남겨서 서쪽 벽부터는 코코넛 기름으로 바꾸었다. 이 작업은 더 느리게 진행되었다. 벽에 골고루 잘 펴질 수 있도록 먼저 손바닥에서 희뿌연 코코넛 기름 덩어리를 따뜻하게 녹여야 했다. 칼은 진득하게 작업하며 집이 중독적인 콧노래를 자아내길 기대했다. 그러나 이번에 집은 침묵을 지켰고 벽도 차가웠다. 해 질 무렵이 되어서야 보습 작업이 끝났다. 방 안에서는 열대를 연상케 하는 상쾌한 냄새가 났다. 오늘의 작업에는 각각 기름의 절반씩만 사용되었다. 다시 한번 칼은 계산원 여자에게 고마운 마음이 들었다. 이런 속도라면 로션을 쓰는 것보다 훨씬 저렴하게 집을 보습할 수 있었다. 어쩌면 요리용 기름 스프레이를 사서 보습하는 데 들이는 시간을 상당히 줄일 수 있을 것이다. 몇 시간마다 간단히 기름 스프레이를 칙칙 뿌리기만 하면 되니까.

칼은 욕실 세면대에서 브로콜리를 씻은 후 의자에 앉아 이로 줄기에 달린 작은 봉오리를 뜯어 먹었다. 이렇게 브로콜리를 절반쯤 먹고 맥앤치즈 한 통을 전자레인지에 돌려 벽을 살펴보며 먹었다. 기름을 바른 벽이 기름기로 번들거렸다. 그 모습을 보자 칼은 불안해졌다. 로션과 달리 기름은 건조함의 뿌리까지 침투하지 못한 듯했다. 칼은 기름이 밤새도록 계속 흡수되기를 바랐다.

아침에 칼이 잠에서 깨자 큰 폭발이 일어났을 때처럼 귀에서 고음의 울림이 들렸다. 눈을 떠보니 올리브기름을 바른 동쪽과 남쪽 벽에 거미줄 모양으로 금이 잔뜩 가 있었다. 코코넛 기름을 바른 서쪽과 북쪽 벽은 상태가 더 나빴는데, 화상을 입은 피부처럼 붉은 물집이 잡혀 있었다. 칼은 이 광경에 너무 놀란 나머지 자기 몸이 보내는 감각을 받아들이는 데 시간이 걸렸다. 햇볕에 심하게 탄 것처럼 피부가 조이고 화끈거렸다. 셔츠를 들어 올리니 갈라진 가슴 피부가 보였다. 입술도 건조해져 껍질이 일어난 상태였다. 침을 바르려 혀를 내밀자 아랫입술이 찢어지며 피가 흘러 입안에서 피 맛이 났다.

칼은 절뚝거리며 욕실로 가 세면대에 비누를 푼 따뜻한 물을 채웠다. 세면대 위 거울을 바라보니 얼굴에 있는 모든 주름이 깊어져 갑자기 스무 살은 더 나이 들어 보였다. 가랑이 사이가 가려운 느낌에 팬티를 내린 칼은 물집이 성기 주변을 동그랗게 에워싼 모습을 보고 충격을 받았다. 귀에서 울리는 소리가 점점 시끄러워져 똑바로 생각하기 어려웠다. 어쩐지 그의 피부와 벽의 상태가 서로 닮아 있었다. 칼은 집이 알레르기 반응을 보이는 요리용 기름을 사용한 자신에게 욕을 퍼부었다. 어쩌면 그렇게 멍청했을까? 집은 치킨커틀릿이 아닌데. 칼은 먼저 집의 고통을 덜어주어야만 그의 고통 또한 사라지리라 추측했다.

칼은 우선 목욕 수건을 따뜻한 물에 적셔 기름의 흔적이 모두 사라질 때까지 벽을 부드럽게 닦아냈다. 그러다 수건이 너무 더러워져서 더 이상 못쓰게 되자, 입고 있던 티셔츠를 벗어 물에 적신 뒤 물집에다 대고 눌렀다. 그러면서 벽을 향해 말했다. "자자, 기분이 좋아졌니?" 칼이 티셔츠로 벽의 진물을 빨아들이며 속삭였다. 그러자 멕시코의 푸에르토 바야르타로 떠났던 신혼여행이 떠올랐다. 캐럴라인은 저녁 식사로 나온 새우를 먹고 식중독에 걸렸다. 그때 그녀를 침대로 옮기고 얼굴을 따뜻한 수건으로 닦아주었다. 당시만 해도 칼은 캐럴라인에게 상냥했는데, 세월이 가면서 냉담해졌다. 그리고 지금, 벽에 묻은 해로운 기름을 닦아내며 칼은 자신의 감정이 그렇게 변한 이유를 이해할 수 없었다.

물집이 그의 손길에 반응했다. 심지어 지켜보는 동안에 치유되기 시작했다. 염증 부위가 분홍색 얼룩 정도로 가라앉은 걸 보니 이제 로션을 발라도 될 듯싶었다. 팬티 속을 들여다보니 다행스럽게도 그의 물집 또한 비슷하게 아물었다. 귀에서 울리는 소리가 점차 잦아들며 희미하게 칭얼거리는 소리로 변했다. 그제야 집이 거의 평소 상태로 돌아왔다. 칼은 반쯤 사용한 기름병을 밖으로 가져가 하나씩 바다로 던졌다.

오후에 우체국으로 차를 몰고 갔지만 새 로션은 아직 도착 전이었다. 휴대전화로 송장 번호를 확인해보니 아무리 빨라도 다음 날은 되어야 도착할 것 같았다. 그동안 사용할 적절한 대체품을 찾아야 했다. 16킬로미터를 운전해 월그린 잡화점으로 간 그는 진열된 로션의 성분 목록을 살피며 사진으로 찍어온 기존 로션과 비교하느라 한 시간을 보냈다.

오랫동안 고심한 끝에 칼은 민감성 피부를 위한 값비싼 무향 로션 몇 병을 샀다. 집에 돌아와 보니 평소처럼 유리창 주변에 주름이 져 있었다. 손바닥에 로션을 덜어 따뜻하게 데운 뒤 벽에 대고 문질렀다.

"평소 쓰던 게 아닌 거 알아." 칼이 부드럽게 속삭였다. "그렇지만 곧 네가 좋아하는 로션이 배달될 거야."

집은 듣고 있는 듯했다. 벽이 부드럽게 진동하며 칼의 손바닥을 눌렀다. 치아가 달가닥거릴 정도로 가르랑거리는 소리와 진동이 점점 강렬해졌다. 칼은 마침내 집이 만족했다는 생각에 안도의 한숨을 내쉬었다. 어려운 일이었기에 성취감이 더욱 컸다. 그날 밤, 칼은 동쪽 벽을 마주 보고 바닥에 누워 집의 안쪽 얼굴을 쓰다듬으며 잠이 들었다.

시간이 가며 칼은 보습 작업에 더더욱 정성을 쏟았다. 새 로션 양동이 하나가 도착하자 칼은 지갑에서 찾아낸 고금리 신용카드로 몇 통을 더 주문했다. 어느 날 오후, 이 집에서 산 지 4주

차가 되었을 때, 칼의 팔이 방금 보습을 마친 벽을 스쳤다. 칼은 자기 몸 전체를 붓처럼 사용할 수 있겠다는 생각에 티셔츠와 팬티를 벗었다. 어차피 두 벌 다 로션이 덕지덕지 묻어 있었다. 칼은 벌거벗은 몸의 앞부분을 벽에 대고 문질렀다. 벽 표면이 평소보다 더 빨리 따뜻해졌고, 그는 성기가 단단해지는 것을 느꼈다.

칼은 더 이상 여자가 피부를 촉촉이 빛내며 자신의 침대에 벌거벗고 누워 있는 모습을 상상하지 않았다. 상상이라고 해도 로션이 아까웠다. 로션은 전부 집을 위해 사용해야 했다. 마지막 한 방울까지.

칼이 이 집에 온 지 세 달이 지난 어느 날 아침, 평소처럼 벌거벗고 북쪽 벽에 몸을 문지르고 있는데 문을 두드리는 소리가 들렸다. 벽 아래로 몸을 웅크리고 고개를 돌리니 앞쪽 창문으로 캐럴라인의 얼굴이 보였다. 그녀를 보자 충격이 밀려왔다. 아내는 그가 보낸 문자와 메일을 몇 달 동안이나 무시했다. 캘리포니아 파소 로블레스의 집에서 보낸 마지막 날 밤, 칼은 타티아나와 저지른 불륜을 고백했다. 선택의 여지가 없었다. 그는 해고당했고 소셜 미디어에서는 타티아나와 그녀의 친구들에 의해 망신당했다. 그들은 칼이 자기 권력을 남용해 타티아나를 희롱했다고 주장했다. 사실 희롱당한 사람은 칼이었는데 말이다. 칼은 이 사실을 캐럴라인에게 설명하려 했지만 아내는 이야기를 듣는 내내 차가운 반응을 보이다가 침실로 들어가더니 문을 닫아버렸다. 그리고 다음 날 아침, 칼을 보며 집에서 나가달라고 차분하게 요구했다.

그런데 지금, 캐럴라인이 문 앞에 서 있었다. 무슨 기적이 일어났기에 마침내 아내가 자신을 용서하기로 마음먹었는지 의아했다. 자신을 어떻게 찾았는지도 궁금했다. 아내에게 마지막으로 보낸 메일에서 칼은 현재 거주지에 관해 두루뭉술하게 적었다. 그가 어디로 갔는지 아내가 신경 쓰지 않을 거라 생각했다. 캐럴라인이 집 안을 훑어보았다. 칼은 아내의 시선을 따라가며 그녀의 눈으로 방을 보았다. 집은 다 쓴 로션 양동이, 붓, 쟁반 따위로 예술가의 작업실처럼 어수선했다. 그리고 문득 그의 정액과 땀, 기름진 두피에서 나는 악취와 무향 로션에서 희미하게 나는 끈끈한 냄새가 집에 가득하다는 사실을 알아차렸다.

"칼?" 아내가 금이 간 창문 너머에서 불렀다. "괜찮아?"

칼은 바닥에서 티셔츠를 집어 들어 대충 성기를 가리고 아내를 마주 보고 섰다. "나를 어떻게 찾았어?"

"당신 어머니랑 통화했어. 집주인이랑 연락을 취해주셨어. 이상한 사람이던데." 캐럴라인이 창유리와 창틀 사이 틈새로 얼굴을 더 가까이 대며 칼의 모습이 잘 안 보이는 듯 눈을 찡그렸다.

"문 좀 열어줄래, 자기? 잠깐 얘기하고 싶어."

집의 콧노래가 멈췄고 칼은 지금 집이 불쾌하다는 것을 눈치챘다. 창문으로 다가가 캐럴라인을 더 자세히 살펴보았다. 금발머리는 처음 만났던 대학생 때처럼 듬성듬성 앞머리를 낸 단발이었고, 은색 바람막이 점퍼와 분홍색 허리 밴드가 달린 검정 요가 바지 차림이었다. 작은 입은 단호하게 다물어져 있었다.

"여기 왜 온 거야?" 칼이 물었다. "나를 미워하는 줄 알았는데."

"보고 싶었어, 칼. 그 여자랑 무슨 일이 있었든, 괜찮아. 용서할게. 넘어가자."

"나도 보고 싶었어." 칼이 말했다. 벽이 한차례 요동쳤다. 칼이 몸을 돌려 뒤를 바라보자 벽 위로 건조해서 생긴 갈라진 상처가 길게 나 있었다.

"이제 파소 로블레스로 돌아올 시간이야." 캐럴라인이 말을 이었다.

"못 가."

"왜 못 와?"

"이 집을 떠날 수 없어." 칼이 대답했다. "벽을 촉촉하게 유지해야 해."

캐럴라인이 웃었다. "집은 괜찮을 거야."

"괜찮지 않을 거야." 칼이 반박했다. "그리고 빨리 로션을 바르지 않으면, 나도 안 괜찮을 거고."

"그럼 로션 좀 발라." 캐럴라인이 곧바로 대답했다. "내가 도와줄게. 그리고 같이 떠나자."

"당신이 여기 있는 동안에는 할 수 없어." 칼은 이미 집이 아내의 등장으로 마음이 상했고, 그녀를 집 안으로 들이면 재앙이 일어날 것을 알았다. "제발, 캐럴라인. 가."

"당신 혼자 여기 놔두고 갈 수는 없어. 칼, 당신 때문에 나 무서워지려고 해."

문손잡이가 덜컹거렸다. 캐럴라인이 억지로 들어오려 애썼다. 다행히도, 문은 잠겨 있었다. 가슴 피부가 조여왔다. 북쪽 벽이 건조해지며 칼의 피부도 건조해졌다. 집이 고통을 겪으면, 그도 그럴 것이다. "먼저 집으로 돌아가. 그럼 나도 곧 따라갈게." 칼이 말했다.

"이 집은 잊어버려! 그냥 내버려둬."

칼은 고개를 저었다. "그럴 순 없어." 그는 대학 시절 여자들에게 했던 모든 거짓말을 떠올렸다. 그들에게 관심을 잃기 시작한 후에도 혹시 자신의 마음이 바뀔 경우를 대비해 그들의 애정을 유지하려고 한 거짓말, 자신을 미워하지 않기를 바라며 한 거짓말을 기억해냈다. "솔직히 말하면, 안 따라갈 거야." 그가 고백했다. "이 집은 내가 필요해." 칼은 캐럴라인에게서 등을 돌리고 북쪽 벽에 다시 로션을 문지르기 시작했다.

"칼!" 등 뒤에서 외치는 소리가 들렸다. "칼, 사랑해. 제발 집으로 돌아와. 날 들여보내줘. 우리 이야기 좀 해." 문손잡이가 더욱 격렬하게 덜컹거렸다. 칼은 벽에 자신을 내맡겼고, 벽은 그의 손길에 콧노래를 흥얼거렸다. 그 소리가 캐럴라인의 애원하는 목소리를 가렸다. 몇 시간 뒤, 벽에서 떨어진 칼은 캐럴라인이 말을 안 한다는 사실을 깨달았다. 몸을 돌리니 아내는 가고 없었다. 다시 창밖으로 바다가 보였다. 칼은 거대한 압박감이 사라진 것을 느끼며 안도의 한숨을 내쉬었다. 흙바닥에 주차된 스바루를 내다보며 불현듯 아내의 차를 보지 못했다는 것을 떠올렸다.

집은 아내의 방문으로 기분이 거북한 듯했다. 그 후 며칠 동안 벽은 로션을 선뜻 흡수하지 않았다. 칼은 그들의 일상으로 다시 돌아가기를 갈망했다. 로션을 다섯 통이나 사고 가게에 있는 콩 통조림도 모조리 샀다. 이제 아무런 방해 없이 몇 주간 집에만 머물 수 있을 터였다. 신용카드를 한도까지 다 쓴 칼은 퇴직연금까지 손대기 시작했다. 기쁘게도 그 돈으로 로션을 많이 살 수 있었다. 그는 계속해서 가구를 방 한가운데 모아두었고, 몸을 이 벽 저 벽에 착 붙인 채 바닥에서 자는 것을 좋아했다.

안개 낀 어느 날 아침, 칼은 자신을 부르는 어머니의 목소리를 들었다. "칼." 그녀가 불렀다. "여기서 뭐 하고 있니, 얘야? 불쌍한 우리 칼."

남쪽 벽에서 작업하던 칼이 몸을 돌리자 창문에 비친 어머니의 얼굴과 마주쳤다. 캐럴라인의 방문보다 더 충격적이었다. 위장이 경련을 일으켜 몸을 웅크리며 배를 움켜쥐었다. 6년 동안이나 어머니를 만나지 못했다. 어머니는 기억보다 더 아름다웠으며 길쭉하고 위엄 있는 얼굴의 피부는 매끄러웠다. 남자 친구가 광고를 찍었던 회사의 상품으로 보이는 분홍색 후드 집업 차림이었다. 가슴이 상당히 커 보였기에 칼은 어머니가 보형물을 삽입했는지 궁금했다.

칼은 몸을 가리지도 않고 창문으로 다가갔다.

"캐럴라인이 전화했다." 어머니가 그의 벌거벗은 모습에도 당황하지 않고 말했다. "최대한 빨리 왔어."

"로드리고는 어디 있어요?"

"부에노스아이레스에 있어. 광고를 찍어야 해서."

칼은 어머니의 얼굴을 어루만지는 상상을 했다. 그녀의 지적인 눈이 그의 몸을 훑었다. "불쌍한 칼." 그녀가 다시 말했다. "문 좀 열어다오, 애야. 내가 돌봐줄게."

칼의 눈에 눈물이 맺혔다. 그는 이것이 사실이길, 정말 어머니가 그를 찾으러 왔기를 바랐다. 그러나 어머니의 어깨 너머로는 오직 그의 자동차만 보였다. "여기까지 어떻게 오셨어요?"

"마을에서부터 걸어왔단다." 어머니가 대답하며 흐릿한 악의를 띈 눈을 가늘게 떴다. "어서, 칼. 문 좀 열어다오."

칼은 다시 남쪽 벽에 로션을 문지르러 돌아갔다. "우리 꼬마 불가사리." 유령이 말했다. 그가 오래전에 잊어버린, 어머니가 한때 그를 부르던 애칭이었다. "예쁜 우리 아들."

집이 맹렬하게 콧노래를 부르며 어머니의 망령이 부르는 소리를 막았다. 그녀의 목소리가 희미해졌다. 몇 시간 뒤 칼이 창문을 확인하자 어머니는 사라지고 없었다.

가을이 지나며 겨울이 다가왔다. 안개가 짙어지며 비로 변했다. 바깥 세상은 점점 습해지는데 집 안은 건조한 상태가 지속되었다. 11월이 되자 천장이 벗겨지기 시작했다. 칼은 사다리를 사서 방 중앙에 놓았다. 천장도 보습해야 하는 부분에 포함했다. 곧 마룻바닥도 보습이 필요하다는 사실을 깨달았다. 당연한 일이었다.

찾아오는 사람 하나 없이 두 달이 지나갔다. 칼은 아무도 오지 않기를, 자신과 집 둘만 평화롭게 살기를 원했다. 그러던 어느 비 오는 오후, 창문 너머에 타티아나가 나타났다.

로션이 더 필요해 몸을 돌린 칼은 언뜻 어두운 음영을 보았다. 비 오는 날의 희미한 햇볕을 가리고 서 있는 타티아나였다. 흠뻑 젖어서 흰 티셔츠 아래로 검은색 브래지어가 비쳐 보였다. 동그란 뺨 위로 마스카라가 흘러내린 자국이 얼굴에 남아 있었다. 느긋한 악의를 숨긴 차분한 얼굴이었다. 칼은 그녀를 보고 놀라서 몸을 떨었다. 그러지 않으려 했지만 어쩔 수 없었다.

"그냥 저를 무시하세요." 타티아나가 창문 너머에서 조롱기 섞인 말투로 이야기했다. "잘하는 거잖아요."

칼은 대답하지 않았다. 계속해서 로션을 벽에 문질렀지만, 심장이 쿵쿵 뛰었다.

"당신 집에서 함께 잠에서 깬 아침을 기억하세요?" 타티아나가 물었다. "나를 사랑한다고 했죠. 그러더니 월요일이 되자 다시 나를 무시했고요."

칼은 그 일요일 아침을 기억했지만 그런 말을 한 기억은 나지 않았다. 자기가 그보다는 더 조심스럽게 행동했다고 생각했다. 물론 충분히 조심하지는 않았지만. 캐럴라인은 그 주 주말에 스톡턴에서 열리는 부동산 중개인 협의회에 갔다. 토요일 밤, 그와 타티아나는 함께 저녁을 요리했다. 연어구이와 그리스식 샐러드를 먹고 백포도주 두 병을 마셨다. 그리고 같이 목욕도 했다. 일요일 오후에는 아내가 돌아오기 전에 집에서 타티아나의 흔적을 모두 없애려고 몇 시간이나 청소했다.

"당신은 내가 미쳤다고 생각하게 행동했어요." 타티아나가 말했다. "마치 전부 다 내 상상인 양 굴었죠."

"내가 어떻게 해야 했어?" 칼이 돌아보지도 않고 기계적으로 물었다. "내가 처음부터 우리 관계는 그 이상이 될 수 없다고 말했잖아."

"당신을 너무 쉽게 놓아줬어요." 타티아나가 말했다.

이 말에 칼의 분노가 끓어올랐다. 자기도 모르게 문으로 걸어가 손잡이를 잡았다. 하지만 이내 창문으로 고양이처럼 교활한 얼굴로 자신을 쳐다보는 타티아나가 얼핏 보였다. "맞아, 날 쉽게 놔줬지." 칼이 말했다. "내 인생을 망치면서."

"들여보내줘요, 칼." 타티아나가 부탁하고는 입술을 말아 올리며 미소 지었다.

"내가 보상해줄게요."

"나를 속이려고 하는군."

"우리가 친구라고 생각했는데요, 칼."

"나는 네 친구였지. 너는 배신자였고."

"그때 난 화가 났어요." 그녀가 말했다. "마음의 상처를 입었다고요."

타티아나가 상처받았다고 말하자 칼의 화가 가라앉았다. 잠시 그녀가 불쌍하게 느껴졌다. 그러나 곧바로 그녀의 폭로가 불러온 파문을 기억해냈다. 상사가 전화를 걸어 어색한 말투로 그녀가 한 진술을 다듬어서 말해주었다. 칼은 자신을 약탈자로 묘사한 이야기에 놀라 기절할 뻔했다. 그 끔찍했던 사건 초기에 칼은 타티아나와 연락하려 애썼다. 그녀가 전부 거짓말이라고 실토하기를, 칼이 결혼 생활을 지켜야 한다고 말하며 관계를 끝냈을 때 무시당했다고 느껴 중상모략을 했다고 인정하기를 바랐다. 하지만 그녀는 그를 완전히 차단했다.

이제야 기회가 왔다. "너도 관계를 원했지, 그렇지?" 칼이 물었다.

"물론 나도 원했어요." 타티아나가 대답했다. "사랑해요, 칼."

그 말을 듣자 따뜻한 안도감이 칼의 몸에 넘쳐흘렀다. 하지만 곧 집이 부르는 콧노래가 멈췄다는 사실을 눈치챘다. 그는 자신의 나약함에 깜짝 놀라 창문에서 떨어졌다. 이건 진짜 타티아나가 아니었다. 집이 그의 헌신을 시험하고 있었다. 아내와 어머니는 쉽게 물리쳤지만 이번에는 거의 굴복할 뻔했다.

"저리 가." 칼이 말했다.

"들여보내줘요, 칼." 타티아나의 목소리는 이제 애처로웠다. "추워요. 혼자 밖에 서 있잖아요. 해가 지고 있어요."

타티아나가 울기 시작했다. 예전이었다면 칼은 그녀가 우는 모습에 죄책감으로 괴로웠을 것이다. 과거의 그는 여자의 울음을 그치게 하려고 무슨 말이든 내뱉었다. 특히 자신이 그 괴로움의 원인이었을 때는 더욱더. 그러나 지금 그에게는 집이 있었다. 둘 사이의 유대를 위해 칼은 그를 세상에 묶어두었던 공감들을 버렸다. 타티아나를 무시하고 남쪽 벽 앞에서 보습 작업을 계속했다.

타티아나는 아내와 어머니보다 더 고집이 셌다. 밤새 창문 앞에 머무르며 칼에게 들여보내달라고 간청했다. "제발요, 칼." 그녀가 가냘픈 목소리로 졸랐다. "너무 춥고 배고파요. 나를 여기

혼자 두지 마세요." 칼은 집이 다시 콧노래를 부르도록 부드럽게 어루만졌고 함께 콧노래를 불렀다. 둘이 같이 타티아나의 애원하는 목소리를 물리쳤다. 동틀 무렵에는 정신이 혼미하고 목이 칼칼했다. 촉촉한 황홀경에서 벗어난 칼은 타티아나의 목소리가 멈춘 것을 알아차렸다. 문을 열고 나가 폐에 회색빛 안개를 한가득 들이마셨다. 타티아나의 유령을 생각했다. 이제 그녀는 사라졌고, 그는 자유로웠다.

몇 달이 지났지만 더 이상의 방문객은 없었다. 칼은 스스로를 증명해 보였다. 그는 보습이 필요한 집에 홀로 남았다. 아니다. 집은 항상 촉촉했고 칼은 동반자인 그 집에 홀로 남아 살게 되었다.

이 집에 온 지 5년이 지난 4월의 어느 날, 칼은 사다리에서 발을 헛디뎠다. 열 시간째 보습 작업 중이었다. 오랜 시간 하루에 콩 통조림 한 개만 먹으며 근근이 버텨온 탓에 뼈가 약해져 있었다. 사다리의 맨 위 칸은 열성적인 보습 작업 동안 떨어뜨린 로션 덩어리로 미끄러웠다. 그의 손도 로션으로 미끌미끌해서 추락을 막지 못했다.

칼은 바닥으로 세게 떨어졌다. 척추 일부가 부러졌지만 여전히 살아 있었다. 빨리 병원 치료를 받았다면 회복되었을 것이다. 그러나 휴대전화까지 갈 수가 없었다. 그것은 오래전에 전원이 꺼진 채 전생의 유물처럼 느껴지는 스바루 안에 있었다. 칼은 집의 동쪽 벽을 가로지르며 갈라지는 상처에 응답하듯 그의 복부 중앙에 퍼지는 건조하고 깊은 상처를 보았다. 끔찍한 고통 속에서도 칼의 유일한 후회는 결국 집이 원하는 만큼 보습해주지 못했다는 사실이었다.

몇 달이 지난 후 프랑코는 피부에 건조함을 느끼고 집을 찾아왔다. 그는 수년 동안 칼의 침묵을 긍정적인 신호로 받아들였다. 칼과 집이 잘 지내고 있어 행복했다. 그 집은 짝을 선택하는 데 매우 까다로웠다. 프랑코는 집 안에서 무엇을 발견할지 알았지만 실제로 보자 몸이 움츠러들었다. 바싹 건조된 칼의 시체가 방 한가운데, 사다리 옆에 웅크린 채 누워 있었다. 황금색 햇빛이 수많은 로션 통과 더러운 붓, 썩은 음식 조각 위에서 아른거렸다. 집 벽을 살펴보는 프랑코의 등으로 소금기 어린 산들바람이 불어왔다. 벽은 처음 페인트를 칠한 날처럼 생생한 모습이었다. 흠 하나 없이 완벽하게 촉촉했다.

칠면조 게임

The Turkey Rumble

소노마에 있는 자기 부모님 집으로 차를 타고 가며 루벤은 가족의 추수감사절 전통인 '칠면조 게임' 이야기를 했다. 추첨으로 결정된 상대에게 몰래 선물을 주는 크리스마스 게임인 '시크릿 산타'와 비슷한데, 대신 선물이 아니라 사소한 상처를 입혀 서로를 놀라게 하는 게임이라고 설명했다.

"아 그래?" 나는 무심하게 대꾸했지만 골든게이트교를 지나던 중이라 불안감이 더욱 크게 느껴졌다. 루벤과 사귄 지 여섯 달밖에 안 되었음에도 나는 우리 관계가 오래 가기를 원했다. 시간이 지날수록 누군가와 함께 있는 게 이토록 편할 줄은 몰랐다. 외향적인 성격의 루벤은 야외 활동을 사랑했다. 예전에 나는 나와 같은 음울한 범생이하고만 데이트했다. 내 인생은 어두운 방과 같았는데, 루벤이 들어와 블라인드를 걷고 꽃을 장식하고 말린 세이지 다발을 태워 공간을 정화하고, 그런 온갖 것을 해주었다.

루벤은 그의 가족들이 모두 아드레날린 중독자라고 했다. 부모님은 한때 필로폰 중독자였는데, 루벤이 태어나기 전에 마약을 끊고 수익성 좋은 부동산업을 시작했다. 이제 두 사람은 익스트림 스포츠, 탄수화물 없는 식사, 고통을 교묘하게 가하는 일에서 흥분을 추구했다.

"정말 흥분되는 일이야." 루벤이 말했다. "고통을 가하는 거랑 받는 거 둘 다."

"나는 진짜로 너희 가족 누구도 공격하고 싶지 않아." 나는 대답하며 앨커트래즈섬과 소살리토 항구에 있는 보트가 언덕 뒤로 사라질 때까지 두리번대며 바라보았다. "진짜 어색할 거야."

"내 말 들어." 루벤이 내 무릎 위에 손을 얹으며 말했다. "네가 참여하지 않으면 더 어색해질걸."

루벤이 옛날에 칠면조 게임에서 있었던 일을 이야기해주었다. 열다섯 살 때는 할머니가 그를 지하실로 내려가는 계단 위에서 밀었고, 또 어떤 해에는 스킵 삼촌이 수건에 비누를 묻혀 그의 눈에 문질렀다. 2년 전에는 형수 신디가 식탁 밑에서 라이터를 데운 후 그의 맨종아리에 뜨거워진 주둥이를 대고 지졌다고 했다.

"이상하다는 거 알아." 루벤이 말했다. "그렇지만 우리 집 전

통이야, 잭. 나를 위해서 해줘. 알았지? 모두 너 만난다고 들떠 있어." 나는 상처를 입히기도 받기도 싫었다. 어쨌든, 먼저 이 괴짜들을 만나야 했다. "내가 남자인 걸 싫어하지 않을까?" 떨리는 마음으로 물었다.

루벤이 웃음을 터뜨렸다. "나는 열세 살 때 이미 커밍아웃했어. 촌티 좀 내지 마."

나는 루벤의 말에 안심하면서도 그가 가진 엘리트주의가 약간 거슬렸다. 그는 항상 캘리포니아의 아름다움과 문화적 진보성을 칭송했는데, 마치 자신이 그런 부분에 어느 정도 이바지라도 한 듯이 행동했다. 내가 아이오와 출신인 것은 사실이지만, 여기서 벌써 8년이나 살았다. 이곳 사람이라고 느낄 만큼 충분히 긴 세월이라고 할 수 있었다. 루벤이 내가 관광객이라도 되는 양 끊임없이 이것저것 들먹이지만 않는다면.

예를 들자면 이랬다. 주간 도로를 빠져나와 막 2차선 고속도로를 타고 북동쪽으로 가고 있을 때였다. "소노마의 장엄한 포도밭을 눈에 담아둬." 루벤이 말했다. 나는 석양에 황금빛으로 빛나는 그 풍경이 예쁘다는 사실을 인정했다.

"아이오와는 벌써 눈이 내려." 내가 대답했다. 그리고 루벤이 나에게 갖고 있는 고정관념, 즉 일종의 섹시한 시골뜨기처럼 행동했다는 사실을 깨달았다.

"지금 너랑 같이 있다니 너무 감사한 일이야." 루벤이 말했다.

이리저리 길을 돌아 외부인 출입을 제한하는 주택지 정문에 들어섰을 때 나는 예전에 그가 했던 말을 떠올렸다. 루벤의 부모님이 돈이 많다고는 들었지만, 넓은 집과 티 하나 없이 완벽한 잔디밭이 깔린 동네의 풍경을 보자 당황스러웠다. 루벤은 막다른 길 끝에 있는, 스페인풍으로 지은 저택 진입로로 들어가 두 줄로 늘어선 자동차 뒤에 주차했다. 루벤이 초인종을 누르기도 전에 그의 어머니 린다가 문을 열고 나와 나를 팔로 얼싸안았다. 그녀는 황갈색으로 잘 그을린 피부와 부서질 듯 비쩍 마른 몸매, 뚜렷한 근육을 가진 금발 머리 여성이었다. 전선 한 다발이 안는 것처럼 느껴졌다.

"너를 좀 보렴!" 린다가 외쳤다. "루벤이 네가 잘생겼다고는 했지만, 이렇게 잘생겼을 줄은 몰랐는데."

린다가 나를 집 안으로 들였다. 집은 10대 청소년이 운영하는 서핑용품점 같은 분위기였다. 거실의 스피커에서는 레드 핫 칠리 페퍼스Red Hot Chili Peppers의 노래가 요란하게 울려 퍼졌다. 나는 각각의 가족을 루벤의 설명과 맞춰보았다. 위험한 의학 실험에 자원하여 생계를 꾸리는 독신남 스킵 삼촌은 누군가가 멜론 볼러*로 파낸 듯한 얼굴을 하고 등받이 없는 의자에 앉아 있었다. 가죽 소파에는 타투 아티스트이자 과거 프로 스노보드 선수

• 반원 모양의 숟가락같이 생겨 멜론이나 수박을 동그란 모양으로 뜨는 주방 기구.

인 루벤의 형 루카스와 룰루레몬 요가복을 입은 비크람 요가 강사인 형수 신디가 앉아 있었다. 그들 부부 사이에 앉아 있는 10대 아들 채드는 번듯하게 잘생긴 소년으로 한쪽 팔에 삼각건 붕대를 했다. 나는 그게 합의된 폭력의 결과가 아니라 스포츠를 하다 일어난 무해한 사고 때문이길 바랐다.

루벤의 아버지가 위층에서 내려왔다. 그는 떡 벌어진 가슴을 가진 대머리 남자로, 서핑용 반바지를 입고 발가락 모양 운동화를 신었다.

"네가 잭이로구나." 그가 내 쪽으로 걸어오며 말했다. "셰인이라고 부르렴." 그의 악수는 공격적일 정도로 힘찼고 치아는 망막에 잔상을 남길 정도로 새하얬다.

우리가 교통 체증으로 늦게 도착한 탓에 가족들은 칠면조 게임을 시작하고 싶어 안달이 나 있었다. 린다가 에드 하디• 모자에 이름이 적힌 쪽지를 담아 가져왔다. 나는 루벤의 이름을 뽑았는데, 차라리 다행이었다. 그나마 덜 어색한 상대였다.

루벤의 아버지 셰인이 자기 쪽지를 입에 넣고 삼켰다. "자, 게임 시작!" 그가 외쳤다.

우리는 오후 7시까지 시크릿 칠면조, 즉 쪽지에 적힌 사람을 다치게 해야 했다. 상대방이 당하는 줄 모르게, 교활하고 독창적

• 미국의 타투 아티스트 돈 에드 하디Don Ed Hardy가 설립한 패션 브랜드로, 해골, 용, 기타 같은 문신에서 영감을 받은 대담하고 화려한 디자인으로 유명하다.

인 방법을 쓰는 것이 게임의 핵심이었다. 내가 2인용 소파에 앉자 에스프레소 샷 네 잔을 넣은 스타벅스 벤티 사이즈의 아이스커피가 건네졌다. 루벤의 가족들은 내게 무슨 운동을 얼마나 하는지 물었다. 나는 여섯 달 전에 딱 한 번 들었던 크로스핏 수업을 우물쭈물 이야기하다 그냥 거짓말을 늘어놓았다.

오븐 타이머의 땡 하는 소리가 나를 구해주었다. 모두 식탁에 모여 앉았고 스킵 삼촌이 전동 고기 절단기를 켰다. "탄수화물 안 먹지, 그치?" 삼촌이 내게 묻고선 대답을 듣기도 전에 칠면조 속을 곧장 쓰레기통에 처넣었다. 스킵 삼촌이 칠면조 위로 몸을 웅크렸을 때, 형수 신디가 냉장고에서 커다란 냉동 딸기 봉지를 꺼내 그의 머리에 휘둘렀다. 왼쪽 귀를 정통으로 맞은 스킵 삼촌은 비틀거리다가 모락모락 김이 나는 칠면조를 식탁에서 밀어 떨어뜨릴 뻔했다. 모두가 환호하며 손뼉을 쳤다.

"올해의 첫 칠면조구나!" 아버지 셰인이 소리쳤다.

나는 어린 시절의 탄수화물 가득한 추수감사절 식탁이 그리웠다. 하지만 식탁에는 롤빵, 칠면조 속, 여러 가지 감자 요리 대신 오로지 칠면조 고기, 회 한 접시, 볶은 채소, 그리고 린다의 말에 의하면 소고기 콜라겐과 케일을 혼합한 초록색 액체 한 주전자가 있었다. 내가 주전자로 손을 뻗자 루벤이 내 손 위에 자기 손을 얹으며 마시지 말라고 충고했다.

"오, 거기 견과류 안 들었어"라고 어머니 린다가 말했다. 루벤은 이미 자기 가족들에게 내 알레르기를 말해놓았다. 나는 아홉 살 때 땅콩버터와 잼의 끈적끈적한 혼합 물질에서 죽음을 맛보았다. 루벤은 부모님에게 견과류와 관련된 모든 제품을 주방 수납장 한편에 다 몰아넣고 '위험-견과류'라는 표지판을 붙여달라고 요구했다.

루벤은 과거에 그 블렌더로 견과류를 갈았다는 사실을 지적하며 내가 스무디를 조금도 마시지 못하게 했다. 나는 잔소리와 사랑을 동시에 느끼며 주전자에서 손을 뗐다.

루벤의 형 루카스가 아들 채드에게 소금을 건네달라고 부탁했다. 소년이 손을 뻗는 동안 루카스는 팀버랜드 부츠를 신은 발로 아들의 양말만 신은 발을 힘껏 밟았다. 채드는 욕을 하며 삼각건 붕대를 하지 않은 멀쩡한 손으로 발을 문질렀다.

식사 후 어머니 린다가 설거지를 하는데 채드가 창밖에 사슴이 있다고 거짓말을 해 주의를 끌고는 할머니의 배를 주먹으로 때렸다. 린다는 배를 움켜잡고 웅크린 채 숨을 헐떡이며 말했다. "아주 좋아, 우리 손주!"

"허를 찔렀구먼!" 아버지 셰인이 이 말을 하자마자 스킵 삼촌이 그의 뒤로 살금살금 다가가 피부에 박힐 정도로 세게 만년필을 팔뚝에 내리꽂았다.

"내게 딱 필요한 거야." 셰인이 온화하게 말했다. "빌어먹을 문신이 하나 더 있었으면 했지." 그는 팔뚝을 껴안고 잉크 얼룩

주위로 송골송골 솟아오르는 핏방울을 잠자코 바라보았다.

우리는 거실로 돌아와 앉았다. 린다가 며느리 신디에게 커피를 권하더니 가지고 오다 넘어지는 척하며 뜨거운 액체를 그녀의 가슴에 부었다. 신디는 펄쩍 뛰어오르며 룰루레몬 탱크톱을 벗어던졌다. 화상을 입은 가슴이 드러났다. 스킵 삼촌이 늑대처럼 휘파람을 불었다. 나는 이 상황이 불편하게 느껴져 신디의 남편 루카스를 흘끗 쳐다보았다. 그러나 그도 다른 가족들처럼 아내가 고통스러워하는 모습을 보며 웃었다.

우리는 캘리포니아 출신 록 밴드 서브라임Sublime의 음악을 들으며 대형 TV로 소리 없이 미식축구 경기를 시청했다. 오후 6시쯤 셰인이 큰아들 루카스에게 새로 산 전동 드릴을 보러 차고로 가자고 권했다. 우리는 곧 루카스의 비명을 들었다. 멀리 떨어진 데다 벽이 가로막고 있어서 잘 들리지는 않았지만. 두 사람이 돌아왔을 때 루카스의 왼손에는 붕대가 감겨 있었다.

이제 나와 루벤만 남았다. 상황을 보니 루벤도 내 이름을 뽑은 게 틀림없었다. 루벤의 가족들은 입을 다문 채 우리가 서로를 어떻게 상처 입힐지 지켜보았다. 헤어진 옛 남자 친구였다면 이런 기회를 즐겼겠지만, 루벤을 다치게 하고 싶지는 않았다. 여섯 달 동안 그는 나를 외로움, 질투, 미량의 견과류로부터 보호해주었다. 그러나 그의 가족 전통을 회피하는 행동은 더 나쁜 결과를 불러올 터였다.

이곳으로 오는 차 안에서 루벤은 내게 20년 동안의 칠면조 게임 중 단 한 번 있었던, 상처 입히기를 거부한 참가자 이야기를 해주었다. 루카스는 신디와 만나기 전 화를 잘 내는 에스토니아 출신 발레리나와 약혼했다. 추수감사절에 그녀를 집에 데려왔고 칠면조 게임 도중 스킵 삼촌이 진저브레드 냄새가 나는 향초로 그녀의 머리카락에 불을 붙였다. 불길은 헤어스프레이의 흔적을 따라 빠르게 퍼졌다. 루카스가 약혼녀의 머리를 수도꼭지 아래로 밀어 넣었을 때는 이미 눈썹이 다 타버린 뒤였다. 그녀는 게임에 참가하기를 거부하고 남은 주말을 문을 잠근 손님방 안에서 보냈다. 눈썹이 없어진 것을 슬퍼하며 루카스의 신용카드로 값비싼 발모 보조제도 주문했다. 몇 주 지나지 않아 그들은 약혼을 파기했다.

칠면조 게임 때문에 내 연애가 끝나는 건 원치 않았다. 그래서 나는 옳다고 느껴지는 유일한 행동을 했다. 주방으로 달려가 견과류 수납장을 열어 땅콩 맛 단백질 가루 병을 꺼냈다. 루벤이 나를 말리기도 전에 병을 내 얼굴 위로 뒤집어 가루가 목구멍으로 덩어리째 넘어가도록 털었다.

무릎이 꺾이자 루벤이 내 허리를 안았다. 혈압이 곤두박질쳤다. 목구멍이 꽉 막혀왔다. 나는 주방의 타일 바닥 위로 쓰러졌다. 루벤이 내 가방에서 에피펜을 꺼내와 허벅지에 찔러 넣었다. 기절하기 직전에 나는 루벤의 눈을 바라보며 그를 상처 입히기 위해 나 자신에게 해를 입혔다는 것을, 이 하나의 행동으로 우리 둘의 의무를 다 했다는 것을 이해시키려 애썼다.

깨어나 보니 나는 루벤의 가족에게 둘러싸여 병원 침대에 누워 있었다. 부은 눈꺼풀 사이로 태닝 스프레이를 뿌린 그들의 갸름한 얼굴이 보였다.

"깨어났어요!" 형수 신디가 외쳤다.

"얘는 아주 터프가이야!" 아버지 셰인이 말했다. 그들의 존경과 사랑을 얻었다는 것을 알았다. 내가 칠면조 게임에서 우승했다.

2주 뒤 루벤이 프러포즈했다. 나는 즉시 결혼하는 조건으로 동의했다. 크리스마스가 오기 전에 결혼해서 그날은 아이오와 시골에 있는 우리 부모님 집에서 보낼 것이다. 그곳에서 루벤은 우리 가족 버전의 시크릿 산타 게임과 맞닥뜨리게 될 것이다. 그러나 루벤이 그 게임을 이해할 즈음이면 우리에게서 탈출하기엔 이미 너무 늦었을 것이다.

빅셔

Big Sur

메그는 예전 남자 친구 맷이 일하는 테크 회사에서 주최한 저녁 모임에 참석했다. 약 스무 명의 사람들이 농장 직송 농산물 요리로 유명한 소마 지역의 식당 별실에서 희미한 조명을 받으며 모였다. 좌석이 배정되자 메그는 맷의 자리가 자기 옆자리가 아니라서 놀랐다. 그렇게 모임 파트너가 되어달라고 졸라놓고는. 상사가 꼭 누군가와 함께 참석할 것을 요구해서 맷은 데려갈 사람을 찾느라 애를 먹었다. 그의 친구들은 모두 미국 민주사회주의자The Democratic Socialists of America였고, 오늘 밤에는 샌프란시스코 지부의 월례 모임이 있었다. 메그의 자리는 에버레인Everlane* 웹사이트에서 본 적 있는 평범한 자루 모양의 드레스를

• 온라인 의류 브랜드로 윤리적이고 지속 가능한 제품과 의식 있는 소비를 지향한다.

입은 금발 여성과 키가 크고 기이할 정도로 매력적인 '로저'라는 이름의 남자 사이였다. 로저의 잘생긴 외모는 그림같이 완벽했지만, 이상하리만큼 개성이 없었다. 어린 시절 꿈꿨을 법한 전형적인 왕자님의 모습으로, 키가 크고 훤칠한 이마에 연갈색 머리카락을 드리우고 방금 체리 맛 하드를 먹은 듯 분홍색으로 빛나는 입술을 자랑했다. 메그가 자리를 찾아가자 로저는 일어나 그녀의 의자를 뒤로 빼주며 따듯하고 친근하게 미소 지었다.

"제 이름은 로저입니다." 그가 인사했다. "당신의 이름은 무엇입니까?"

메그는 로저의 지나친 예의범절에 당황했다. 접시 앞에 세워놓은 카드에 그녀의 이름이 적혀 있는데 왜 그걸 보지 않는지 의아했다.

"나는 메그예요." 그녀가 대답하며 로저에게 악수를 청했다.

"메그." 그는 입안에서 음절을 음미하듯 천천히 따라 했다.

첫 번째 요리는 각자 덜어 먹는 방식으로, 루꼴라와 케일, 석류 씨앗에 감귤 소스를 뿌린 샐러드를 담은 커다란 도자기 그릇과 두꺼운 나무껍질 같은 껍데기가 있는 효모 발효 통밀빵 한 바구니가 나왔다. "메그, 직업이 무엇입니까?" 로저가 물어서 메그는 골든게이트 공원 남쪽의 병원 부설 안구은행에서 하는 업무를 이야기했다.

"나는 기증자의 눈에서 각막을 채취해요." 메그가 대답했다.

"죽은 사람의 눈이죠." 로저가 덧붙였다.

메그는 흠칫했다. 그가 사용한 표현이 마음에 걸렸다. "예, 맞아요." 그녀가 답했다.

"살아 있는 사람들이 계속해서 볼 수 있게 하기 위한 일입니다." 로저가 덧붙였다. "삶을 바칠 만큼 아름다운 사명입니다."

로저가 그녀를 계속 바라보았다. 뚫어질 정도로 지나치게. 차가운 공포의 감정이 메그의 목뒤를 따라 스멀스멀 올라왔다. 오른쪽에 앉은 금발 여성에게로 몸을 돌렸지만 그 여자는 자기 오른편 남자와 대화하는 데 푹 빠져 있었다. 식탁 저편에 있는 맷은 놀랄 만큼 잘생긴 또 다른 남자 옆에 앉아 있었다. 메그는 5년이나 함께 잤으니 정신적으로 조금이나마 연결되어 있을 거라 기대하며 맷에게 자신을 보라고 텔레파시를 보냈다. 그러나 맷은 자신의 샐러드를 들여다보며 옆에 앉은 남자가 하는 모든 말에 고개만 끄덕였다.

"베이 지역에서 자랐어요?" 메그는 어떻게든 자신에게서 로저에게로 화제를 돌리고자 질문을 던졌다.

"아닙니다." 로저는 대답하고 등을 뒤로 기대며 식탁 중앙에 척추처럼 한 줄로 죽 늘어선 하얀 양초를 바라보았다. "저는 플로리다 중부의 습지대 출신입니다. 아버지는 제가 어렸을 때 우리 가족을 떠났습니다. 하지만 강한 여성들이 저를 키워주셨습니다. 어머니와 이모는 제게 좋은 남자가 되는 법을 가르치려 최선을 다하셨습니다. 이모와 함께 콩 껍질을 까고 옥수수 껍데기를 벗기던, 그 길게만 느껴지던 오후들이 생각납니다. 그때 이모는 제게 당신의 어린 시절에 겪은 우울한 사건들을 들려주시곤 하셨습니다. 현관 저편의 늪 위로는 안개가 자욱했습니다. 저는 그 시간들을 통해 고생의 가치를 배웠고, 지금은 이 지역의 테크 회사에서 일하고 있습니다."

메그는 자기 삶을 이토록 시적인 방식으로 이야기하는 사람은 만나본 적이 없었다. 좀 어색하긴 해도, 감동적이었다. 어떻게 반응해야 할지 몰라 잠시 머뭇거렸다. "어느 회사에서 일해요?" 그녀가 물었다.

"평범한 회사라, 아마 들어도 모를 겁니다." 로저가 대답했다. "그렇지만 좋은 직장입니다. 이 일을 얻어서 운이 좋다고 생각하지만, 회사에 관해서는 말하지 않는 편이 좋을 것 같습니다."

"알겠어요." 메그가 말했다. "미안해요."

로저가 그녀 쪽으로 몸을 돌리며 길쭉하고 밀랍같이 매끈한 두 손을 식탁 위에 올렸다. "제발, 메그." 그가 말했다. "당신은 사과할 이유가 전혀 없습니다."

저녁 식사가 끝났다. 메그는 맷과 함께 식당 밖으로 나갔다. 그녀는 좌석표 뒷면에 인쇄된 설문 조사를 서둘러 읽어보고는 저녁 식사 상대에게 모두 별 다섯 개를 주었다. 질문의 내용이 이상했다. 로저와 오른편의 금발 여성 스테파니를 육체적 매력, 친화력, 농담이 통하는 정도, 체취, 앞으로 다시 만나고 싶은 정도와 같은 특성을 기준으로 평가해달라고 요구했다. 메그는 스테파니와는 대화를 나누지 않았기에 나쁜 점수를 주는 건 불공평하다고 생각했다. 로저에 대한 감정은 좀 더 복잡했다. 굳이 밝히자면, 그는 지나치게 세심하고 사근사근했다. 그렇지만 그런 점이 왜 그녀를 불편하게 만드는지 설명하는 일은 설문의 범위를 넘어서는 것 같았다.

"음식은 괜찮았어?" 폴섬 거리를 걸어 내려오는 동안 전자 담배를 힘차게 빨아들이며 맷이 물었다.

"응, 맛있었어." 메그가 대답했다.

"메그!" 누가 뒤에서 불렀다. 고개를 돌린 메그는 다가오는 로저를 보았다. 위장이 조여들었다. 새로운 남자가 관심을 보일 때면 으레 따라다니는 흥분된 감정이 불안한 마음속을 파고들었다. "저녁 식사에서 당신과 대화하며 아주 멋진 시간을 보냈습니다." 로저가 말했다. "나중에 제가 연락을 취할 수 있도록 당신의 전화번호를 알려줄 수 있습니까?"

메그는 맷을 슬쩍 바라보았다. 그는 이 상황을 재미있어 하고 있었다. 메그는 로저에게 이 사람이 자기 남자 친구라고 말해버릴까 잠시 고민했다. 하지만 식당에서 이미 그녀가 혼자라는 사실을 넌지시 언급했을 뿐만 아니라, 접근하는 남자를 막기 위한 확실하고 유일한 방법이 다른 남자의 소유물이라고 말하는 거란 사실이 언제나 싫었다. "물론이죠." 메그가 대답하며 로저의 휴대전화에 번호를 입력했다. 전화를 다시 건네자 로저가 활짝 웃었다.

"환상적입니다." 그가 말했다. "다음 72시간 이내에 문자메시지를 보내겠습니다."

로저는 폴섬 거리를 따라 멀어지며 6번가에서 북쪽으로 방향을 틀었다.

"바로 내 면전에서 이러다니, 녀석 배짱 하나 두둑하군." 맷이 말했다. "우리가 사귀는 사이가 아니라는 걸 어떻게 알았을까?"

메그는 변명 같지만 맷이 질투하는 게 좋았다. 자신의 여성적 매력이 입증된 듯했다. "내가 혼자라고 말했을 거야." 그녀가 대답했다. "그렇지만, 네 말대로야. 저 남자 뭔가 좀 이상해."

로저는 스티브와 함께 쓰는 방으로 돌아왔다. 그들의 회사는 6번가와 미션가가 만나는 곳에 있는 임대 아파트의 최상층을 빌려놓았다. 그들 무리 열 명이 같은 층에 살았고, 두 명씩 같은 방을 쓰며 벽에 붙인 싱글 침대에서 각자 잠을 잤다. 로저가 방문을 열고 들어가니 스티브가 가장 좋은 셔츠를 다림질하고 있었다. 스티브는 오늘 데이트가 있어서 테크 회사의 저녁 모임 참석에서 면제되었다.

"그 여자는 데이트 앱에서 찾았어?" 로저가 물었다.

"응." 스티브가 답했다. "힌지Hinge라는 앱에서. 이름은 마리사 야. 아름다운 여성이지! 나는 이 데이트에 큰 기대를 걸고 있어."

"나도 너한테 기대가 커." 그가 실패한 앱에서 스티브가 성공할지도 모른다고 생각하니 조금 슬펐지만 로저는 응원의 말을 했다. 성공하면 스티브는 다른 이들처럼 '빅서'로 가 사라질 것이다. 그렇게 되면 로저는 곧 스티브와 많이 닮았지만 스티브는 아닌 새 룸메이트를 맞이할 터였다.

"저녁 모임은 어땠어?" 스티브가 자기 침대 가장자리에 앉아 셔츠 단추를 채우며 물었다.

로저도 자신의 침대 끝에 앉았다. "정말 멋진 저녁 식사였어." 그가 대답했다. "흥미로운 사람들을 많이 만났어. 이름이 메그라는 여성을 포함해서."

스티브의 눈이 열의로 반짝였다. "정말 아름다운 이름이네." 그가 감탄했다.

"그녀는 놀라운 여성이야." 로저가 말했다.

"전화번호는 알아왔니?"

"응. 곧 문자메시지를 보낼 거야."

"하루나 이틀 정도 기다리는 게 나을 거야."

"나도 그렇게 생각해." 로저는 대답하면서 스티브가 그런 충고까지 해야 할 필요성을 느낀 데 짜증이 났다.

스티브가 일어서며 말했다. "데이트하러 나가봐야 해."

"행운을 빌어." 로저가 말했다.

"고마워." 스티브가 답했다. 로저도 일어섰고, 두 사람은 포옹했다. 방에 혼자 남은 로저는 침대에 누워 천장을 바라보았다. 벗겨진 천장의 모습을 보자 어린 시절 본 별이 반짝이는 여름밤이 생각났다. 그는 메그를 떠올리며 그녀가 휴대전화에 입력해준 숫자, 그의 짐을 덜어줄 수 있는 인간 여성의 전화번호를 다시 바라보았다. 몸 안으로 익숙한 아픔이 밀려들었다.

로저는 아직 피곤하지 않아서 휴대전화로 그가 가장 좋아하는 구글 이미지 중 하나인 '모자 쓴 여자'를 검색했다. 온갖 국적과 나이의 여자 사진이 줄지어 나왔지만 대부분은 젊은 여성의 사진이었다. 그들은 다양한 스타일의 모자를 쓰고 있었다. 모자를 쓴 여성들은 즐거워 보였다. 그 여자들을 보자 로저는 마음이 평온해졌다. 눈을 감고, 꿈을 꾸었다. 언제나 그랬듯이, 빅서의 꿈을.

메그는 점심시간에 문자를 받았다.

좋은 아침입니다☺ 저녁 모임에서 당신 옆에 앉았던 로저입니다. 오늘 기분은 어떻습니까? 당신의 감정 상태를 설명해주십시오.

메그는 휴대전화 화면을 보며 눈살을 찌푸렸다. 다시 한번 섬뜩한 느낌이 그녀를 덮쳤다. 낯선 사람들과 플레이하던 인터넷

단어 맞추기 게임이 떠올랐다. 그 사람들은 종종 그녀를 '자기' 라고 부르며 추파를 던지곤 했다. 먼 외국에 사는 연상의 남자 같았지만, 메그는 종종 그 사람들이 자동 소프트웨어 프로그램 인 봇bot이 아닐까 의심했다. 직접 만나지 않았더라면 로저도 봇 이라고 생각했을 터였다.

기분은 괜찮아요. 메그가 답장을 썼다. 일하고 있어요.

로저가 바로 회신했다. 시간당 임금을 받는 대가로 인간의 눈알을 해부하는 안구은행입니까?

메그는 그가 자신을 놀린다고 생각했다. 맞아요. 어떻게 지내세 요? 그녀가 답했다.

로저는 비글 사진을 보냈다. 방금 근처 공원에서 이 개를 만났습 니다. 그가 덧붙였다. 매우 귀엽다고 생각합니다. 개를 좋아합니까?

물론이죠. 메그가 답장을 보냈다.

저는 개를 사랑합니다. 로저가 답했다. 저는 모든 동물을 사랑합니 다. 결코 의도적으로 동물을 다치게 하지 않을 것입니다.

메그는 베이 지역 남자들이 문자를 보내는 데 얼마나 서툰지 에 자주 놀랐다. 그녀는 이 문자메시지 대화가 지루했지만 로저 와의 섹스에는 구미가 당겼다. 그가 자신에게 연락할 거라고는 조금도 기대하지 않았다. 전화번호를 요구한 행동도 바람둥이 의 흔한 버릇일 뿐이라고 생각했다. 그가 말도 안 될 정도로 전 통적인 미남이었기 때문이다. 그런 남자들과는 괜찮은 연애 관계를 맺을 희망이 없었기에 메그는 잘생긴 남자를 멀리했다. 그 남자들도 그녀에게 전혀 관심이 없었다는 사실은 말할 필요도 없지만. 그런데 로저는 달라 보였다. 그의 어린아이같이 순한 성격을 생각하니 함께 어떤 퇴폐적인 경험을 즐길 수 있으리란 기대가 피어올랐다. 메그는 로저와의 섹스를, 그에게 명령을 내려 자신의 욕구를 채우고 떠나라고 말하는 광경을 상상했다.

그럼 나한테 데이트 신청 할 건가요? 메그가 답장했다.

답 없이 몇 분이 지나자 메그는 자신의 성급함에 로저가 겁을 먹고 도망갔다고 판단했다. 뭐 어때. 샐러드를 집어 먹으며 생각했다. 손가락에선 여전히 안구 보존 용액의 시큼한 냄새가 풍겼다.

그때, 로저가 답장을 보내 휴대전화 화면이 다시 켜졌다. 오, 메그, 당신과 데이트하다니 영광입니다. 내 인생의 둘도 없는 기쁨이 될 것입니다!

메그는 이 대화의 스크린 숏을 찍어 룸메이트 제너비브에게 보냈다. '어젯밤에 만난 그 괴짜'라는 설명을 덧붙이며.

와아우, 이 남자, 아주 애가 달았구만. 제너비브가 답장을 보냈다.

로저의 회사는 러시아에 본사가 있었고 샌프란시스코에는 사무실이 없었다. 평일이면 로저는 여러 공원을 돌아다니며 관리자 키릴이 아침마다 보내는 이메일 지시에 따라 노트북으로 일을 했다. 로저는 사람들에게 멋진 소식을 알려주는 메일의 초안을 작성했다. 그들이 100만 달러의 유산 상속자로 선택되었다든가, 근처에 그들과 섹스하기를 원하는 매력적인 사람들이 많이 있다는 내용이었다. 이런 편지를 키릴이 알려준 메일 주소 수천 개에다 보냈다. 하지만 로저는 모든 메일마다 개인적인 내용을 담으려 노력했다. 어마 클라크 씨, 노르웨이의 명예로운 왕 올라브 5세의 유언에 따라 그의 재산관리인으로 지명되었음을 알려드리게 되어 기쁩니다. 이런 일은 그를 기쁘게 했다. 그의 일은 사람들에게 그들의 삶이 이제 곧 더 나은 방향으로 바뀐다고 말하는 일이었다. 비록 메일을 보낸 사람들에게서 좀처럼 답장을 받지는 못했지만, 로저는 이런 의미 있는 일에 몸담게 된 것이 감사했다.

로저는 노트북 배터리가 다 떨어질 때까지 일했다. 그런 다음 공원에서 휴식을 취하며 개를 구경하거나 무라카미 하루키의 소설을 읽었다. 키릴은 로저에게 목표 여성과의 대화가 쉽도록 문화적 강화 프로그램의 하나로 무라카미 하루키를 읽을 것을 권했다. 키릴의 주장에 따르면 많은 미국 여성이 그 작가의 책을 적어도 한 권쯤은 읽었으며, 상대방이 읽지 않았다 해도 로저가 그 책을 주제로 이야기할 수 있기에 여성이 자신의 무지로 인한 불안감을 느끼게 할 수 있었다. 불안감은 여자를 정신적으로 취약하게 만들어 빅서 여행이 자신에게 이롭다고 생각할 가능성을 높였다.

로저는 키릴이 보낸 메일에서 새로운 긴장감을 느꼈다. 그가 임무를 완수하지 못한 채 몇 달이 지났기 때문이다. 전달받은 지시 사항을 모두 따랐음에도 실패한 자신이 부끄러웠다. 그는 데이트 앱을 부지런히 사용하며 화면에 뜬 여성을 모두 수락했다. 모든 여성이 나름의 참을 수 없는 아름다움을 지니고 있었다. 누군가와 매치가 되면, 로저의 가슴은 기쁨으로 벅차올랐다. 휴대전화 화면 속 여성과 함께하는 미래를 마음속으로 그리기 시작했고, 그 상상은 빅서 여행에서 절정에 달했다.

한편 첫 데이트에 성공하더라도 계속해서 여성의 관심을 유지하기가 어려웠다. 로저는 아직 섹스를 경험하지 못했다. 사샤라는 사내 변호사와는 성공할 가능성이 있다고 생각했다. 로저는 그녀와 세 번이나 만났다. 세 번째 데이트 날, 사샤를 카스트로 지역의 해산물 요리 식당에 데려가 그녀의 삶에 관한 질문을 던졌다. 하지만 메인 요리를 다 먹은 직후 그녀는 그가 자신을 피곤하게 만들고 있다고 말했다. 계산서가 나와 로저가 집으려고 손을 뻗었지만, 사샤가 먼저 낚아채더니 100달러 지폐를 끼워 넣고는 밤의 어둠 속으로 사라져버렸다. 너무 빨리 나가서 로저가 쫓아갈 수도 없었다. 나중에 그녀는 로저에게 문자로 사과하며 직장에서 너무 많은 압박을 받고 있어 그를 계속 만날 '정신적 여유'가 없다고 설명했다. 그렇지만 사샤는 로저가 아주 좋은 사람이라고 생각하며 앞으로 좋은 일만 있기를 바란다고도 썼다! 로저는 그 후로도 몇 주 동안 그녀에게 몇 번 더 문자를 보냈지만, 아무리 세심하게 주의를 기울여도 그녀의 마음을 돌리지는 못했다. 그는 자신의 행동 중 어디가 잘못됐는지 알 수 없었다.

로저는 메그와 금요일 밤에 데이트하기로 계획을 세웠다. 목요일 밤, 사샤에게 저지른 실수를 피하면서도 관계를 진전시킬 만한 방법을 알려달라고 스티브에게 조언을 구했다. 스티브는 마리사와의 두 번째 데이트에서 막 돌아온 참이었다. 스티브가 마리사와 섹스하는 데 성공했기에, 로저가 그의 발 앞에 무릎을 꿇고 앉아 성기에서 마리사의 데이터를 추출하는 것을 도와주었다.

"너무 열심히 하면 안 돼." 스티브가 조언했다.

로저가 하던 일을 멈추고 스티브를 올려다보았다. "열심히 하는 게 좋은 거 아냐?" 그는 이렇게 물으며 멸균 면봉을 사용해 스티브의 생식기에서 계속 데이터를 모았다.

"어쩌다 한 번씩 해야지." 스티브가 대답했다. "신나는 기분을 숨겨야 해. 그리고 가끔씩만 드러내서 여성을 놀라게 해야지. 그러면 여성에게서 흥분된 감정을 더 많이 끌어낼 수 있어."

로저는 채취를 끝내고 면봉을 작은 유리병 안에 넣었다. 아침이 되면 스티브가 우편을 통해 본사로 보낼 것이다. 로저가 일어서자 스티브가 그의 어깨에 손을 얹었다. "고마워." 그가 말했다. "내가 직접 하기는 어렵더라."

"당연하지." 로저가 대꾸했다. "도움이 돼서 기뻐."

"네가 섹스에 성공했을 때 보답할 수 있기를 기대할게."

"그랬으면 좋겠어." 로저는 대화하며 그런 일이 절대 일어나지 않으리라는 두려움이 들기 시작했다. 어깨를 누르는 스티브의 손이 느껴졌다. 그러자 문득 스티브도 그런 일이 일어나리라 믿고 있지 않으며, 단지 그를 안쓰럽게 여겨 위로하려고 한 말이라는 생각이 들었다. 마음속에 날카로운 고통이 스쳐 지나갔다.

그들은 스티브의 침대에 함께 웅크리고 누웠다. 로저의 팔이 스티브의 가슴을 감쌌다. 로저는 번갈아 소변을 보는 세면대가 있는 작은 방 안에서 둘이 이러고 있는 게 좋았다. 곧 스티브가 마리사를 빅서로 데려갈 거라는 사실을 알았다. 매번 새 룸메이트는 이전 룸메이트보다 더 빨리 그곳으로 갔다. 아마도 다음 룸메이트는 너무 효율적이라 로저가 데이터 추출을 도울 기회조차 없을지도 몰랐다.

"다른 이야기 하자." 스티브가 속삭였다. "네 이모랑 콩 껍질 까던 이야기 다시 해봐."

"악어가 살고 있는 습지를 무심히 쳐다보며, 잔인한 성격의 우리 할아버지가 어린 당신을 때린 이야기를 하던 이모의 엄격한 얼굴이 기억나." 로저가 말했다.

"그만!" 스티브가 말했다. "그 이야기는 너무하다, 로저. 섹스하고 싶은 여성에게 이 이야기를 들려주니?"

"물론이지." 로저가 대답했다. "과거에 있던 사실이잖아."

"다른 기억은 없어?"

로저는 잠시 생각했다. "이모의 남자 친구가 생각나. 그 남자는 오토바이를 타고 필로폰을 피웠어. 한번은 내가 우리 집 현관 차양에 앉은 올빼미를 강제로 죽이게 시켰어."

"세상에." 스티브가 중얼거렸다.

"총을 잘 쏘지 못했어." 로저가 옛날 기억에 몸을 떨며 말했다. "그래서 올빼미가 빨리 죽지 않았어."

"좋아, 그럼 샌프란시스코에 살면서는 어땠어? 즐거운 추억이 있어?"

로저는 과거의 룸메이트들을 떠올렸다. 그가 그들의 성기에서 데이터를 추출한 후 어떻게 서로를 안아주었는지가 생각났다. 하지만 이 추억은 너무 사적인 데다가 스티브에게 예전 룸메이트 이야기는 하고 싶지 않았다. 그리고 스티브와 관련된 추억은 그가 듣고 싶어 하는 이야기가 아닌 듯했다. 그래서 저녁 모임의 기억을 되돌아보았다.

"메그가 생각나." 로저가 말했다. "치아에 통증을 가져오는 얼음을 물잔에서 포크로 제거하던 모습이 생각나."

"좋아, 좀 낫다." 스티브가 말했다.

"그녀는 얼음 조각을 식탁보 위에 올려놨어. 그래서 얼음이 녹으며 리넨 식탁보에 짙은 얼룩이 남았어."

"아주 좋아." 스티브가 말했다. "여성들은 네가 그들의 사소한 점을 알아줄 때 좋아해."

"메그에게 지금 문자를 보내서 이 기억을 이야기해야 할까?"

스티브가 잠시 생각하더니 대답했다. "안 하는 게 좋을 거야. 기억해, 너무 간절해 보이면 안 돼."

"그래, 네 말이 맞아." 로저가 맞장구쳤다. "직접 만날 때까지 기다렸다 이야기할래."

로저는 스티브가 잠들 때까지 가만히 기다렸다. 그러고는 스티브를 감싸고 있던 팔다리를 풀고 일어나 세면대에 소변을 보고 자기 침대로 돌아갔다. 그는 크고 부드러운 모자챙 아래서 웃고 있는 메그의 얼굴을 상상했다.

메그는 외출 준비를 하며 가끔 엄마가 있었다면 남자에 관해 어떤 충고를 해줬을지 궁금했다. 메그가 열일곱 살 때 돌아가시는 바람에 엄마가 만나본 그녀의 데이트 상대는 조시뿐이었다. 당시 메그는 공립 고등학교 1학년이었고, 조시는 3학년이었다. 엄마의 암이 재발하기 한 달 전 어느 토요일 오후, 조시가 메그를 데리러 왔다. 그는 "제대로 절차를 밟아야 해"라고 말하며, 마치 결혼이라도 할 계획인 양 메그의 부모님을 만나고 싶어 했다.

그러나 둘은 공통점이 별로 없었다. 메그는 조시가 정말로 그녀를 좋아하는지, 아니면 단지 구식 구혼자처럼 행동하는 걸 즐기고 있는지 헷갈렸다. 정장 셔츠를 입고 넥타이를 맨 조시는 메그의 엄마에게 줄 꽃까지 가져왔다. 메그는 구애하는 척하는 그의 모습이 가식처럼 느껴졌다. 나중에 엄마는 조시가 착해 보이긴 했지만 꽃까지 들고 온 건 좀 심했다고 말하며 "정말 네 또래 맞아?" 하고 물었다.

금요일 밤 식당에서 만났을 때 로저는 메그에게 두꺼운 줄기를 분홍색 종이로 감싼, 물방울이 뚝뚝 떨어지는 90센티미터 길이의 커다란 해바라기 한 송이를 선물했다. 메그는 엄마라면 뭐라고 할지 다시 한번 생각했다. 메그가 선셋 지역의 그녀 아파트 근처에 있는 이 피자 가게를 제안했다. 로저가 돈을 낼 거라고 예상했지만, 만약 아니라면, 비싼 식사 비용의 절반을 지불할 여유가 없었기 때문에.

"만나줘서 고맙습니다." 두 사람이 자리에 앉자 로저가 말했다. 그는 단추 달린 회색 면 셔츠를 입었다. 얇은 천 아래로 불룩한 가슴근육과 젖꼭지가 희미하게 드러났다. 밤공기는 상쾌하지만 차가웠다. 로저에게 불편한 기색은 전혀 없었지만, 메그는 밖에서 자리를 기다리는 동안 그가 추웠을 거라고 생각했다.

"그래요." 메그가 대답했다. "데이트 신청해줘서 고마워요."

"오늘 아름다우십니다." 로저가 말했다. 메그는 얼굴을 붉혔다. 외모를 치장하는 데 너무 많은 노력을 기울인 자신이 부끄러웠다. 게다가 그녀가 보기에 결과도 별로 신통치 않았다. 오늘 메그는 옷장 구석에 있던 오래된 원피스를 입었다. 길이가 짧고 가슴 부분이 꽉 끼는 싸구려 실크 원피스였다. 원피스 밑에 신은 검은색 스타킹의 가랑이 부분에는 500원짜리 동전만 한 구멍도 나 있었다. 그렇지만, 필요하다면 그건 에로틱하게 써먹을 수 있었다.

둘은 어떤 피자를 나눠 먹을지 의논했다. "하와이안 피자 좋아해요?" 메그가 물었다.

"그게 무엇입니까?" 로저가 되물었다.

메그가 잠시 멈칫했다가 대답했다. "파인애플이랑 캐나다 베이컨, 아니면 햄을 토핑으로 얹은 거예요."

"그런 피자는 들어본 적이 없습니다."

"어디서 자랐다고 했죠?"

"플로리다 중부의 습지대 출신입니다." 로저가 대답했다.

다시 한번 메그는 로저의 부자연스러운 말투와 이상한 문화적 공백이 마음에 걸렸다. "부모님은 어디 출신이에요?" 그녀가 캐물었다.

"그분들도 플로리다 출신입니다." 로저가 답했다.

"그렇군요." 메그가 포기하며 말했다. "그러니까, 좀 호불호가 있는 피자지만, 나는 좋아해요. 무슨 피자 좋아해요?"

로저는 메뉴판을 내려놓더니 먼 곳을 바라보았다. "제 생각엔 많은 사람이 고기 종류와 채소 종류를 얹은 피자를 이상적이라고 생각할 것 같습니다. 혹은, 고기를 소비하지 않는 사람이라면, 한두 가지 채소 토핑을 얹을 것입니다. 아니면 토핑을 전혀 얹지 않을 것입니다."

"하지만 나는 이론적으로 이상적인 피자를 묻는 게 아니에요." 메그가 말했다. "당신이 무슨 피자를 좋아하는지 묻는 거예요."

"제 취향은 별로 생각해보지 않았습니다. 메그, 당신을 행복하게 만드는 피자면 만족합니다."

메그는 로저가 메뉴 결정에 참여하기를 거부해서 짜증이 났다. 그녀의 머릿속에 예전 남자 친구 맷과 저녁 식사 메뉴를 고민했던 수많은 밤이 떠올랐다. 맷은 항상 '무엇이든 좋다'고 주장했다. 그는 그런 자기 모습이 융통성 있고 관대하다고 생각하는 듯했다. 그러나 실제로는 결정의 부담을 모두 메그에게 떠넘겼을 뿐이다. 웨이트리스가 다가오자 메그는 무심하지만 단호한 사업가처럼 자기 맘대로 두 사람분의 식사를 주문했다. 그들은 하우스 와인 한 병, 시저 샐러드, 하와이안 피자와 소시지 버섯 피자가 반씩 들어간 라지 사이즈 피자 한 판을 주문해서 나눠 먹기로 했다. 로저는 메그가 주문하는 내내 경외심 어린 눈길로 그녀를 쳐다보았다. 메그는 그가 자신에게 집중하는 모습이 지난 저녁 모임 때와 마찬가지로 불편하게 느껴졌다. 웨이트리스가 가버린 뒤 메그는 로저와 시선이 마주치는 순간을 잠시라도 더 늦추고 싶어서 냅킨을 펼쳐 무릎 위에 얹는 등 바쁘게 움직였다. 세련된 로저 옆에 있으니 몸에 잘 맞지 않는 오래된 원피스를 입은 자신이 못생기고 초라하게 느껴졌다. 그의 외모는 이런 가족적인 피자 가게에 어울리지 않았다. 마치 영화 배역을 준비하느라 평범한 사람들의 생활을 관찰하러 온 할리우드 배우 같았다. 크고 무거운 해바라기는 메그의 옆자리에 시체처럼 놓여 있었다.

"오늘 하루는 어땠습니까?" 로저가 물었다. "최근 사망한 사람의 안구를 잘라냈습니까?"

"네, 안구은행에는 괜찮은 날이었어요." 메그가 대답했다. "안구를 여섯 쌍이나 받았어요."

"좋은 일입니다." 로저가 말했다.

"그렇지는 않아요." 메그가 대꾸했다. "여섯 명이 죽었다는 말이잖아요."

샐러드가 나오자 로저는 우선 메그의 작은 흰색 접시에 수북이 덜어주고는 자기 접시에는 더 적은 양을 담아갔다. "무라카미 하루키의 소설을 읽어본 적이 있습니까?" 로저가 질문했다.

"없는 것 같은데요." 메그가 답했다.

"나중에 한번 읽어보십시오." 로저가 말했다. "그의 작품은 인간의 처지와 현대사회에 관한 깊은 통찰을 제공합니다."

메그는 화제를 돌리지 않기로 했다. 로저에게 읽은 책 하나를 요약해달라고 부탁하고는, 그가 상세한 줄거리를 말하는 동안 딴생각을 했다. 메그는 그에게 과거에 무슨 일이 일어났는지, 어떤 심리적인 문제가 있는지 묻고 싶었지만, 상처를 주지 않고는 물을 수 없을 듯싶었다. 그때 문득, 로저가 과거의 어떤 트라우마 때문에 어린아이 같은 상태로 얼어붙어 사회성을 발달시키지 못했을지도 모른다는 생각이 들었다. 이런 생각이 들자 그를 향한 시선이 부드러워졌다. 또 단지 외모가 너무 매력적이라는 이유로 그를 너무 쉽게 비판했던 것에 죄책감을 느꼈다. 메그는 하루키의 소설을 요약하는 로저를 보며 나중에 제너비브에게 떨 수다거리를 생각했다.

메그는 데이트 전 이미 오늘 밤 로저와 섹스하기로 결심했다. 오랜만의 섹스였다. 마지막 섹스 이후로 여섯 달이나 흘렀기에 손해 볼 게 없었다. 로저는 그녀가 지금까지 잔 어떤 남자보다 성적인 매력을 풍겼다. 그가 앞으로 다시는 연락하지 않는다 해도 상관없었다. 어떤 면에서는 감사할 일이었다. 메그는 전기면도기로 미리 음모를 바싹 깎아놓았다. 제너비브가 그걸로 자기 음모를 다듬고 싶은 유혹에 빠지지 않게 사용하지 않을 때는 면도기를 방에다 보관했다. 다리털도 밀었으며 엉덩이에는 작년 요가 교실의 한 여성이 생일 선물로 준 진흙 '엉덩이 팩'도 했다.

남자랑 잘 가능성이 있는 밤을 위한 속옷 세 벌 중 하나인 복숭아색 레이스 끈 팬티도 입었다. 메그는 준비가 됐고, 준비를 헛되게 할 생각은 없었다.

계산서가 나오자 메그는 지갑에 손을 뻗는 척했다. 그러나 로저가 자신이 내겠다고 고집했고 메그는 내심 기뻤다. 해바라기를 품에 안은 메그가 로저와 길가로 나왔다. 그가 골든게이트 공원에서 산책하자고 제안했지만 메그는 너무 춥다고 거절하며 원한다면 자기 아파트에서 놀자고 말했다. 로저의 황갈색 눈이 커졌다.

"정말입니까, 메그? 그건 의미 있는 단계입니다."

메그가 알겠다는 듯 다소 퉁명스럽게 웃었다. "무슨 말인지 알겠어요." 그녀가 말했다. "신경 쓰지 마세요."

로저가 진지한 표정으로 그녀를 빤히 쳐다보았다. "당신의 아파트를 정말로 방문하고 싶습니다." 그가 말했다. "다만 그 일이 진정 당신이 원하는 일인지 확실히 하고 싶습니다."

"내가 가자고 했잖아요." 메그가 말했다.

"네." 로저가 고개를 끄덕이며 말했다. "그 말은 사실입니다."

두 사람은 노리에 거리에 있는 메그의 아파트까지 걸어갔다. 제너비브는 외출하고 없었다. 그러나 메그는 로저에 관한 의견이 듣고 싶어 난생처음으로 그녀가 집에 있었으면 했다. 평소에 메그는 들키지 않고 남자를 자기 방에 몰래 끌어들이느라 애를 썼다. 제너비브에게는 메그의 데이트 상대를 모두 인생의 패배자라고 여기는 경향이 있었기 때문이다. 그리고 실제로 그녀의 평가가 옳다는 것을 알기에 메그는 괴로웠다.

"정말 아름다운 아파트입니다." 로저가 말했다. 하지만 아파트는 아름답지 않았다. 천장이 낮고 바닥은 원목이 아니라 더러운 카펫이 깔려 있었다. 거실은 비좁았고 두 개의 작은 침실로 통하는 복도는 전등이 다 나간 상태였다. 맷이 여기서 2년이나 같이 살았다는 사실이 믿기지 않았다. 당시 그가 더플백 하나 분량의 옷만 가지고 있어서 다행이었다. 메그는 로저가 시내의 고급 아파트에 살고 있다고 생각했기에 그녀의 집이 창피했지만, 곧 쉽게 섹스를 하리란 기대감으로 그가 이런 결점을 못 본 척할 거라 여겼다.

메그는 로저를 자신의 침실로 데려왔다. 해바라기를 침대 옆 탁자 위에 내려놓고, 창문 주변에 걸어놓은 형형색색의 크리스마스 전구를 켠 다음, 침대에 앉아 신발을 벗었다. 그동안 로저는 방 한가운데 우두커니 서 있었다. "와서 앉아요." 메그가 침대 옆자리를 두드리며 말했다.

로저가 침대 위로 몸무게를 실어 앉았다. 자, 이제 둘뿐이었다. 메그는 자기 몸을 그에게 내놓았고, 이제 그가 그 몸으로 무엇을 하고 싶은지 알고 싶었다.

그런데 로저는 아무것도 하지 않았다. "나한테 키스하고 싶어요?" 결국 메그가 입을 열었다.

"그러고 싶습니다. 해도 될까요?" 로저가 물었다.

메그가 고개를 끄덕였다. 로저가 그녀에게 입술을 갖다 대자 메그는 바비 인형 두 개를 가지고 서로 얼굴을 맞대거나, 노처럼 생긴 손으로 딱딱한 가슴이나 밋밋한 가랑이를 찌르며 보낸 어린 시절의 오후가 떠올랐다.

"내 입에다 혀를 넣어요." 로저는 메그가 시키는 대로 했다.

메그가 상상했던 것과 조금 비슷했지만, 생각했던 것보다는 너무 이상했다. 로저는 메그의 정확한 지시 없이는 아무 행동도 하지 않으려 했다. 그녀는 원피스와 스타킹을 벗고 로저에게 등을 대고 누우라고 말했다. 로저의 몸 위에 다리를 벌려 올라타고 그의 셔츠 단추를 풀었다. 털 없이 매끈한 근육질의 가슴이 드러났다.

"이런 일이 일어나고 있다는 사실이 믿기지 않습니다." 로저가 말했다.

"제발, 그런 말 그만해요." 메그가 말했다.

그녀는 로저에게 손가락 두 개를 자기 성기 안에 넣으라고 말했다. 그동안 메그는 그의 청바지 단추를 풀고 손바닥에 침을 뱉은 다음 페니스 밑동을 움켜쥐었다. 로저가 몸을 떨었다. "사랑합니다." 로저가 말했다.

메그는 그 말을 못 들은 척했다. 로저의 음경은 몸의 다른 부분과 마찬가지로 완벽했지만, 둘의 육체관계에는 무언가 부자연스러운 점이 있었다. 메그는 수그러들 줄 모르고 쾌락을 추구하는 남성의 욕망, 깊은 바다로 끌어들이며 자신을 삼켜버리는 파도 같은 남자의 욕망에 굴복하는 데 익숙했다. 지금은 그녀의 노력이 너무 많이 필요했다.

"내가 어떤 행동을 하기를 원합니까?" 로저가 물었다.

"그런 질문은 그만하고, 하고 싶은 대로 했으면 좋겠어요." 메그가 대답했다.

"당신을 행복하게 만들어주고 싶습니다." 로저가 말했다.

"내 눈치를 전혀 보지 않고 당신 마음대로 섹스하면, 나는 행복할 거예요." 메그가 대꾸했다.

"알겠습니다." 로저가 대답하더니 그녀가 부탁한 대로 하기 시작했다. 어느 정도는.

모든 것이 끝나자 로저는 메그를 껴안고 그녀의 어깨에 머리를 기댔다. 메그는 그에게 이제 가라고 말하고 싶었지만, 상상과 달리 현실에서는 그렇게 비열하게 행동할 수 없었다. "고맙습니다." 로저가 말했다. "처음으로 섹스에 성공했습니다."

메그는 깜짝 놀랐다. 마치 살해당하기 직전처럼 공포감이 밀려왔다. "뭐라고요?"

"나는 너무 행복합니다, 메그. 당신과 이 일을 해내서 너무 행복합니다."

메그는 일어나 다리를 가슴으로 끌어당기며 앉았다. "처음이었어요?" 그녀가 물었다. "몇 살이에요?"

"저는 서른네 살의 남성입니다."

"종교적인 집안에서 자랐어요?"

"저는 플로리다 중부의 습지대에서 어머니와 이모 밑에서 자랐습니다."

모든 단어가 그가 전에 했던 말과 완전히 똑같았다. 메그는 몸을 떨었다. "이제 가줬으면 좋겠어요." 그녀가 말했다.

로저가 갑자기 메그에게 주의를 기울이며 똑바로 일어나 앉았다. "내가 당신을 화나게 했습니까, 메그?"

"아니에요. 그냥 혼자 자고 싶어요."

"이해합니다." 로저가 말했다. "낯선 사람 옆에서 잠들기는 어려울 수 있습니다. 그리고 우리가 아직은 서로 낯선 사이지만, 시간이 지나면 이 관계가 바뀌기를 희망합니다. 미래에 서로를 잘 알게 되어 몸의 여러 부분을 맞대고 함께 편안하게 잠들 수 있기를 바랍니다."

로저는 다시 옷을 입었다. 그리고 몸을 기울여 메그의 뺨에 키스했다. "아침에 연락하겠습니다." 그가 말했다.

"그러세요." 메그는 로저가 불평 없이 떠난다는 사실에 안도하며 유쾌하게 받아넘겼다.

"곧 전화하겠습니다." 로저가 말했다.

메그는 그가 문을 닫고 나가는 소리가 들릴 때까지 기다렸다. 그러고는 일어나서 자물쇠란 자물쇠는 모두 잠갔다.

로저는 자기 몸에 기록된 메그의 데이터를 의식하며 숙소인 임대 아파트까지 경쾌하게 발걸음을 옮겼다. 도착해서는 방문을 활짝 열어젖히며 들어갔다. 침대에 누워 하루키의《해변의 카프카》를 읽고 있던 스티브는 로저를 보자 벌떡 일어나 인사했다.

"데이트는 어땠어?" 스티브가 큰 소리로 물었다.

"말도 못 할 정도로 훌륭했어." 로저가 대답했다.

"섹스하는 데 성공했어?" 스티브가 물었고 로저는 커다란 미소를 지으며 고개를 끄덕였다. 그러자 스티브가 그를 껴안았다. 그러고는 곧장 면봉을 가져와 닦기 시작했다. 콘돔을 사용했기에 스티브는 로저의 음낭 주위를 집중해서 닦았다. 로저는 메그의 성기 안에 집어넣은 오른쪽 손가락을 내밀었고, 스티브는 그 손가락을 따라 면봉으로 끝에서 끝까지 문질렀다.

처음으로 스티브가 로저의 침대에 누웠다. 이번에는 스티브가 로저의 등 뒤에서 그를 껴안았다. "네 일이 잘돼서 기뻐." 스티브가 말했다.

"어쩌면 마침내 빅서에 갈 수 있을지도 몰라." 로저가 말했다.

"물론 갈 수 있지." 스티브가 말했다. "난 이미 마리사에게 다음 주말에 가자고 했어. 그녀도 그러자고 했고. 아마 우리는 함께 그곳에 갈지도 몰라!"

로저는 스티브가 떠난다는 생각에 가슴이 철렁 내려앉았다. "그때까지는 갈 수 없을 것 같아." 로저가 말했다. "나는 아직 메그에게 여행 이야기를 꺼내지 않았어."

"상관없어." 스티브가 답했다. "다음 주말이 아니더라도, 너는 곧 우리와 함께할 거야. 나는 그렇게 믿어."

◀

"세상에." 제너비브가 웃으며 말했다. "총각이었다고? 어떻게 그런 일이 가능하지?"

메그와 제너비브는 식탁에 앉아 오트밀을 먹었다. 식탁 위는 개봉하지 않은 우편물과 제너비브의 침술 교과서로 어지러웠다. 메그는 제너비브와 지난밤 이야기로 수다를 떨기를 기대했는데, 막상 제너비브가 하나하나 들먹이며 즐거워하는 모습을 보니 짜증이 올라왔다. "나도 몰라." 메그가 대꾸했다. "아마 어떤 트라우마 같은 걸 겪었을 거야."

"물론이지, 물론이야." 제너비브가 동조했다. "사람을 섣불리 판단해서는 안 돼." 그녀는 빈정대는 기색 없이 진지하게 말했다. 하지만 제너비브는 메그가 아는 사람 중 가장 성급하게 남을 비판하는 사람이었다. 평소처럼 아이라인을 그리지 않은 제너비브는 막 잠에서 깨서 부은 얼굴과 입술 때문에 어린아이처럼 보였다. 그녀는 전형적인 미인은 아니었지만 사람을 끌어들이는 자신감이 있어 삶에 관한 조언을 갈망하는 상처받은 사람들이 주위로 모여들었다. 제너비브는 잠시 그 사람들과 즐겁게 지내다가 조용히 그들의 마음을 아프게 했다. 그녀에게는 자신을 무조건적으로 사랑하는 부자 부모를 가진 사람 특유의 단단한 자존감이 있었다. 그녀의 부모는 매주 일요일 저녁마다 전화를 걸어 이제 그만 서부 해안에서의 생활을 정리하고 코네티컷으로 돌아오라고 말했다. 제너비브라면 로저를 섹스 상대로만 이용하고 그가 사랑한다고 말해도 바로 앞에서 웃음을 터뜨릴 수 있을 것이다. 그러나 메그는 인생을 너무 많이 알았기에 사람을 그토록 아무렇지 않게 대할 수 없었다.

"기분이 안 좋아." 메그가 말했다. "왠지 그 사람, 나한테 정말 반한 것 같아."

"그 남자를 한번 봐야겠어." 제너비브가 말했다.

"다시 못 만날 것 같아." 메그가 말했다. "내가 이끌어야 하는 관계는 싫어."

"제발." 제너비브가 졸랐다. "내가 너한테 해준 걸 생각해봐."

제너비브는 이 말을 농담처럼 했지만, 사실 농담이 아니었다. 메그는 자신도 제너비브 주변에 모여드는 상처받은 사람 중 하나라는 사실을 알았다. 제너비브는 메그에게 예상치 못한 청구서가 날아왔을 때 몇 달치 월세를 대신 내주었다. 메그가 꼭 갚겠다고 하자 어깨를 으쓱할 뿐이었다. 또 맷이 같이 사는 것도 허락했다. 그와의 동거가 메그에게 중요하다는 것을 알았고, 다른 사람의 행복을 절대 방해하지 않는다는 개인적인 신념 때문이었다. 그러나 같은 신념에 따라 제너비브는 사람들이 실수해도 내버려두었다. 날카롭게 연마한 판단력에 바탕을 둔 충고의 말을 건네기도 했지만, 사람들이 그 충고를 듣든 말든 상관하지 않았다.

토요일 오전 9시가 되기 전에 로저가 문자를 보냈다. 좋은 아침입니다, 아름다운 메그. 언제 다시 만나겠습니까?

며칠 동안 로저는 메그에게 계속해서 문자를 보냈다. 메그는 시큰둥하게 답장했다. 그리고 로저가 언제 다시 볼 수 있을지 물어볼 때마다 바쁘다고 하며 모호한 대답만 보냈다.

"주말이 되면 또 섹스를 원할지도 몰라." 화요일에 스티브가 두 사람이 주고받은 문자메시지를 검토하고는 로저에게 말했다. "네가 며칠 동안 문자를 보내지 않으면, 그녀는 네 애정을 잃었는지 걱정하며 자신의 의심이 맞는지 알아보려고 너한테 연락할 거야."

로저는 스티브의 의견에 타당성이 있다고 생각해 메그에게 문자 보내기를 멈췄다. 그리고 그녀와의 두 번째 섹스를 대비해 첫 경험에서 일어난 일을 하나하나 되돌아보았다. 그가 말없이 자신의 신체 일부를 그녀의 구멍에 집어넣는 일에 집중할 때 가장 긍정적인 반응을 보였다. 그가 그녀를 사랑한다고 했을 때는 몸을 움츠렸다. 그래서 그 말이 그가 아는 한 가장 진실한 말임에도 다시는 그 말을 하지 않기로 결심했다. 로저는 스티브에게 키스 연습을 할 마음이 있는지 물었다. 스티브가 동의해서 둘은 목요일 오후 내내 키스 연습을 했다. 처음에는 스티브가 메그의 역할을 맡았고, 그다음에는 로저가 마리사의 역할을 맡았다. 그러다가 로저가 메그인 척, 스티브가 로저인 척했다. 연습을 마칠 무렵이 되자 로저는 어떤 상황에서든 메그에게 키스할 준비가 됐다고 느꼈다.

금요일 밤이 되었다. 하지만 메그에게서는 여전히 문자가 없었다. 로저는 절망하기 시작했다. 스티브는 마리사와 데이트를 하러 나갔고, 내일 아침이면 방으로 돌아와 짐을 꾸려 그녀와 빅서로 떠난다. 밤 10시, 고독 속에 홀로 외로이 있던 로저는 골든게이트 공원으로 걸어갔다. 어둡게 빛나는 스토 호수의 수면을 바라보는데 주머니에서 휴대전화의 진동이 느껴졌다.

메그는 비터엔드Bitter End 술집에서 제너비브와 그녀의 동급생 휴고와 함께 술을 마셨다. 제너비브가 로저와의 데이트를 휴고에게 말해줄 것을 고집했고, 메그는 마지못해 그렇게 했다.

"세상에." 휴고가 말했다. "그 남자 지금 뭐 해? 당장 만나볼 수 있어?"

처음에 메그는 난색을 표했지만 곧 점점 술에 취하며 성적으로 살짝 흥분되자 로저가 한 번 더 집에 오면 좋겠다고 생각했다. 성적인 면에서 로저는 백지와 같아서 그녀가 원하는 대로 뭐든지 할 수 있었다. 게다가 로저는 그녀를 너무나 만족시키고 싶어 했다. 또 관심이 없다고 간단하게 거절하지 않고 다시 만나자는 그의 요청을 외면하는 자신의 행동이 비겁하게 느껴졌다. 이렇게 친구들과 술집에 앉아 있자니 실은 아직 관심이 남아 있어서 그렇게 행동한 걸지도 모른다는 생각이 들었다.

"좋아, 로저를 부를게." 잠깐 대화가 잠잠해지자 메그가 말했다. 제너비브와 휴고가 환성을 질렀다. "하지만 그 사람한테 다른 일이 있을지도 몰라." 메그가 덧붙였다. 금요일인 데다 벌써 밤 11시였다. 그제야 만나고 싶다는 생각이 들었다는 문자를 막판에 와서야 보내는 행동은 과거에 남자들이 그녀에게 저질렀던 개똥 같은 짓거리나 다름없었다. 그래서 그녀는 로저가 예전의 자기처럼 아침까지 답장하지 않을 거라고 예상했다. 아니면 영원히 답장하지 않거나.

그러나 30초 만에 로저에게서 가고 있다는 답장이 도착했다. 15분 뒤, 그가 술집 문간에 나타났다. 다시 한번 메그는 로저의 순진함에 놀랐다. 그는 메그나 그녀의 친구들에게 자신이 얼마나 절실해 보일지 생각하지도, 혹여 생각한다 해도 신경 쓰지 않는 듯했다. 대부분의 남자라면 너무 한가해 보이지 않으려고 클레멘트 거리에 있는 이국적인 물고기 가게의 창문이라도 들여다보며 30분쯤 시간을 죽였을 것이다.

메그가 인사하려고 일어서자 로저가 그녀를 껴안았다. 그리고 그녀의 얼굴을 두 손으로 감싸더니 놀랍도록 능숙하게 혀를 입에 집어넣으며 키스했다. 메그는 멍하니 살짝 흥분한 채 자리로 돌아왔다. 제너비브와 휴고가 입을 벌린 채 쳐다보자 약간의 만족감까지 느껴졌다. 그녀는 로저를 바보처럼 묘사했지만, 실제 그의 모습에서는 본능적으로 느껴지는 성적인 매력이 뿜어져 나왔다. 로저는 흰색 티셔츠와 청바지 차림에, 피부는 방금 헬스클럽에서 나온 듯 장밋빛이었다.

"어디 출신이에요, 로저?" 휴고가 물었다.

"저는 플로리다 중부의 습지대 출신입니다." 로저가 대답했다. "미합중국의 한 지역입니다."

메그는 제너비브가 로저의 이상한 말투로 꼬투리를 잡을 것을 알았기에 얼굴을 붉혔다.

"와우, 젠장." 제너비브가 말했다. "플로리다가 이제 미국의 일부예요?"

"네." 로저가 답했다. "50개 주 중 하나입니다."

메그는 제너비브를 노려보며 이 상황을 불러온 자신의 행동을 후회했다. 제너비브는 시선을 로저에게 고정하고 먹이를 발견한 육식동물처럼 입술을 말아 올리며 미소 지었다.

"당신 참 잘생겼네요." 휴고가 말했다.

"고맙습니다."

"모델 해본 적 있어요?"

"없습니다. 하지만 저는 이 세상이 제공하는 모든 기회에 관심이 있습니다."

"옳소." 휴고가 말했다.

"자, 술 한 잔 마셔요." 메그가 말하며 로저를 자리에서 일으켰다. 둘은 카운터로 향했고 거기서 메그는 맥주를 두 잔 주문했다.

"여기 오기 전에 뭐 했어요?" 그녀가 물었다.

"골든게이트 공원을 돌아다니며 당신에게서 연락이 오길 바라고 있었습니다." 로저가 대답했다.

메그가 우려했던 대답이었다. 지금 여기서 로저를 보니, 그를 지켜주고 싶었다. 단지 친구들의 놀림거리가 되도록 그를 부른 짓은 잔인한 행동이었다. "여기서 나가고 싶어요?" 그녀가 물었다.

자신의 방으로 돌아온 메그는 로저가 그녀의 욕구를 충족시키는 데 전보다 더 잘 준비되어 있다는 사실을 알아차렸다. 그녀는 로저가 키스하는 방식에 만족했다. 키스하는 동안 둘은 내내 방 한가운데 서 있었다. 그러다 로저가 그녀를 강제로 침대에 눕혔다. 손가락으로 메그의 머리카락을 움켜잡은 로저는 그녀가 요구하자 얼굴을 가볍게 때렸다.

둘은 어둠 속에서 함께 누워 있었다. 다시 한번 메그는 로저가 가버리기를 원했지만, 그런 마음이 이전보다는 약했다. "내가 생각해봤습니다, 메그." 로저가 입을 열자 메그는 긴장했다.

"무엇을요?" 그녀가 물었다.

"내 생각에 우리는 빅서로 여행을 가야 합니다." 그가 말했다. "그 여행은 우리의 일상생활에 낭만적인 기분 전환이 될 것입니다. 풍경의 변화는 우리의 결합을 깊어지게 하고, 우리의 다른 면을 보게 해줄 것입니다. 세 시간 동안 자동차 안에서 지금의 우리를 있게 한 인생의 사건을 이야기할 수 있습니다."

함께 여행을 가자고 제안하기에 아직은 너무 이른 단계였다. 메그는 로저가 그녀를 살해하려고 계획한 건 아닐지 다시금 궁금해졌다.

"생각해볼게요." 그녀가 대꾸했다.

"네, 부탁이니 진지하게 생각해주십시오." 로저가 말하더니 일어나 옷을 입기 시작했다.

"어디 가요?" 메그가 물었다.

"당신이 푹 잘 수 있도록 내 주거지로 돌아가려 합니다." 로저가 대답했다.

"그럴 필요 없어요." 메그가 말했다.

"나도 머물고 싶지만 당신이 혼자 자는 것을 더 선호한다는 사실을 알고 있습니다." 로저가 몸을 굽혀 그녀의 볼에 키스했다. "게다가 내 룸메이트가 내일 아침에 떠납니다. 작별 인사를 하기 위해 내 방에 있고 싶습니다. 내일 아침 오전 8시까지 연락하겠습니다. 혹시 그 전에 연락하고 싶으면 주저하지 말고 알려 주십시오. 시간과 상관없이 즉시 응답하겠습니다."

스티브는 샤워하고 가장 좋아하는 샴브레이 셔츠를 입었다. 로저는 이별 선물로 그에게 회색 캐시미어 스카프를 주었다.

"고마워, 로저." 스티브가 눈물을 글썽이며 스카프를 목에 두르고 말했다. "운전할 때 네 생각 할게. 네가 가까운 장래에 보게 될 풍경을 보고 있다고 상상할 거야."

스티브는 캔버스 천으로 된 배낭에 자기 소지품 몇 개를 챙겼다. 나머지는 로저가 사용하고 필요 없는 물건은 버려서 새 룸메이트를 위한 자리를 마련할 것이다. "우리가 이 방에서 보낸 시간을 언제까지나 기억할 거야." 로저가 말했다.

"그래, 그렇지만 우리는 곧 다시 만날 거야. 그리고 우리의 기억은 합쳐지겠지." 스티브가 말했다. "네 짝으로 메그를 찾았다고 생각해."

"나도 그렇게 생각해." 로저가 대답했다. 둘은 서로 포옹했다. 그리고 스티브가 떠났다. 로저는 공원으로 가 메그의 문자메시지를 기다리며 개 두 마리가 번갈아 고무 막대기를 쫓아다니는 광경을 구경했다. 개들은 비슷한 크기였지만 한 마리는 털이 북슬북슬했고 다른 하나는 매끈했다. 처음에 둘은 장난스럽게 투닥거리다가 이내 심각하게 다투기 시작했다. 서로 으르렁거리며 장난감 양 끝을 이빨로 물어 당겼다. 로저는 모든 개가 친구가 되어야 한다고 믿었기에 서로 싸우는 모습이 보기 싫었다.

메그는 항상 로저와는 이번이 마지막이라고 되뇌었지만, 며칠 지나지 않아 다시 문자를 보내곤 했다. 그때마다 그는 바로 나타나 그녀와 섹스했다. 로저의 실력은 점점 좋아졌다. 그는 성관계가 끝나면 그녀를 품에 꼭 껴안고 빅서로 여행을 가자고 속삭였다.

"언제 빅서로 가시겠습니까?" 로저가 어느 화요일 밤에 또다시 이 말을 꺼내자 메그가 투덜거리며 대답했다.

"여기서 너무 멀어요. 더구나 우리는 차도 없잖아요."

"하나 빌릴 수 있습니다." 로저가 말했다. "오, 메그, 정말 멋질 겁니다."

메그는 맷과 언제 한번 빅서에 갔다. 그들은 넓게 펼쳐진 야영지의 좁은 할당 구역 안에 텐트를 쳤다. 땅은 질척질척했고 공기에서는 구운 고기 냄새가 짙게 났다. 밤새도록 아이들이 둘의 텐트 바로 밖에서 소리를 질러댔다.

"나는 캠핑은 정말 별로예요." 메그가 말했다.

"안 해도 됩니다." 로저가 답했다. "우리는 바다가 내려다보이는 아름다운 2층 산장에 머물 겁니다."

이 말이 메그의 관심을 끌었다. 그녀는 로저가 어떻게 그런 산장을 예약할 수 있는지 궁금했지만, 그의 삶에 관해 구체적인 질문을 해봤자 성에 차지 않고 비밀스러운 대답만 들을 수 있었기에 아무것도 묻지 않았다. 로저가 테크 회사에서 받는 특전 중 하나일 거라고 생각했다. 맷에게도 비슷한 특혜가 많이 제공되었다. 그러나 그는 자신의 정치적 신념 때문에 거의 사용하지 않았다. 맷은 오리건주의 시골에서 자라 10대 시절 해커로 활동했다. 채식주의자에다 무정부주의자였다. 지금 유명한 테크 회사에서 하는 코딩 일은 목적이 불분명한 혁명 활동을 위한 자금을 조달하는 수단이라 정당화했다. 사귀는 동안 메그는 그와 함께 매일 밤 아무 맛도 나지 않는 퀴노아를 먹었고, 혁명 동료들과 문자메시지를 주고받으며 새벽 3시까지 깨어 있는 맷의 헤드폰에서 희미하게 흘러나오는 레이지 어게인스트 더 머신Rage Against the Machine의 음악 소리를 들으며 잠이 들었다. 당시 메그는 '비싸고 환경적으로 무책임한' 활동을 함께 할 수 있는 연인을 간절히 원했다.

"잠시만요." 그녀가 로저에게 말했다. "일정표를 한번 확인해 볼게요."

다음 날 점심시간에 메그는 로저가 평소 보내는 아침 인사와 더불어 제너비브가 보낸 문자를 보았다. 세상에, 이거 읽어봐. 그녀가 링크를 보낸 샌프란시스코 크로니클 신문 기사는 원래 보건 분야에서 사용하려고 개발된 기술을 이용한 신종 신용 사기 수법을 자세히 설명하고 있었다. 어떤 러시아 회사가 이 초기 모델을 탈취해 데이터를 훔치는 용도로 개조했다. 기사에는 몇몇 여성이 의심스러울 정도로 매력적인 남성과 데이트를 했는데, 그 남성이 마지막에 여성을 빅서로 데려간 후 데이터를 훔치고는 라벤더 향이 나는 수증기만 남기며 사라졌다고 적혀 있었다. 알고 보니 이 남자들은 인간이 아니라 진보된 형태의 인공지능을 갖춘 생물 유기체 로봇이며, 프로그램된 임무를 완수하면 세포가 증발하며 사라진다고 밝혀졌다. 이들은 흔히 '블롯'이라 불리는데, 최초 개발자가 사용하던 약어라고 했다.

병원 식당에서 메그는 메스꺼움을 느끼며 블롯에게 당한 여자들의 이야기를 훑어보았다. 블롯의 행동 방식은 매우 악의적이어서, 피해자의 돈을 훔치는 것 외에 그 여성의 평판을 파괴하는 데도 초점을 두었다. '인생에 있어서 최악의 6개월이었어요'라고 말하는 얼리샤란 여성의 인터뷰를 읽었다. 메그의 몸이 떨렸다. 모든 증거가 로저는 블롯이라고 외쳐댔다. 그녀는 다시 한 번 로저의 문자메시지 창을 열었다. '아름다운 메그'라고 한 시간 전에 보낸 문자가 와 있었다. 우리의 빅서 여행을 좀 더 생각해봤습니까?

메그는 로저와 제너비브 둘 다에게 답장을 보내지 않았다. 연구실로 돌아와 안구 위로 몸을 웅크리고 확대경을 들여다보며 적갈색 홍채 주변을 메스로 잘랐다. 일을 하며 점차 마음이 진정되었지만, 자기 몸 안에 인조인간을 받아들였다고 생각하자 온몸이 화끈거렸다. 결국 로저는 그녀를 착취하려고 만들어진 일종의 섹스 로봇이었다. 혁신적이고 새로운 형태의 성폭행이었다.

그날 밤, 집으로 걸어가며 메그는 가슴 앞에 팔짱을 끼고 지나가는 어떤 남자와도 시선을 마주치지 않았다. 커다란 재앙에서 가까스로 탈출했다고 느꼈다. 일주일만 늦었어도 그녀는 로저와 함께 빅서에 갔을 것이고, 그랬다면 지금 같은 나름의 점잖은 생활마저 잃었을 것이다. 첫 데이트를 했던 피자 가게를 지나다 창가에 멈춰 섰다. 젊은 커플이 포도주를 마시며 웃는 모습을 보자 또 한 번 몸이 부르르 떨렸다.

로저는 그의 방에 혼자 앉아 있었다. 금요일 오후였지만 너무 슬퍼서 공원에도 갈 수 없었다. 스티브가 그리웠고, 메그는 더욱 그리웠다. 여전히 그녀는 그의 문자에 답장을 보내지 않았다. 관리자인 키릴에게서도 연락이 없었다. 그날 아침, 로저는 언제 새 룸메이트가 오는지 물어보는 메일을 보냈지만 오류 메시지와 함께 되돌아왔다. 로저는 무슨 일이 벌어지고 있는지 이해할 수 없었다. 메그를 낭만적인 빅서 여행에 데려가려는 자신의 목적을 달성하기 직전이었다. 항상 느끼는 마음의 짐을 없앨 기회였다. 많은 횟수의 성관계를 통해 둘은 점점 가까워지고 있었고, 심지어 메그는 여행에 적합한 날짜를 찾기 위해 일정을 확인한다고까지 했다. 하지만 이제 메그는 묵묵부답이었다. 로저는 방에 앉아 석양이 갈색 카펫 위에 남기는 사각형의 햇살 무늬를 바라보다 그녀에게 끔찍한 일이 생겼다는 결론에 이르렀다.

괜찮습니까, 메그? 로저가 문자를 보냈다. 당신이 살아 있다고만 알려줘도 크게 안심이 될 것 같습니다.

보낸 메시지 밑으로 '전달됨'이라는 글자가 나타났다. 그 순간, 누가 노크를 했다. 로저는 그의 문자메시지 때문에 누군가 노크를 했고, 그 사람이 메그일지도 모른다는 생각이 들자, 갑자기 정신이 혼란스러웠다. 그러나 그런 일은 불가능하다고 스스로를 다독였다. 순간, 마침내 새 룸메이트가 도착했다는 생각이 들었다. 스티브가 떠난 지 벌써 2주가 지났다. 이토록 오랫동안 혼자서 방을 쓴 적은 없었다. 참을 수 없을 정도로 외로웠다.

로저가 문을 열자 피곤한 눈을 한 대머리 남자가 서 있었다.

건물 현관 바닥을 걸레질하던 남자였다.

"오늘이 가기 전에 방을 비워주세요." 남자가 말했다. 공원에서 개가 잘못했을 때 주인이 야단치는 듯한 엄한 말투였다.

"이해가 안 됩니다." 로저가 대답했다. "나는 이 방에 삽니다."

"당신이 무슨 직종에 종사하든 내가 상관할 바 아니지만." 남자가 계속했다. "정부가 단속을 시작했어요. 내일 아침에도 여기 있으면 경찰을 부를 거요."

남자의 둥그런 어깨 너머로 같은 층 다른 방의 문이 열린 게 보였다. 복도가 섬뜩할 정도로 조용했다. 로저는 남자의 말에 고개를 끄덕이고 문을 닫았다. 침대 끝에 앉아, 울기 시작했다. 혼란스러웠다. 몇 분 뒤 마음이 가라앉자 배낭에 좋아하는 물건을 챙겨 넣고 메그를 찾아 도시 속으로 뛰어들었다.

메그의 주변 사람 모두가 블롯 이야기로 난리였다. 메그는 자신이 블롯에게 넘어갔다는 사실이 끔찍해 그 화제를 피했다. 러시아 회사가 메그의 DNA를 어떻게 사용했을지 추측하는 제너비브에게는 말도 꺼내지 못하게 했다. 신문 기사에 따르면 블롯은 인간 여성과 성관계를 할 때마다 세심하게 DNA를 모은다고 알려졌다. 러시아 회사는 들통이 날 것을 미리 알고 있었는지 뉴스가 터지기 직전에 철수한 듯 보였다. 남아 있는 블롯은 전부 몇 주 전 이미 자신들의 데이트 상대와 함께 빅서로 도망쳐 증발했다. 로저만이 도시에 남은 유일한 블롯이었고, 메그만이 그의 존재를 알고 있었다.

당신을 화나게 한 내 행동이 무엇인지 모르겠습니다. 만회할 기회만을 원합니다. 메그가 점심시간에 휴대전화를 확인할 때 읽을 수 있도록 로저는 월요일에 문자를 보냈다.

퇴근하는 길에 메그는 자전거 보관소 옆에 서 있는 로저를 발견했다. 며칠 동안 잠을 자지 않은 듯 옷은 구겨지고 얼굴은 핼쑥했다. "말 시키지 마요." 로저를 빠르게 지나치며 그녀가 말했다.

로저는 몇 발자국 뒤에서 메그를 따라왔다. "부탁입니다, 메그." 그가 말했다. "내 방에서 쫓겨났습니다. 의지할 사람이 아무도 없습니다. 당신이 너무 그립습니다. 당신을 잃는 아픔이 마치 내부 장기가 산酸에 침식되는 것처럼 나를 서서히 소멸시키고 있습니다."

메그가 몸을 돌려 그를 바라보았다. "당신이 진짜 인간이 아니라는 사실, 알고 있어요?"

"무슨 말입니까, 메그?"

"당신은 블롯이에요." 메그가 대답했다. "당신은 인간 여성의 데이터를 훔치고, 그들의 신용을 무너뜨리고, 인터넷으로 그들을 망신 주려고 만들어졌어요. 우리가 빅서에 갔더라면 당신도 나한테 똑같은 짓을 했을 거예요."

"나는 우리가 함께 일상에서 탈출하여 낭만적인 여행을 즐기고자 빅서에 가고 싶었습니다." 로저가 말했다.

"경찰이 당신을 찾고 있어요." 메그가 말했다. "당신을 붙잡으면 실험실로 보낼 거예요. 혼자서라도 빅서에 가요."

"당신 없이는 갈 수 없습니다, 메그." 로저가 답했다.

메그가 잠시 머뭇거리다가 물었다. "왜 못 가요?"

"나도 이해할 수 없는 이유 때문입니다. 어떤 일들은 나의 삶에서 그냥 불가능합니다."

"안됐네요." 메그가 말했다. "당신을 돕지는 못해요. 제발, 나를 내버려둬요." 그녀는 발걸음을 재촉해 다음 사거리에서 왼쪽으로 돌았다. 혹여라도 뒤를 돌아보았다가 로저가 빈손을 늘어뜨린 채 거기 서 있는 모습을 보고 싶지 않아서였다.

로저의 신용카드는 더 이상 결제가 되지 않았다. 그래도 20달러짜리 지폐 두 장이 남아 있어 그 돈을 아껴서 사용했다. 배고픔을 참을 수 있을 때까지 참았다가 세이프웨이 슈퍼마켓에서 할인하는 식료품을 샀다. 낮 동안에는 메그의 직장 근처를 서성였다. 천천히 움직여 몸 안의 영양분을 쓸데없이 낭비하지 않도록 했다. 하루는 공립 도서관에 들어가 휴대전화를 충전하다가 메그가 자신을 비난했던 단어를 기억해내 공용 컴퓨터로 인터넷 검색을 해보았다. 블롯이란 무엇인가? 검색 결과에 나타난 첫 번째 기사를 읽자 비어 있던 로저의 위장이 꽉 조여들었다. 그는 도서관에 있는 다른 사람들을 모니터 위로 둘러보았다. 아름다운 젊은 여성이 몸을 구부린 채 책등의 제목을 읽고 있었다. 아름다운 늙은 여성이 책을 대출하려고 기다리고 있었다. 초라한 옷을 입은 남자가 다 읽은 책을 놓아두는 책꽂이 맞은편 의자에 축 늘어진 채 앉아 있었다. 로저는 심장이 심하게 두근대는 것을 느꼈다. 기사가 사실이라면 그는 이 사람들과 다른 존재였다. 혼자만 인간이 아니었다.

남자 화장실 칸에 앉은 로저는 머리를 무릎 사이에 끼웠다. 시야가 검게 변했다가, 메그의 이미지가, 빅서에 있는 산장 테라스에 서 있는 그녀의 모습이 천천히 나타났다. 비로소 로저는 평온한 기분이 들었다. 세면대에서 세수하고 페이퍼 타월로 닦은 뒤 흠집이 있는 거울에 얼굴을 비춰 보았다. 신문 기사는 그의 이야기였다. 그러나 메그를 사랑하는 마음 또한 사실이었다. 로저는 그녀에게 해를 입히지 않고 단지 곁에 있기만을 원했다.

30분 뒤 메그가 퇴근한다. 로저는 길고 긴 밤을 보내는 동안 떠올릴 수 있도록 메그의 모습을 조금이나마 훔쳐보기 위해 안구은행으로 향했다.

메그는 로저를 잊고 싶었다. 그가 그냥 사라져서 블롯이랑 잔 것이 그녀에게 미치는 영향을 걱정할 필요가 없었으면 했다. 몇 년이 지나면 술을 마실 때 할 만한 재미있는 이야기가 될 수도 있을 터였다. 하지만 로저가 여전히 자신을 따라다니고 있다는 사실을 눈치챘다. 마치 그녀는 태양이고, 로저는 그 주위를 공전하는 행성 같았다. 걸어서 직장을 오갈 때마다 길 건너편에서 나란히 그녀와 걸음을 맞추는 로저가 보였다. 밤이면 그는 아파트 건너편 보도를 내내 맴돌았다.

제너비브는 인내심을 잃기 시작했다. 어느 날 밤, 메그가 거실에서 TV로 〈아이언 셰프Iron Chef〉를 보고 있을 때, 제너비브가 집에 돌아와 불만 어린 목소리로 소리쳤다. "밖에 또 그놈이 있어!" 그녀가 소리를 질렀다. "이런 말 하기 싫지만, 경찰을 불러야 하지 않을까 싶어."

"네가 경찰을 싫어한다고 생각했는데." 메그가 즐겁게 그녀의 이중성을 지적했다.

"싫어해. 그렇지만 이 상황 때문에 겁이 난다고." 제너비브가 말했다. "저놈이 우리 둘 중 한 명을 공격하면 어떡해?"

"안 그럴 거야." 메그가 말했다. "그렇게 설계되지 않았거든."

제너비브는 창가로 가 신음했다. "그놈이 지금 바로 저기 있어." 그녀가 말했다. 메그가 밖을 내다보니 길 건너편 우체통 뒤에 웅크리고 있는 로저의 모습이 보였다. 그때, 로저가 창문에서 메그의 얼굴을 보고는 벌떡 일어서서 손을 흔들었다. 얼굴에 소심한 희망의 표정이 떠올랐다.

메그가 블라인드를 내리며 말했다. "경찰이 와서 네 침술 영업을 헤집는 거 싫잖아."

제너비브의 시선이 집 한구석에 놓여 있는 침술 탁자와 가죽 침통 위로 향했다. 아직 학생인 데다 면허도 없으면서 벌써 여섯 달 전부터 아파트에서 영업을 하고 있었다. 메그는 경찰이 아파트에 들어올 가능성은 별로 없으며 도주 중인 블롯을 조사하는 동안 무면허 침술 영업은 조금도 신경 쓰지 않을 거라 생각했지만, 경찰 조사에 대한 두려움은 제너비브에게 잘 먹히는 듯했다.

"좋아." 제너비브가 노트북을 열며 말했다. "호신용 페퍼 스프레이를 사야겠어."

어느 날 밤, 퇴근 후 요가 수업을 듣고 집으로 돌아오는 길에 메그는 아파트 건물 현관 입구에 서 있는 로저를 보았다. 그는 메그를 발견하자 서둘러 길을 건너가 평소처럼 우체통 뒤에 웅크렸다. 원치 않는 존재라는 자각으로 인해 겁먹은 그의 모습을 보니 메그의 마음 한구석이 저렸다.

제너비브는 야간 수업을 듣고 미션에 있는 휴고의 집에서 자고 올 계획이었다. 메그는 로저를 구슬려 집으로 들인 다음 샤워하고 휴대전화도 충전하도록 했다. 둘은 주방 식탁에 앉아 땅콩

버터를 바른 토스트를 먹었다.

"메그, 당신이 나를 구해주었습니다." 로저가 이야기했다. "돈이 다 떨어져서, 내 존재가 소멸할까 두렵기 시작했습니다."

"당신이 갈 만한 장소가 있을 거예요." 메그는 거짓말인 줄 알면서도 이렇게 말했다. 로저는 이 과밀한 도시가 제공하는 복지를 이용할 수 없었고, 누군가가 그를 당국에 신고할 위험도 매우 컸다.

"나도 기사를 읽었습니다, 메그. 누가 나를 여기 데려왔는지는 모르지만, 그게 누구든, 그들은 내게 아무런 가치가 없습니다." 로저가 다급한 눈빛을 하며 그녀의 손을 잡았다. "나는 아무도 해치고 싶지 않습니다." 그가 말을 이었다. "특히 당신은 말입니다."

"당신도 당신의 본성을 어쩔 수 없어요." 메그가 말했다. "우리 다 그렇죠."

메그는 로저가 그녀와 함께 침대에 눕도록 허락했다. 새벽 4시가 되자 그를 팔꿈치로 부드럽게 찔러 제너비브가 돌아오기 전에 떠나야 한다고 말했다. 로저가 떠날 때 그녀는 23달러밖에 안 되는 지갑 속 현금을 모두 건네주었다.

둘은 다음 주가 되어서도 이런 행동을 여러 차례 반복했다. 메그는 제너비브가 다른 집에서 자는 날이 오면, 자기 방 창문의 크리스마스 조명을 켜 로저에게 아래층에서 기다리라는 신호를 보냈다. 그녀는 자신이 선을 넘고 있으며 제너비브가 몹시 화를 낼 거란 사실을 알았다. 그러나 제너비브는 의지할 사람이 아무도 없는 상황이 어떤 의미인지 이해하지 못했다. 그녀에게는 코네티컷의 부모님 집이라는 원할 때마다 돌아갈 수 있는 따뜻한 보금자리가 있었다. 심지어 그곳으로 가는 비행기표도 부모님의 아멕스 카드로 청구되었다. 메그는 로저를 아파트에 들인 행동에 죄책감을 느낄 때마다 제너비브의 좋은 팔자에 느끼는 질투심을 연고처럼 발랐다.

그러던 어느 날 밤, 메그와 로저가 식탁에 앉아 토스트를 먹고 있는데 제너비브가 예기치 않게 집에 돌아왔다. 제너비브는 얼어붙어 열쇠 뭉치를 무기처럼 쥐었다. "저놈이 여기서 뭐 하는 거야?" 제너비브가 메그에게 물었다. "내 아파트에서 나가." 개를 마당으로 쫓아내듯 문을 가리키며 로저에게 명령했다.

로저는 소지품을 챙겨 얼른 떠났다. 제너비브는 손을 떨며 문을 잠그고는 메그에게로 몸을 돌렸다.

"젠장, 이게 뭐야, 메그?"

"휴고네 집에 있을 줄 알았는데."

"그럴 기분이 아니었어. 맙소사. 언제부터 이런 거야?"

"불쌍하잖아. 이제 갈 데도 없고."

"네 문제가 아니잖아. 그리고 내 문제는 더더욱 아니고."

제너비브는 조금 전 로저가 앉아 있던 의자에 앉았다. 그녀의 얼굴에서 화난 표정이 사라지고 궁금증 어린 표정이 나타나자 메그도 긴장이 풀렸다. 심리적 외상을 입은 사람이 흔히 그러하듯 제너비브는 이 일을 메그가 자신에게 불리할 것을 알면서도 저지른 또 다른 망할 짓으로 받아들일 게 뻔했다. 메그는 제너비브의 부르주아적 사색의 표본이 되기는 싫었지만, 로저와 나란히 거리로 쫓겨나는 것보다는 나았다.

"솔직히, 상호의존관계처럼 보여." 제너비브가 말했다. "네가 걱정돼. 너는 사람들이 너를 짓밟도록 내버려두고, 더 많이 학대해달라고 애원하잖아."

메그는 왈칵 신경질이 났다. 이따금 자기 행동에 관한 제너비브의 해석을 듣는 것을 즐긴 건 사실이다. 제너비브는 수년간 심리 치료를 받으며 심리학 지식을 갈고닦았다. 물론 그녀의 부모가 그 모든 비용을 냈다. 메그는 심리 치료를 받을 돈이 없었기에 제너비브의 생각을 들으면서 그녀가 받는 치료 혜택 중 일부를 얻는다고 느꼈다. 그럼에도 방금 전에 한 말은 너무 심했다. "그게 무슨 뜻이야?" 메그가 물었다.

"맷을 봐." 제너비브가 대답했다. "너는 지금 걔랑 정말 좋은 친구고, 그래 다 좋아. 근데 나는 걔가 너한테 얼마나 개자식처럼 굴었는지 기억해."

"거기에는 내 책임도 있어." 메그가 대꾸했다. "내 감정을 몇 번 상하게 했다는 이유만으로 인간관계를 모두 잘라낼 만큼, 내

삶은 사치스럽지 않아."

메그는 방금 한 독설이 후회됐지만 제너비브는 기분 나빠 보이지 않았다. "좋아, 하지만 지금은 네 감정을 상하게 하는 그런 남자 이야기가 아니잖아. 로저는 말 그대로 너를 엿 먹이려고 디자인된 놈이야."

"그렇지만 생각해봐." 메그가 말했다. "만든 사람은 따로 있어. 로저가 원해서 그런 게 아니잖아."

제너비브가 한숨을 쉬었다. 메그에게 희망이 없다고 판단한 듯 보였다. "그래, 계속 만날지는 네가 선택할 일이지. 그래도 그놈을 다시는 여기로 데려오지 마. 알았지? 나는 그놈이 내 물건에 손대거나 내 DNA를 훔치거나, 암튼 프로그램된 대로 소름 끼치는 짓거리를 하는 꼴은 보고 싶지 않아. 다음에 우리 동네에서 그놈을 보면, 경찰을 부를 거야."

이제 자신에게 닥친 위험을 알게 된 로저는 공원으로 거처를 옮겼다. 나무 사이 남의 눈에 잘 띄지 않는 곳에 자리를 잡았다. 낮에는 그곳에서 사람들이 프리스비를 던지며 놀았지만, 밤이 되면 모두 사라졌다. 로저는 갖고 있는 소지품을 전부 주변에 늘어놓았다. 공원에서 보내는 첫날 밤이 너무 추워서 나무 밑에 있으니 몸이 벌벌 떨렸다. 메그가 경찰에게 발각되지 않으려면 자주 움직여야 한다고 주의를 주었다. 그래서 나무 사이로 손전등

빛이 보이자 곧바로 배낭을 챙기기 시작했다. 그때, 누군가가 그의 이름을 속삭였다. 메그였다!

"안녕." 그녀가 인사하며 다가와 흙바닥 위 그의 옆에 앉았다. "담요를 가져왔어요."

메그가 담요를 펼쳐 로저에게 둘러주었다. 로저는 그녀의 친절함에 다시 한번 감동했다. "이 물건을 나에게 줌으로써 당신이 따뜻함을 빼앗기지 않기를 바랍니다." 로저가 말했다.

"하나 더 있어요." 메그는 입으로는 미소 지었지만 눈이 슬퍼 보였다. "음식을 좀 가져왔어요." 그녀는 말하면서 토트백으로 손을 뻗어 밥과 닭고기 조각이 담긴 플라스틱 용기를 꺼냈다.

"오, 고맙습니다, 아름다운 메그."

"포크를 깜빡했어요."

"괜찮습니다. 손가락을 사용하면 됩니다."

둘은 나무에 기대어 앉았다. 로저는 손으로 음식을 먹었다. 그가 식사를 끝내자 메그가 토트백에서 케이크 과자를 꺼냈다. "이걸 좋아하던 기억이 나서요." 그녀가 말했다. 로저가 모든 것을 잃기 전 어느 날 밤, 두 사람은 맥주를 사러 세븐일레븐에 들렀다. 그는 케이크 과자 포장지의 사과파이 그림에 마음이 끌렸다. 그림을 보자 어린 시절의 추억이 하나 떠올랐다. 어느 생일날 어머니가 파이를 구워주셨고, 태양이 습지 너머로 지는 동안 둘이서 그것을 현관 포치에 앉아 먹었다. 그 일은 로저의 하나뿐인 즐거운 추억이었다. 그리고 이제 그는 그 추억이 모스크바의 한 사무실에 있는 프로그래머가 그에게 심어놓은 기억이라는 사실을 알았다.

그들은 파이를 나눠 먹었다. 손가락이 과자 속 크림 때문에 끈적끈적했다. 메그가 로저 위에 올라타고 그의 목에 키스하기 시작했다. 로저의 몸이 속부터 따뜻해졌다. 메그가 치마를 입고 있어서 옷을 벗지 않고 섹스했다.

메그와 함께 누워 있자 로저의 머릿속이 빅서의 환상으로 가득 찼다. 그 이미지가 프로그래밍의 일부일 뿐이라는 것을 알았기에 로저는 떨쳐버리려 애썼다. 그러나 욕망은 너무나 거셌다. 로저는 가만히 누워 이 굶주린 갈망이 자신을 덮친 뒤 물러나기를 기다렸다.

"나는 집에 가야 해요." 메그가 말하며 담요를 젖혔다.

"네." 로저가 대답했다. "집으로 가 따뜻한 침대에서 주무십시오."

"배낭을 베개로 사용해요." 메그가 제안했다.

로저는 팔꿈치 옆의 배낭을 새로운 시각으로 바라보았다. "정말 멋진 생각입니다."

"내일 또 올게요." 메그가 말했다. 그녀는 로저의 뺨에 키스하고서 나무 사이로 사라졌다.

그렇게 일주일이 지났다. 매일 밤, 메그는 프리스비 골프장 근처 숲에 있는 로저를 찾아 공원으로 왔다. 휴대전화 배터리가 다 떨어졌지만 다행히도 그는 절대 멀리까지 움직이지 않았다. 눈빛은 어두워도 메그가 갈 때마다 미소 지었다. 메그는 나무 밑동에 나란히 앉아 자기가 가져온 음식을 먹는 로저를 지켜보았다. 둘은 여전히 섹스했다. 로저가 자신을 임신시키지 못하는 것을 알게 된 메그는 더 이상 귀찮게 콘돔을 사용하지 않았다. 그녀가 로저를 안을 때마다 그는 빅서에 관해 중얼거렸다. 과거의 열정은 이제 결코 다다르지 못할 낙원을 향한 한탄이 되어 흘러나왔다.

어느 날 밤, 메그는 숲속 빈터에 가지런히 늘어선 로저의 작은 삶을, 무라카미 하루키의 책, 조심스레 개어놓은 셔츠, 흙바닥의 나란한 화장품 병 같은 물건들을 보며 자신이 무엇을 해야 할지 알았다.

"내가 생각해봤어요." 그녀가 로저의 어깨에 기대며 말했다.

"무엇을 생각했습니까, 아름다운 메그?"

"내 생각에, 우리는 빅서로 가야 해요."

두 사람은 금요일 아침에 차를 타고 나섰다. 메그는 안구은행에 병가를 신청하고 정말 급할 때를 대비해 만들어놓은 신용카드로 자동차를 빌렸다. 로저와는 19번가와 링컨가 모퉁이에서 만났다. 그는 조수석에 올라타며 몸을 기울여 그녀의 뺨에 키스했다.

"오, 메그, 당신이 나를 너무 행복하게 합니다." 로저가 말했다. "이 일은 타인이 나를 위해 한 것 중 가장 친절한 일입니다."

"어떻게 작동하나요?" 메그가 물었다. "증발할 때, 많이 아픈가요?"

"나도 모릅니다." 로저가 대답했다. "커다란 안도감이 들 거라 생각합니다. 기억의 짐이 사라진다니 너무 기대됩니다."

남쪽으로 차를 타고 가며 메그는 고등학교 때 가장 좋아했던 데이비드 보위의 앨범 세 장을 들었다. 로저는 이 음악을 들어본 적이 한 번도 없었는데, 차가 흔들릴 때까지 계속 볼륨을 높였다.

"메그, 이 노래는 우리에 관한 것입니다!" 그가 「괴짜들Kooks」의 후렴구를 들으며 외쳤다. "'괴짜 커플, 연애에 전전긍긍하네'라니!"

메그가 웃으며 말했다. "소리 좀 줄여요. 당신 때문에 사고 나겠어요."

그들은 길로이시 근처 과일 가판대 옆에 멈춰 섰다. 남쪽으로 내려오니 기온이 5도나 올라가 메그는 스웨트셔츠를 벗어 뒷좌석으로 던졌다. 둘은 창문을 내린 채 주차된 차 안에 앉아 딸기와 설탕 묻힌 아몬드를 먹었다.

"어떤 기억을 잊고 싶어요?" 메그가 물었다.

"실제가 아닌 것을 아는 이상, 그 사건들을 떠올리는 행동은 무의미해 보입니다." 로저가 대답했다. "진짜 일어난 일이 아닙니다."

"그렇지만, 당신한테는 진짜잖아요." 메그가 반박했다. 그녀가 딸기 상자를 건네자 로저는 딸기를 자세히 살펴보고 줄기까지 통째로 입에 넣었다.

"그렇습니다." 로저가 딸기를 씹으며 말했다. "왜 나한테 그런 끔찍한 기억을 주었는지 모르겠습니다. 즐거운 기억을 줄 수도 있었는데 말입니다." 그는 살해당한 올빼미를 떠올렸다. 그리고 올빼미의 새끼들이 둥지에서 울부짖던 모습도.

"아마 그래서 당신이 사람들과 더 잘 어울릴 수 있었을 거예요." 메그가 답했다. "나 같은 사람 말이에요."

"당신도 고통스러운 기억이 있습니까, 메그?"

"물론이죠." 그녀가 답했다. "누구나 있어요."

"그중 몇 개를 내게 말해주겠습니까?"

"무슨 이야기를 할까요?" 그녀가 말했다. "사랑하는 사람들이 살아 있다가, 어느 날 갑자기 영원히 사라져버려요."

"무라카미 하루키는 죽음이 삶의 반대가 아니라 삶의 일부라고 썼습니다." 로저가 말했다.

메그가 고개를 끄덕였다. "정말 그래요."

"나는 돌아갈 집을 갖고 싶어 하는 마음을 압니다." 로저가 이어서 말했다.

"그래요." 메그가 대꾸했다. "그럴 거라고 생각해요." 그녀는 버튼을 눌러 자동차의 시동을 걸었다.

"메그, 내가 나머지 여정을 운전해도 되겠습니까?"

그녀는 남은 길을 떠올렸다. 빅서에 들어서면 길이 점점 더 구불구불하고 가팔라졌다.

"운전면허 있어요?"

"아니요. 나는 차량을 작동해본 적이 없습니다." 로저가 대답했다. "그렇지만 나는 이 길에 관한 지식이 내장되어 있습니다. 이 길은 처음부터 내가 가도록 계획된 경로입니다."

메그는 머릿속에서 렌터카가 절벽 아래로 떨어져 화염에 휩싸이는 장면을 상상했다. 그러나 로저의 웃는 얼굴을 보며 그가 그들을 그런 결말로 이끌지 않으리라 확신했다. 그녀가 누구보다, 심지어 제너비브보다 그를 신뢰하고 있다는 생각이 들었다. 로저가 그녀를 해치는 방식은 한 가지뿐이며, 그 방법은 이미 그를 설계할 때 세포 수준에서 짜여 있었다. 그 밖의 다른 일은 모두 어쩔 수 없는 운명이고, 운전자와 관계없이 닥칠 수 있는 비극일 뿐이었다.

메그는 로저와 자리를 바꿨고 그는 차를 다시 길 위로 천천히 몰았다. 그녀는 창밖으로 넓게 펼쳐진 태평양을 바라보았다. 휴대전화 신호가 끊기며 인디 록 밴드 로^{Low}의 마지막 노래가 흘러나오는 도중에 스포티파이 앱도 끊겼다. 메그는 의자 등받이를 뒤로 젖히고 능숙하게 커브를 도는 로저의 운전 솜씨를 느끼며 잠이 들었다.

로저는 구불구불한 산길을 몇 번이나 돌며 산장으로 향했다. 복잡한 경로였지만 겨울에 이동하는 철새처럼 본능이 그를 이끌었다. 매일 밤 이 길을 생각했기에 비록 한 번도 온 적이 없었음에도 길 끝에 서 있는 산장을 완벽하리만치 선명하게 마음속에 그릴 수 있었다. 곧 둘은 숲속에 솟아오른 언덕 위에 세워진 2층짜리 산장에 도착했다. 진입로에 주차하고는 차에서 내려 정문으로 가는 길에 늘어선 세 번째 돌 아래서 열쇠를 꺼냈다.

"와, 여기 참 대단하네요." 메그가 감탄했다. 이 산장을 에어비앤비에서 빌리려면 하룻밤에 500달러는 줘야 할 듯싶었다. 화강암 타일이 깔린 현관 로비는 자연적인 모양을 간직한 목제 가구가 가득한 거실로 이어졌다. 벽에는 태피스트리가 걸려 있었다. 주방에는 기다란 원목 아일랜드 식탁이 있고, 식탁 끝에는 썩어가는 과일이 담긴 그릇이 놓여 있었다. 냉장고에는 음식이 가득 차 있었는데, 대부분 유통기한이 지나 있었다. 염소젖 요구르트, 맥주, 식당에서 포장해온 남은 음식 같은 것들이 곰팡이가 핀 채 들어 있었다. 위층 침대에는 리넨 이불이 깔려 있고, 침실에는 바다가 내려다보이는 발코니가 달려 있었다.

메그는 과거에 블롯이 어떻게 와이파이가 없는 곳에 노트북을 가져오도록 여성을 설득할 수 있었는지 궁금했다. 자신과 로저는 그런 속임수와 관계없어 기뻤다. 로저는 부탁하지 않았지만 그녀는 무엇이 필요한지 알았기에 노트북을 가져왔다. 침대 옆 탁자 역할을 하는 유약이 발린 나무 그루터기 위에 노트북을 올려놓았다.

욕실에서 나온 로저는 침대 가장자리에 앉은 메그를 보았다. 샤워를 마친 그는 아마도 다른 블롯들도 입었을 흰색 목욕 가운 차림이었다. "아름다운 메그." 메그 앞에 서서 그녀의 이마에 흘러내린 머리카락을 쓰다듬으며 로저가 말했다. "오늘 밤에 무엇을 하고 싶습니까?"

충동적으로, 메그는 그의 팔을 잡아 침대 위 자신의 옆자리로 끌어당겼다.

두 사람은 큰길에서 떨어진 절벽 위 식당으로 갔다. 나무 모양의 야외 난로를 양옆에 두고 야외 테이블에 나란히 앉았다. 굴, 햄버거, 감자튀김, 적포도주 한 병을 주문했다. 약간의 몸단장을 하자 로저는 처음 저녁 모임에서 봤던 잘생긴 모습으로 돌아왔다. 메그는 더 이상 로저의 웨이터를 대하는 이상한 태도나 그녀를 항상 만지려는 욕망에 당황하지 않았다.

"오늘 밤에 그 일이 일어날까요?" 메그가 남은 감자튀김을 집어 들며 말했다.

"오늘 밤이나 내일 밤일 것 같습니다." 로저가 대답했다. "확실히는 알지 못합니다."

"내일도 여전히 여기 있으면, 같이 하이킹하러 가요." 메그가 말했다.

"정말 많이 가고 싶습니다." 로저가 답했다.

로저는 평소보다 조용했다. 자신 안에 침잠한 듯했다. 메그는 이전에는 그가 빅서로 오기 위한 고통스러운 갈망에 시달렸다는 사실을 깨달았다. 이제 목적 달성이 가까워졌기에 둘은 서로에게 온전히 집중할 수 있었다. 산장으로 돌아오는 길에 경치 좋은 전망대에 들렀다. 로저는 메그가 주차장에서 나와 모래언덕을 오르는 것을 도왔다. 그들은 웃으면서 미끄러지다, 모래 위로 쓰러졌다. 초승달이 떠 있었다. 주위의 어둠 덕분에 별들은 도시에서보다 더 밝고 선명하게 빛났다.

산장으로 돌아와 둘은 다시 섹스했다. 이번 섹스는 이전과 달랐다. 천천히 탐색하며 나아갔다. 메그는 이 행위 하나하나가 다시는 없으리라는 것을 알았다. 마침내 둘은 절정에 다다랐고 모래로 엉망이 된 하얀 시트로 몸을 감싼 채 누웠다.

"잠들고 싶지 않아요." 메그가 속삭였다.

"자야 합니다, 메그." 로저가 말했다. "수면은 신체적, 정신적

건강에 필수적입니다."

"잠들면, 당신을 다시는 볼 수 없을지도 몰라요." 메그가 말했다. 그녀는 깨어 있으면 로저를 하루라도 더 오래 곁에 둘 수 있을지도 모른다고 생각했다.

"무라카미 하루키의 말이 하나 더 생각납니다." 로저가 말했다. "'당신이 나를 기억해준다면 다른 사람은 다 잊는다 해도 상관없다'는 말이."

메그가 조용히 울기 시작했다. 눈물이 그녀의 뺨 아래 리넨 이불에 젖은 얼룩을 만들었다. 로저가 눈치채지 못할 거라 생각했지만 그는 메그를 팔로 감싸안았다. "울지 마십시오, 메그." 로저가 부드럽게 말했다. "나는 우리가 함께 보낸 오늘을 항상 기억할 것입니다. 내 인생 최고의 날이었습니다."

그 말이 메그를 위로했다. 로저가 어떤 형태로든 계속해서 존재할 것이라는 암묵적인 약속이 담겨 있었다. 메그는 이것이 그의 목적이자 운명이며, 그 길을 가로막는 행동은 누구에게도 도움이 되지 않는다는 사실을 이해했다. 메그는 그의 품 안에서 잠이 들었고, 몇 달 만에 가장 편안한 잠을 잤다. 아침에 일어나자, 로저는 사라지고 없었다. 신선한 라벤더 향기만 방 안에 가득했다.

메그는 나무 그루터기 탁자 쪽으로 몸을 굴려 로저가 메시지를 남겼기를, 다급하게 쓴 사랑 편지가 워드 문서에 있기를 기대하며 노트북을 열었다. 그러나 아무것도 없었다. 나중에 다시 통신 서비스에 연결된 뒤 휴대전화를 확인하고 로저가 전날 밤 8시 35분, 그녀가 식당 화장실에 갔을 때 보낸 사진을 발견했다. 코커스패니얼이 밀집 파나마모자를 쓴 사진이었다. 그 문자는 로저의 기기에서 송신되었는데, 이는 그와 그의 전화가 사라진 곳이 어디든 간에 휴대전화 서비스가 연결된다는 의미였다. 메그는 대답으로 하트 이모티콘을 보냈다. 로저가 답장하길 고대했지만 몇 시간이 지나고 며칠이 지나도 답이 없었다. 그 후 메그는 결혼할 남자와 데이트를 시작하고 시애틀 교외로 이사해 가정을 꾸린 뒤에도 몇 년간 계속해서 로저에게 문자메시지를 보냈다. 로저가 어디 있든, 어떤 집단 블롯 인공지능에 흡수되어 있든, 대답할 수 없을지라도 그가 남긴 의식의 불씨가 그녀의 메시지를 보길 바라며 꾸준히 소식을 전했다.

로저가 사라진 아침, 메그는 주방 찬장에서 발견한 오래된 원두로 커피를 만들어 마시고 밖으로 나가 한참 동안 하이킹을 했다. 그리고 마침내 태양이 바다 위로 저물 무렵이 되자 자신의 삶을 다시 꾸려나가기 위해 집이 있는 북쪽으로 길을 떠났다.

감사의 말

제 작품을 믿어주고 지칠 줄 모르는 지지자로 남아준 에이전트 엠마 패터슨에게 감사를 보냅니다. 이 책에 대한 꿈을 현실로 만들어준 편집자 클리오 세라핌, 콰쿠 오세이-아프리파, 그리고 랜덤하우스와 호더 스튜디오 팀원들에게도 감사드립니다.

이 책의 이야기들은 슈테그너 소설 워크숍에 참여한 동료들의 피드백을 통해 도움을 받았습니다. 조지나 베이티, 브렌던 볼스, 자멜 브링클리, 네하 쇼더리-캄다르, 리디아 콩클린, 이브지니아 데임, 데빈 드포, 매튜 덴턴-에드먼슨, 아시야 게일돈, 스털링 홀리화이트마운틴, 니콜 캐플레인 켈리, 자밀 얀 코차이, 파티마 콜라, 고타타오네 펭입니다. 또 제임스 코터, 브리지드 M. 휴스, 에번 카프, 리사 로카시오, 데이비드 멘도사, 플로이 피라포킨, 조엘 톰포어의 우정과 지원에도 감사의 인사를 전합니다.

글쓰기에 대한 새로운 사고방식을 가르쳐주신 교수님들, 특히 스티븐 비치, 데이비드 부스, 루이스 버즈비, 애덤 존슨, 이창래, 엘리자베스 탤런트께 감사드립니다. 또 편집을 지도해주고 제 작업을 지지해준 클레어 보일, 로라 코건, 윌링 데이비슨, 오스카 빌라론에게도 감사드립니다.

이 책은 스탠포드 대학의 맥다월 헤드랜즈 예술 센터, 버몬트 스튜디오 센터, 버지니아 창조 예술 센터의 관대함에 힘입어 완성되었습니다.

무엇보다도 이야기를 들려주신 나의 부모님께 감사드립니다.

심장이 뇌를 찾고 있음

초판 1쇄 인쇄 2024년 10월 18일
초판 1쇄 발행 2024년 10월 28일

지은이 케이트 포크
옮긴이 박민정

책임편집 오윤나
디자인 weme design
책임마케팅 김서연, 김예진, 김소희, 김찬빈, 박상은, 이서윤, 최혜연,
 노진현, 최지현, 최정연, 조형한, 김가현, 황정아
마케팅 최혜령, 유인철
경영지원 백선희, 권영환, 이기경
제작 제이오

펴낸이 서현동
펴낸곳 ㈜오팬하우스
출판등록 2024년 5월 16일 제2024-000141호
주소 서울시 강남구 테헤란로 419, 11층(삼성동, 강남파이낸스플라자)
이메일 info@ofh.co.kr

© 케이트 포크

ISBN 979-11-94293-02-6 (03840)

모모는 ㈜오팬하우스의 출판 브랜드입니다.